HYPNOTIST

催眠师2

荒城迷局

〈百里途 著〉

中国工人出版社

图书在版编目（CIP）数据

催眠师2，荒城迷局 / 百里途著. —北京：中国工人出版社，2017.10
ISBN 978-7-5008-6769-2

Ⅰ. ①催… Ⅱ. ①百… Ⅲ. ①长篇小说—中国—当代 Ⅳ. ①I247.5

中国版本图书馆CIP数据核字（2017）第174984号

催眠师2 荒城迷局

出 版 人 芮宗金
责任编辑 刘广涛 傅 娉
责任校对 董春娜
责任印制 黄 丽
出版发行 中国工人出版社
地 址 北京市东城区鼓楼外大街45号 邮编：100120
网 址 http://www.wp-china.com
电 话 （010）62005043（总编室） （010）62005039（出版物流部）
（010）62379038（社科文艺分社）
发行热线 （010）62005049 （010）62005042（传真）
经 销 各地书店
印 刷 三河市东方印刷有限公司
开 本 710毫米×1000毫米 1/16
印 张 20.25
字 数 362千字
版 次 2017年10月第1版 2017年10月第1次印刷
定 价 45.00元

你们若不悔改，就要如此灭亡。

——《旧约·以赛亚书》

催眠师的话

朋友：

我们将再一次开启催眠的旅程，在此之前，还是那三个承诺吧。

我不会在此承诺说我的故事有多么精彩，多么好看，因为每个人的喜好不同，一个人眼中的经典之作很可能就是另一个人眼中的白烂文章。

我能肯定的只有三点：

第一，读完我的每一个故事，你都会学习到丰富的心理学知识，这可以作为你的第二本心理学学习书。

第二，读完我的每一个故事，你都会惊叹“怎么会是这样”？

第三，读完我的每一个故事，你都会对自己心里的那个世界感到敬畏。

然后，有些话，我希望在故事开始前说一说：这次让我不愿过多回忆的事件与历史上一个真实存在的神秘团体有密切的关系，他们回来了，并且一出手就重创了守护“涅槃”秘密的心灵会，让我们在未来很长一段时间里面临危机。所以，如果各位能够为我保守心灵会的秘密，我会非常感谢。

那么，开始吧！

催眠法则五：因为催眠是催眠师与受试者潜意识的直接交流，所以催眠师只能对已存在于潜意识的信息进行组织和引导，而不能在潜意识里凭空创造信息。注意，“涅槃”是潜意识里根深蒂固的存在。

催眠法则六：前提一，“涅槃”空间是本我的根基；前提二，本我是精神能量（力比多）的源头。结论：“涅槃”空间是精神能量的最终来源。

——摘自［奥］赫宁·舒尔诺·塞勒涅（1857—1946），催眠论。

目录

目录

初　始

5月20日，这是先知选定的日子，必须要在24点之前把事情完成！

男人脸上蒙着口罩，紧握方向盘的双手微微发抖。湾区的海风吹进车里，他隔着口罩深吸了几口。

这件事很重要，绝不能搞砸。

他一边在心里对自己说，一边抬眼看向后视镜。汽车后座上横放了一个巨大的白色帆布袋，深红色的浓稠液体从包里渗出来，淌过坐垫，滴在地毯上。

手表上显示现在是20点45分，时间不多不少。

男人稳住油门，保持均匀的速度，汽车在郊外公路上平静地前行。这条路通向索尔顿湖。

运气很好，他一路上没遇到几辆车。虽然他可以确保祭品不会在车上醒来，更不可能引起别人的注意，但这件事太重要了，绝不能有丝毫差池。

半小时后，在一片森林前，男人熄掉车前灯，仅靠眼力把车开进林中。

细密的枝条抽打在车身上，噼啪声不停。终于，汽车再也挤不进前面的密林了。男人熄了火，把口罩扯下来扔在车里，跳下车扛起后座上的布袋，徒步往里走去。

布袋里的液体浸透了他半边的衣服，他也浑然不觉。按地图的指示，再有三百米，就是先知标明的地点了。

铺在地上的干枯松针很厚，看不见地面是什么样。已经很近了，他紧盯着脚下，用脚尖试探着，找寻先知所说的东西。

冰冷的月光从头顶的树叶缝隙里照下来，他心头一跳，发现了！

先知说得没错，在林间的土地上果然有一条手掌宽的裂缝。这条缝横在脚下，自南向北延伸而去，长不过数十米，很快就消失在松针与土石之下。

男人把肩上的帆布袋放下来，解开封绳，从里面拖出一具满身血迹的尸体。

从体形来看那可能是一具女尸，血块凝固在她长长的头发上，脸色发乌，应该是中了剧毒，最异常的地方是她的双臂被人齐肩割下，森白的断骨和割裂的肌肉暴露在空气中，所有的血都是自断臂处流出来的。

男人把尸体摆在裂缝上，确保头部沿裂缝朝向正北。接着，他掏出一把随身折叠刀，在尸体的脑袋旁蹲下身。

“我已得到《歌珊法典》的许可，请原谅我的冒犯。”他轻声道，然后握住刀子，利落地割下尸体的两片眼皮。

他的手稳如机械，整个过程没用半分钟。随后，他拾起两片薄薄的皮肤，收进怀里。

女尸此时呈现出非常恐怖的样子，两只深黑色的瞳孔没了眼皮的覆盖，直瞪着阴森的树林。她额头上还未干涸的血慢慢向眼窝流去，过不多时这具尸体就会多出一双血眼。

“在你们中国，帮死人瞑目是一种尊重，我真的很抱歉，”男人在胸口画了一个十字，“不过我也知道，你没有死。”

他俯身贴近尸体的眼睛，右手指紧捏刀尖，在那只已经微凸的右眼球上慢慢刻出一个符号。

那是一个很简单也很常见的符号，人们几乎天天都能看到，但是现在，在这只已经失去生气的眼球上，这个符号将被赋予更深层的意义。

汗水从男人的背胛间淌下来，他竭力稳住手腕，强制自己不要发抖。这是最关键的一步，如果下刀重了，割坏尸体的右眼球，先知的一切计划都会停止。

在收刀的一瞬间，他长出一口气，尸体暴露在外的右眼球上已多出一个细小却明显的符号。

男人看了看手表，还有两个小时就到24点了，时间的树藤将蔓延进新的一天。

然而最先到来的，永远是午夜的黑暗。

剩下的工作就简单多了。他拿出针管，把其中的液体注射进尸体的脖颈静脉内，又把一个黑色的方形金属物丢在尸体的脑袋边。

做完这一切，他满意地拍拍手。

接下来就看你如何应对了。他深吸一口染上了血腥气味的空气，转身朝来时的方向走去。

树林间只剩独自呜响的海风，无助地吹拂着。

第 1 章

机密电话

1

绿灯亮起，一辆银灰色的福特轿车快速启动，驶过十字路口，上了金门大桥，朝海湾东岸的马林县飞驰而去。

驾车的是一个年过三十的男人，从他的黑发和漆黑的瞳孔可以看出他来自亚洲。这时他的目光正从副驾驶座上收回来，那里有一张照片，照片里的五个人在一座石雕喷泉前一字排开，他们笑容满面，眼睛里都是期待和向往。

驾车人刚刚看到的，是五个人中唯一的女性，她挽着身旁英俊的中年男人，抿着嘴微笑。白发和皱纹虽然已经侵蚀了她不再年轻的容貌，但在她的目光里还能看到一种对于探索未知的狂热。

她叫莫先琳，来自中国，现任北美弗兰克心理实验室主任，也是塞勒涅心灵会的高级教士。

第一次游览金门大桥的人都会对这座旷世杰作发出来自心底的赞叹，这座横跨金门海峡的悬索桥是地球上最美丽的工程之一。不过在此时，驾驶福特车的人没有心思去欣赏大桥的恢宏气势，他更希望海湾对岸不要如此遥远。

旧金山密集的灯火把城市四周都照成了不夜之地，对岸五公里外的马林县就逊色很多，那里的灯光没有这么繁华，从大桥上看过去几乎一片漆黑。

百里途凝视前方，找到超车的时机，一脚把油门踩到底，他的福特车绕过一辆不紧不慢的巡逻警车。

他想起近年来因为跳桥自杀的事件层出不穷，民众给金门大桥起了个“死亡大桥”的封号，现在从旧金山闹市驶往偏安一隅的小城镇马林县，是不是也是一个从生到死的过程？

百里途的精神不再像刚才那般绷得紧紧的，事态越急，他越能让自己的思维转向别处，这是他多年来的习惯，以缓解心理层面的重压。比如现在，再怎么急都得等到了位于马林县的塞勒涅心灵会总部再说，这一路上还不如想点别的事来让自己放轻松。

仅仅半小时前，他还坐在七十层楼高的顶层天台上，盘着双腿，面对纸醉金迷的大都市，面对前方大厦里假装用望远镜观察潮汐的监视者，强迫自己进入冥想。

令他痛苦的是，就连在冥想状态里，都有一个梦境反复来烦扰他。

这是一种特殊的修炼，当内心的思绪难以平静时，他会找一个更加混乱、嘈杂的环境，努力让大脑安静下来，把意识的控制权完全掌握在自己手里。然而，那个梦境让这项修炼越来越困难。

从中国重庆赶来旧金山已经三个月了，这段时间以来，百里途几乎每夜都是这样度过的。

在重庆发生的那场催眠事件仿佛没有引起心灵会足够的警觉，催眠结束后又过了半年多，教士总会才在议会厅举行秘密会议。还好，会议上总算做出了郑重的决策：多数成员投票同意由会长克洛斯·塞勒涅先生带领四个高级教士，同时也是四个当代最有名的潜意识心理学大师，组成研究队伍前往湖南，发掘画岩的秘密。

研究队伍里除了莫先琳和塞勒涅会长外，还有弗兰克心理实验室理论负责人霍利·特里斯坦博士，波士顿精神分析研究院副院长乔治·索多教授，华盛顿大学理论心理学教授、白宫医务室的心理顾问多米尼克·约翰逊先生。

他们三个月前出发，刚开始陆续会有研究日志发回来，看似一切正常。然而到了他们出发后的第二十七天，总部就再也收不到任何消息了。

在百里途的请求下，总部派出侦探员前往湖南，同当地警方一起找寻五位学者。他们用上了最先进的设备，把玉笥山几乎翻了个遍，最终却一无所获。更奇怪的是，回来的侦探员都说那个山洞早已被官方封锁了，近期没有任何人踏足。

五个潜意识学领域的泰山北斗就这么不明不白地失踪了，没留下丝毫线索，整个教士总会陷入恐慌。可是那个暂时代理会长职务的道格·阿利多斯教士却坚持着一种奇怪的乐观态度，他始终相信失踪者只是在中国找寻其他的“涅槃”遗迹，塞勒涅先生很快就会把其他四个人完好无损地带回来。

百里途在每个人面前都很少表现得激进，可是那一次，他执意要求采取行动的态度惹恼了道格教士，也使得他们之间的隔阂变得无法补救。

“不能再拖下去了，我们可以请求军方或联邦调查局给予帮助。”当时百里直截了当地提出他考虑已久的想法。

道格端坐在会长专用的办公桌前，越过樱桃木的宽大桌面可以看到他漠然的眼睛。

“我说过很多次了，这件事没这么复杂，百里，塞勒涅先生会处理好一切。”道格缓缓道，好像失踪的学者们只是到中国度假去了。

“你不是不知道，”百里往前弓着身子，双手支在桌面上，“我在秘密会议上告诉过大伙儿，‘理想国’① 出现了，《天问》凶杀案跟‘理想国’脱不了干系。”

“我只知道，这件事在会议上没有得到确切的结论，”道格抬起眼睛，里面一片空洞，“教士总会还有不少人持怀疑态度，塞勒涅先生也说要在中国之行后才能下定论。”

“可是现在他们失踪了，我们却还在这里愉快地谈论他们回来以后的事儿。”百里提高嗓音道。

“心灵会有内部的安排，你不用太过费心。你应该清楚，我才是暂行会长。”道格不高兴地回道。

“正因为现在心灵会由你负责，你更应该有所行动！”百里竭力不让自己吼出来。

道格耸了耸肥厚的肩膀：“要不，百里先生，你亲自去一趟画岩嘛。”

他明知道百里特殊的潜意识状态不允许他接触到任何具有强大暗示力的信息源。

百里在道格不动声色的表情里看到了挑衅，他勾起嘴角，笑着轻声说：“必要的时候，我会的。”

---

① 关于“理想国”：起源于古希腊，兴盛于古埃及的古代神秘学院，现代也有不少史学家认为这是一个重要的学术流派。“理想国”相信：宇宙中有一个不可用感官直接感知的世界，万物的灵魂皆来自于此，也回归于此，在这个世界里藏有宇宙的一切知识，人类后天的学习实质上只是一个回忆这个世界的过程。

“理想国”在埃及的法老时代走出了中东大陆，散布于中国、印度、希腊和耶路撒冷。往后数千年中，虽然它们的痕迹在人类历史文明进程中处处可寻，但没有人说得清它们的组织与活动，“理想国”也成为一个未解谜团。

然后他转过身走出会长办公室，把门砸得震天响。

在那之后，百里一直住在旧金山第六大道的私人宅邸里，他的居所周围莫名其妙地多出几个新住户，那些人似乎特别热衷于望远镜和窃窃私语。百里虽曾试着返回中国，但每当他前往机场或港口，总会有心灵会的人前来邀请他到总部庄园里享用匈牙利红酒，要么就是被要求给侦探员讲解符号与催眠的关系。

是的，百里被控制了。他被软禁在旧金山，什么都不知道，什么都做不了，每天只能漫无目的地等待，这是最能逼疯他的折磨。

直到半小时前，一切都出现了转机。

百里坐在天台边的蒲团上，慢慢引导自己进入冥想，没有内心慌乱的预兆，这只是一个同往常一样难挨的夜晚。

梦境也和往常一样出现了。

百里漂浮在一片没有边际的黑色大海上，面朝深不见底的海水，他身体的每一寸皮肤都能清晰地感觉到海水的浮力。他虽然很想把头从海水里抬起来深呼吸一下，但是他做不到，只能盯着黑暗的水下。

水里有一个男人，全身发着微光，他昂头与百里对视。百里甚至能看清他挺直的鼻梁、深邃的眼睛，嘴唇薄得像是用雕塑刀刻出来的。

男人向上缓缓伸出手，用眼神乞求百里拉他一把，他就快要淹死了。

百里竭尽全力想去救他，可是巨大的浮力让他无法向水下前进一厘米。男人越沉越深，终于被没有一丝光线的海水全部吞没。

在他消失的那一瞬间，他挣扎着抬起头看了百里最后一眼，眼神里充满了阴郁和怨恨，同时，一阵无力的低语穿透海水，在海面上低响。

“让白昼开始的早晨就该降临了……”

百里猛然惊醒，对着天空大口大口地喘气。他从蒲团上站起身，找纸巾擦干脖颈后的冷汗。

他知道那个男人是谁，在重庆的那场催眠结束后，他就知道那个经常闯进他梦里的男人是谁了。

房间里的机密电话突然响了。

机密电话是专属于心灵会高级成员的通信设备，大家把它戏称为“黑火柴盒”。发明这种有着黑色方形金属外观的移动电话就是为了在传递信息的同时最大限度地保守秘密，并且，“黑火柴盒”只能用于成员之间的呼叫而无法当作普通电话来用。

百里回到屋里，盯着这只沉默了很久的“黑火柴盒”，有些错愕。

会是谁？他拿起电话，金属机身上的冰凉感猛地钻到手心里去，心底同时腾起一阵惊恐。

电话屏幕上显示出一串随机字码，这又是“黑火柴盒”的特殊功能：电话所有者都有一个专属的字码，需要通过专门的破译系统才能解读出来电人。

百里能感受到脉搏的跳动频率加快，现在尚且不知道是谁打来的，但隐隐有种预感——出事了！

他禁不住看向床头那张研究队临出发前拍的合影——他们去中国后，百里走到哪儿都带着这张照片。

微颤的手指按下接听键，电话通了。

听筒里只传来一阵哧哧的电流声，很微弱。百里赶紧按下录音键，生怕错过什么。

电流声持续了半分钟，突然传出细微的话音，有人在电话那头说话了。

刚开始虽然听不清对方具体在说什么，但能听出是在一字一顿地反复念叨着六个短音节。

百里屏住呼吸，回过身关紧背后的大落地窗，这时候不能有任何声响干扰了这个至关重要的电话。

另一头的人重复那六个短音节足足有一分钟，而且每次都是先说完三个音，做一个时间很短的停顿，再接着说后三个音。最后似乎因气力不支而停止，电话随之挂断。

在最后一秒钟，百里听清了，那是两个独立的词组！

他回过身找出随身携带的记录本，用他所想到的最简单的方式把对方反复说的两个词组记录下来。

本子上多出了三个汉语拼音“jia”“le”“bi”，“mai”“zhe”“lun”。

2

已经开出很远了，男人还是忍不住去看后视镜，那片安放祭品的森林早已消失在视野之外，他却意犹未尽。他现在特别能够理解那些艺术家在完成一件杰作时是什么心情。

艺术家的工作是创造，而他是在毁灭，但谁说毁灭不是另一种形式的创造呢？

“大破大立”，这是那个中国来的催眠师教给他的。

男人忽然很想放声大笑，这一刻的感觉简直妙不可言，只是还有别的工作要做。

他强忍住笑意，扭头看了看副驾驶座上的牛皮纸袋子，以及旁边那把血迹未干的折叠刀。

海风在沿海公路上呜咽，远处依稀可见旧金山市射向天空的光束在男人看来，那是几百万只草履虫在一座灯红酒绿的废墟里狂欢。

世俗的人类永远不知道现在的他们犹如单细胞生物一样低级，也不会知道一个文明盛世即将来临，纵然在此之前总得有牺牲，但这点代价还是值得付出的。

男人点燃一支烟，无比惬意地沉浸在自我的喜悦里。

手机振动起来，打断了他的思绪，不用看，他知道是谁打来的。

“先知，我们已经迈出第一步了。”他恭敬地对着电话说。

“唔，”听筒里是一个苍老的声音，“我们没有退路了，亚瑟，你害怕吗？”

亚瑟把烟扔出窗外，兴奋得差点笑出声来：“如果说有让我害怕的东西，那就是我们的进展太过缓慢了些。”

“很好，”先知说道，“那么，开始第二步吧，你知道该做什么。”

亚瑟的眼角瞥向旁边的皮包，回道：“我知道的，先知。”

“孩子，你的名字会被历史铭记的。迟些我再联系你。”先知说完就挂断了电话。

“谁说不是呢？”亚瑟收起笑容，把手机放进怀里，加速向马林县驶去。

他的另一只手抚摸着身旁的皮包，仿佛能感觉到包里的东西腾起了焚毁索多玛城①的审判天火。

3

塞勒涅心灵会应该是全美，乃至全世界最特别的机构，即使在心灵会内部也很少有人说得清这个机构的性质。说它是官方组织，它又绝不隶属于任何国家政府；说它是民间学术团体，它又有国际效力上的立法权和司法权，甚至还有一定的调查和拘捕权力。1932 年，《国际催眠法规》由塞勒涅心灵会确立并颁布时，世界各国的政府都选择了支持这一法案，所有催眠师，或者说所有有能力的精英催眠师都必须遵守。事实上，从 1929 年，赫宁·塞勒涅教授从欧洲来到美国，并获得华盛顿方面的支持，从而成立塞勒涅心灵会开始，这个机构的神秘面纱就从来没有被揭开过。

百里途瞥了眼手表，此时是旧金山时间凌晨 1 点 47 分，他加快车速，用了二十五分钟跨过金门大桥，赶到坐落于马林县的赫宁庄园。

这里作为心灵会总部已经八十年了，十二座法国古典式风格的高大建筑规则地散布在美洲香槐林里，分属心灵会的十二个部门。百里把车开进庄园大门，经过广场上那座月神塞勒涅②的花岗石雕像，直奔最北端的安全部。

在凌晨灰蒙蒙的雾霭中，沿路的高楼犹如僵立的提坦巨神，瞪着打扰睡梦的人。

百里的脑海里回响着电话里奄奄一息的说话声，眉头拧成一道深痕。

安全部大楼在赫宁庄园里占地面积最大，这里是心灵会日常事务最繁多且最复杂的部门，全世界所有违反《国际催眠法规》而造成恶性结果的事

---

① 索多玛城：《旧约·创世纪》中记载的罪恶之城，上帝降下天火将其毁灭。

② 塞勒涅（Selene）：塞勒涅是古希腊神话里的满月之神，在古希腊的巫术中占有举足轻重的地位，当时的人们相信月神塞勒涅是万物灵魂的载体。

件全都得先经过安全部的处理。同时，安全部还要负责监督催眠师以及心理师的行为，以免有不守规则的催眠师破坏“涅槃”的合理秩序。不过在安全部的所有职责中，最困难也最危险的，还是当属抓捕违法催眠师与收集违法证据——凡是有能耐违反《国际催眠法规》的催眠师，无一不是智力非凡者，要抓捕这些人并掌握足以定罪的证据，一点不比破解“十二宫杀手”“开膛手杰克”这些历史悬案简单。

十年前，百里初进心灵会就是在安全部工作，他已不记得在这里经历过多少诡异的催眠案件，有几桩甚至差点要了他的命。

希望这一次还能那么幸运，走进安全部的大门时，百里想道。他把照片收进怀里，尽量让自己放松一些。

门后是一个接待大厅，此时灯火通明，大厅正中的青铜雕塑在灯光下有一种庄严的力量感。

铜雕是一座古朴的门，数不清的人在门页上痛苦地挣扎，仿似落入了地狱。门梁上站着三个幽灵，头靠在一起指着脚下的苦难众生。一个沉思者坐在幽灵的下方，冷漠地思考着地狱中的一切。

哪怕在心灵会内部也没有几个人知道，这座《地狱之门》铜雕是奥古斯特·罗丹的真迹。受到但丁的神话长诗《神曲·地狱篇》的启发，罗丹决定雕刻表现地狱的艺术品。他一生当中雕了两座《地狱之门》，一座是为法国实用美术馆的青铜大门做的雕饰，如今收藏于罗丹博物馆；而眼下这一座是罗丹在遗嘱里留给好友赫宁·塞勒涅的礼物。

百里在铜雕前停了一会儿，才注意到已经有人等在通向小型会议室的楼梯前。

“巴蒂斯昂部长在楼上等你们，他一接到电话就赶过来了。”安全部长的助理，长相酷似“芝麻街”人物的丹皮尔对百里说。

百里踏上楼梯，走到一半时回头看了看丹皮尔，问道：“今晚还有别人过来吗?”

“是的，”丹皮尔挠着他可笑的红色卷发道，“部长来之前给道格教士打了个电话。”

百里面无表情地点点头，没再说什么，向二楼会议室走去。

推开那扇刻有六边形会徽的栎木门，等在里头的安全部部长从沙发上站起来。

年近五十的让·巴蒂斯昂是一个专注力惊人的法国警官，他留着满脸的络腮胡子，话不多，也不善于人情世故，这辈子最大的喜好就是让罪有应得的人受到制裁。正因为他在欧洲分会的表现异常优秀，教士总会决定直接把他调至安全部担任部长，接替升为会长的克洛斯·西弗里斯先生。

“你接到一个可疑的来电，跟失踪的学者有关？”巴蒂斯昂操着一口法国味十足的英语问道，脸上满是焦虑。

百里知道眼前这位警官和自己一样，主张赶紧对失踪学者的事采取措施，无奈在人际场上木讷的他得不到更多同事的支持，圆滑的道格教士从没把他的意见当回事。百里掏出机密电话，把那串混乱的随机字码给心急的巴蒂斯昂看，说道：“让技术侦查司的人尽快破译出这串字码，我们就能知道来电人是谁了。”

“这么说，你还不确定这是谁打来的？”巴蒂斯昂眼里闪过不少怒意。

“至少对你的盟友客气一些吧”，百里心里想，他摊开双手承认道：“不能完全确定，但这是目前唯一的线索。”

潜台词很明显：此时此刻就这么点线索，除了追查没别的办法，你自己看着办。

虽说对百里的态度很恼火，但巴蒂斯昂也不作声，他走到一旁拨打手机，对着话筒咆哮了一阵，把怒气发到电话那头还没睡醒的技术探员身上。

这时，一个红色的脑袋从门外探进来，还没等丹皮尔把肩膀也放进来，他身后一只肥硕的大手已推开大门，身穿晨袍的道格教士走进了会议室。

“谁能告诉我，发生了什么事？”道格努力撑开惺忪的睡眼，大声嚷嚷道。随后，等他看清眼前是百里途和怒气未消的安全部部长时，诧异的神色明明白白地挂在脸上。

“你们这是在商议什么？”道格开口道。

“我接到个电话，怀疑是失踪的学者打来的。”百里走上前，尽量保持敬意。

“怎么又是这件事，我说过他们好好的，没有人失踪。”道格不耐烦地打断道，“我们在凌晨两点聚到这里不是来听你吓唬人的。”

“来电学者可能已经丧命，电话里可能留下了重要的信息。”百里态度强硬地回道。

“可能？”道格准确地抓住反驳的突破点。

“是的，可能，”百里面不改色地道，“我不能确定。”

道格转身朝巴蒂斯昂怒声道：“听到了吗？你因为一个不能确定的电话就把我叫到这儿来，这个恶作剧真是精彩！”

巴蒂斯昂憋得满脸通红，他愠怒地瞪着百里。

气氛一时间僵硬起来。老实说，心灵会里拥有机密电话的高级成员不在少数，百里也说不清那通午夜来电有多大价值。

“你们不想听听电话里讲了些什么吗？”百里举起手里的“黑火柴盒”，即使来电者的身份不确定，但是通话内容也是不能忽略的。

这么一说果然有用，道格和巴蒂斯昂的注意力被吸引住了，他们走过来，接过百里手里的电话，因为没有外部扬声器，他们只能轮流用耳朵贴着听筒听。

道格只听了一遍就踱步到会议室另一头，巴蒂斯昂部长在百里身边，反复听那段通话录音。

道格教士点起烟斗，一股从墙缝里钻出来的寒意如烟雾般飘散。安静到近乎窒息的会议室里可以听见从“黑火柴盒”里传出的电流声。

还有那句临死之语——“jia”“le”“bi”，“mai”“zhe”“lun”。

安静了片刻后，道格远远地看着百里问：“你认为这是哪位学者打来的电话？”

“听声音，或许是莫教授。”百里回答道，拿出他的记录本。

“好，就算真的是莫先琳，那么她在说什么？”道格说，“那几个音听起来不像是英语。”

“是的，她说的是汉语。别忘了，她是这次前往湖南的研究队里唯一的中国人。”百里翻到了记有拼音的那一页，说：“一个人在临死前使用的必定是母语。”

道格跌坐在沙发里，低声问道：“她在用母语说什么呢？”

百里长出一口气，摇头道：“我不知道，如果直接音译过来，她似乎说的是‘加勒比’和‘麦哲伦’。”

“加勒比和麦哲伦？”道格教士垂下眼睛，不解地自言自语道，“难道他们在加勒比海？”

“或者麦哲伦海峡。”百里跟着说。

没有人接话，也没有人敢断定什么，一切都是未知数。

第2章

笛卡尔

1

技术探员推开小型会议室的栎木门时，眼下仿似凝固的空气给了他小小的一惊。

只见代理会长坐在会议室另一端的窗边，闷声地抽着他随身携带的陶质烟斗，薄雾般的烟飘散在众人周围；那个从中国分会赶来的、有个奇怪名字的催眠师在沉默地喝茶，眼睛盯着桌子对面；自己的顶头上司巴蒂斯昂部长手里握了一个黑色方盒，放在耳边仔细听着什么。

技术探员回头压低声问带他上来的丹皮尔助理："发生了什么事?"

"你问第三遍了，"丹皮尔推他的背，"进去吧，够你忙的。"

技术探员把装电脑的皮包抱在怀里，小心地走上前几步，木门在他身后轻轻地关上。

他的动作很轻，直觉告诉他，一定是有了紧急而且糟糕的情况，现下还是不要打扰这三人的沉思为好。

"谢天谢地，你小子终于来了。"巴蒂斯昂最先发现站在墙边的技术探员，另两人的目光也投向这边。

"对不起，部长，您给我打电话的时候我还在斯坦福，所以绕道过来有些耽搁，"技术探员尴尬地一笑，"依您的吩咐，我把'土卫六'带来了。"他指指怀里的皮包。

"很好，很好，"巴蒂斯昂烦躁地站起身，拉过技术探员马虎地介绍道，"这是笛卡尔，我们技术侦查司里最优秀的技术探员，对了，他还是克洛斯·塞勒涅先生的学生。"

百里途打量着笛卡尔，他记得这个估摸有二十五六岁的青年，克洛斯·塞勒涅和他的研究小队从中国传回的研究日志都是由他负责整理的。百里每天都在关注画岩的研究动向，和笛卡尔打过几次交道。他对这个与近代哲学之父[1]同名的年轻人印象深刻，毕竟能成为心灵会会长学生的人屈指可数。

听到上司对自己的赞扬，笛卡尔脸红了，他走到沙发前坐下，拿出手提电脑。

笛卡尔身形颀长健壮，有一头深棕色的头发，硕大的鼻子两边是一对淡蓝色的瞳孔，此时这对瞳孔从电脑屏幕上抬起，望着巴蒂斯昂部长。

巴蒂斯昂握着机密电话的手还放在耳边，他看了看沉默不语的道格，把电话里的来电字码调出来，递给笛卡尔。

“把这个破译了，查出来电人。”

“黑火柴盒?”笛卡尔脸上掠过一丝困惑，他接过电话，敲打着键盘开始工作。

道格从窗边走过来，急切地问：“需要多久?”

“五分钟。”笛卡尔头也不抬地回道。

道格攥着烟斗的手在颤抖；百里紧握着茶杯柄，手指关节因为用力而发白；巴蒂斯昂则瞪大眼睛，盯着他并不熟悉的密码破译系统。

来电者会是她吗？所有人的心都悬在空中。

这五分钟漫长得像是没有尽头，原本明亮的会议室里蒙了一层昏暗的雾，让人心头压抑。

“有结果了。”笛卡尔抬起脑袋，目光与站在他面前的巴蒂斯昂相接。

“谁?”道格教士迅速俯身去看电脑屏幕。

“来电人是，莫先琳教授，”还不明就里的笛卡尔困惑道，“奇怪，她不是跟塞勒涅老师一起去中国了吗？出了什么事?”

没有人回答他，巴蒂斯昂走到墙边的阴影里，抱着双臂凝视着道格。百里放下茶杯，目光也聚集在道格身上。

不慌不忙的神态在道格身上消失了，他脸色煞白，双唇哆嗦着，把烟斗放在嘴边时才发现烟丝早已熄灭。

“教士，我们该……”巴蒂斯昂问，道格一挥手打断他的话。

---

① 勒内·笛卡尔（Rene·Descartes）是法国著名的哲学家、物理学家、数学家，他提出了“普遍怀疑论”，是欧洲近代哲学奠基人之一，黑格尔称其为“近代哲学之父”。“我思故我在”是笛卡尔的经典名言。

“年轻人，你还能通过这个电话查到什么？”道格面向笛卡尔，强作镇定地问道。

笛卡尔急切地反问：“我想知道，莫教授怎么了？”

“这件事你没有知情权！”道格怒声道，“快告诉我你还能发现些什么线索？”

巴蒂斯昂没有想到自己的部下会惹恼代理会长，即使再迟钝，他也知道该过去打打圆场。

更加出乎意料的是，笛卡尔毫不退让地回答道格：“克洛斯·塞勒涅是我的老师，是他把我从希腊带到这里来的，现在他失踪了，而跟他在一起的莫先琳教授又打来这么一个奇怪的电话，我有权知道出了什么事！”

道格窒住了，他怎么也想不到这个小小的技术探员竟敢顶撞自己，一旁的巴蒂斯昂更是惊诧得说不出话。

这时，沉默已久的百里途说话了，他正色道：“笛卡尔说得没错，这件事应该告诉他，或许他也能帮助我们。”

巴蒂斯昂没来得及厘清思绪，只好点点头，赞同百里的意见。

道格重重地叹了口气，胡乱地抬起一只手，示意百里说下去。

“这个电话是我接到的，”百里迎着笛卡尔的目光，概括地说道，“我怀疑来电者——莫先琳教授已经遭遇不测。”

“什么？”笛卡尔震惊地站起身，“你为什么这么说？”

“你听听电话录音就知道了。”

笛卡尔不顾是否有人反对，摁下机密电话的播放键，把耳朵贴上去。

电流声响过，之后是那两个莫名其妙的词组。

片刻后，笛卡尔放下电话，不确定地道：“怎么……她会不会……”

百里知道笛卡尔要问什么，他断然道：“听她的气息，不大可能还活着。”

“她在说什么？”笛卡尔问，紧张地看着百里。

“莫先琳教授说的是汉语，她好像在说‘加勒比’‘麦哲伦’。”

“加勒比海？”笛卡尔眼中的困惑更深。

“等一下，”道格用期望的口吻问道，“会不会是别人使用了莫先琳的机密电话，我们听见的或许并不是电话主人的声音呢？”

“不可能!”笛卡尔立即回答道，“机密电话同时装有眼瞳识别和语音识别系统，只有电话专属者才能使用，这肯定是莫先琳教授打来的。”

最后一点希望破灭了，道格拿着烟斗的手紧握成拳。

笛卡尔紧接着问百里：“你是什么时候接到这个电话的？其他的学者呢？”

“够了!”道格失去了耐心，他大声说，“你现在告诉我，这台电脑还能不能查出东西？”

笛卡尔回过头去，不满的视线停留在道格教士的胖脸上。

这一瞬间，百里注意到他面前的电脑上，有一个小窗口快速闪出又关闭，是某个正在后台运行的程序，烦躁的道格完全没有发现。

“抱歉，我们只能知道这么多。”笛卡尔回道，他伸手合上电脑。

道格不再看他，站起身径直向门外走去，边走边说：“行了，这件事我会向教士总会通报，由我们决定下一步怎么办。”

到了门口，他又回头对巴蒂斯昂吩咐道：“请尽快把安全部的处理意见报告交给我，警官。”

“好。”巴蒂斯昂应着，他忧心忡忡地跟在道格身后，离开了会议室。

笛卡尔低垂着头，默不作声地收拾手提电脑。突然，一只手重重地搭上他的肩膀，他全身一颤，手上的动作停了下来。

“说吧，”百里把凉透的红茶拿起来，喝下最后一口，俯身看着他道，“你对我们可敬的代理会长隐瞒了什么？”

2

这个凌晨百里途其实很疲惫，接到电话前的冥想修行消耗了不少体力。他强撑着赶到赫宁庄园，在小型会议室里靠喝浓浓的红茶提神，不过摄入体内的茶碱似乎对他疲惫的神经已经不起作用。现在与笛卡尔对视，他仍然觉得眼皮如灌了铅一样沉重。

“我，我没有隐瞒……”坐在椅子上仰视百里的笛卡尔支支吾吾地回道。

必须让他带我去那里！百里暗下决心。他深吸一口气，好让大脑活跃起来。现在还不清楚笛卡尔的底细和立场，所以要想办法探一探。

百里隐约有种预感，在营救失踪学者这件事上，笛卡尔能帮上大忙，要争取让他和自己站在同一战线。

“很明显，道格教士不支持我们，”百里退回沙发边坐下，“好像他对救援塞勒涅先生这件事并不热心。”

“我也说不好，或许他也在做努力，”笛卡尔心不在焉地道，他把电脑收进皮包里，“如果没有什么事的话，我先回去了。”

眼看情形不妙，笛卡尔明显是要跟自己保持距离，百里忙换个话题道：“你是克洛斯·塞勒涅先生的学生？”

笛卡尔点点头。

百里又问道：“刚才听你说，你来自希腊？”

“我刚从雅典大学毕业。”

百里这时才注意到他具有显眼的棕色皮肤和雅典人特有的高眉骨、浓眉毛。

“哦？我不记得塞勒涅先生在雅典大学任教过。”百里好奇道。

笛卡尔低下头，轻声道：“西弗里斯老师在一次事故中救过我，从那以后我才成为他的学生。”

西弗里斯是克洛斯·塞勒涅成为会长前的姓氏。在心灵会里，最高等级的荣誉徽章就是“塞勒涅”这个姓氏，担任会长职责的人都得改姓“塞勒涅”，这也成为心灵会特殊的传统。

百里发现了谈话的突破口，是笛卡尔经历过的“事故”让他同塞勒涅——曾经的克洛斯·西弗里斯先生关系密切的。

他刚要询问来龙去脉，笛卡尔就抬起头，决绝道：“我不想提起那件事。很抱歉，我该回去了。”

说完，笛卡尔起身向门外走去。

百里想不到才说了没几句话就碰壁，看来把笛卡尔和塞勒涅两人的命运绑在一起的“事故”是个禁区，绝对不能触碰。

建立信任的过程眼看就要走到尽头，百里也只好豁出去了，他急忙道：“你是要赶着去莫先琳的尸体所在的地方吧？”

笛卡尔在门口顿住，他虽没回头，但语气里有一丝被揭穿后的难堪，“我怎么知道她的尸体在哪里。”

百里走上前，轻轻地拍了拍他背上的皮包说：“你刚才用的这台‘土卫六’超级计算机，我曾经在安全部也使用过。”

3

清扫楼层的胖女人注意那个袋子已经很长时间了。

她是这栋大楼里最勤快的清洁员，每天清晨四点就开始工作，今天也不例外。只是当她拎着拖把和水桶走进电梯时，还想不到这普通的一天会成为日后挥之不去的噩梦。

一切都缘于那个裹着黑色塑料纸的牛皮纸袋。

走出电梯门的时候，胖女人就注意到这个袋子了，它摆在七十层楼的住户门前，外层的塑料纸潦草地裹着袋中的东西，呈长方形。应该是昨夜才有人放在这里的，因为昨天傍晚下班前例行检查时，她还没发现这东西。

七十楼只有一个住户，是一位从中国来的男子，在这片街区很少露面，从没见有人前来拜访过他，只知道他经常开着那辆普通的银色福特轿车前往海峡对岸的马林县，每次回来都是一张看不出情绪的石头脸，那么会是谁把这奇怪的袋子放在他住宅门口的呢？

对了，只能是快递公司的人。

胖女人一边抱怨现在的快递服务越来越不靠谱，一边开始打扫。

七十层向来都干净得像没人住过，胖女人的工作并不繁重。她清理完室外阳台，思绪又回到那静静躺在门前的袋子上。

这是一栋私人住宅楼，快递员是不允许进来的，再怎么重要的邮件也是放在底层的管理室，等待收件人亲自去取。再说，没有哪家快递公司是在半夜送件的。

胖女人这么一想，目光又不知不觉地移过去。

她发现塑料纸上凸显出来的轮廓有些异常——里面似乎是两条长筒状物。

近年来世界各地频发的爆炸案让她心头一紧，这会不会是一对自制的雷管？

她蹑手蹑脚地走上前去。在距离门口两米远的地方，她闻到一股腥臭，是血腥和腐肉混杂的气味，虽然很淡，但足够让人恶心不已。

胖女人捂住口鼻，起先她还以为是哪个角落里藏有一只死老鼠。等她来到袋子前，发现腥臭味在这里最强烈。

毫无疑问，这个袋子是臭味源，可是里面会是什么呢？

胖女人抑制不住膨胀的好奇心，她决定只看一眼。

弯下腰，一只手拨开外层塑料袋，里面的黑紫色牛皮纸袋露出来，袋口大敞着，刺鼻的恶臭瞬时盈满整条走廊。

破晓的天光穿过身后的窗口，与头顶白炽灯发出的惨白光线一起落在牛皮纸袋里。胖女人强忍着不吐出来，朝袋里看去。

“啊……”

下一秒，一声惨叫声响彻这栋七十层的高楼，胖女人昏了过去。

在她身边敞开的纸袋里，是一双皮肤发紫的手臂，参差不齐的断裂口处还残留着快要凝固的污血，落在纸袋里的天光被这污血浸染成惩罚天火的颜色。

第3章

复活的尸体

1

“全世界除了‘土卫六’外，没有第二台电脑可以确定‘黑火柴盒’的位置。”百里途说，“实际上你已经定位了莫教授吧？”

笛卡尔不自在地理了理脑后的头发。

拉拢这个涉世不深的年轻人应该没多大问题了，百里一颗心放下很多，他诚恳地道：“你是想靠一己之力去救你的老师，对不对？”

笛卡尔轻叹了口气：“道格知道了莫教授在哪儿又能怎样？他不是无动于衷就是自以为是地胡乱指挥，把所有救援工作往错误的路上引，我从不指望他能做对什么。”

百里眯起眼睛：“你对代理会长成见很深啊！”

“从研究队伍失踪到现在，他领导的整个心灵会不一直是这样吗？”笛卡尔颓丧道，“我很担心西弗里斯老师，不能再拖下去了，我一个人行事或许还能起点儿作用。”

果然不出所料，百里心想。他看向安全部大楼的门厅，确定没人偷听这段隐秘的对话。

“不如我们一起干吧！”百里沉声道。

笛卡尔不敢相信地看着他：“你？”

“是的，让我们一起背叛道格‘国王’吧！”百里故作轻松道。

“可是……百里先生，我听说，你一直要求心灵会跟军方或者联邦调查局合作，现在，只有我，会不会……”笛卡尔窘迫地说，不知道该不该说下去。

“在事情毫无头绪时换谁都会想到动用最强大的力量，”百里耸耸肩，回道，“那正好能证明，我想救出塞勒涅先生的急切心情跟你是一样的。”

笛卡尔一愣，随即弯起眼睛笑了。他把背包往肩上拉了拉，对百里道：“我们先离开这里再说。”

百里跟在他身后，走出安全部的大门。几个小时前，这个被心灵会监视的孤身催眠师独自走进这扇门时绝对不敢相信能在这里找到盟友。

百里向他的福特轿车走去，笛卡尔拦住了他，伸手道："百里先生，把你带在身上的记事本给我吧。"

百里虽不明白他的意思，但还是照办。

笛卡尔扯下本子中间的一页，递给百里看，那张纸除了较厚、颜色更深之外，与普通纸张并无差别。

"这是个隐形定位跟踪器，附带窃听功能，是斯坦福大学电子实验室的最新发明，你的车子上也装了。"笛卡尔不好意思地说，"一直都是我们技术侦查司负责监视你，我很抱歉。"

百里把那张先进的纸张型跟踪器扔进福特轿车，回头打趣道："你们没有把微型摄像机安在我的浴室里，我已经很感激了。"

笛卡尔哈哈一笑，带着百里坐进他的道奇越野车，向庄园外驶去。

半小时后，越野车开出了马林县，在加利福尼亚州 63 号高速公路上朝索尔顿湖方向飞驰。

"该死，怎么我早没想到拉你入伙呢？"先前面对百里还有些拘谨的笛卡尔现在已经放松了很多，"安全部没人不知道你，中国那起凶杀案解决得太漂亮了，想不到你也在安全部工作过。"

百里马虎地笑了笑，他强打精神盯着窗外，心头疑问迭起。

金州[①]的夏季天亮得很早，晨光熹微，落在公路两旁的树林里，却更显阴森，枝繁叶茂的高大树木深深掩埋了林中的无数秘密。

这是要去什么地方？莫先琳教授在哪里？

笛卡尔还在称赞他怒砸道格的办公室门是多么大快人心，百里打断道："你走的没错吗？"

笛卡尔扬起左手，他的手腕上是一块方形手表："看到了吧，这是这个时代最先进的导航仪，全世界每个角落的电子地图都在里面，'土卫六'的指令也可以直接传过来。我现在就跟着'土卫六'的导航走，再有不远就到了。"

百里锁起眉头，他想起中国的那起连环凶杀案，其中每一起命案的抛尸

---

① 加利福尼亚又叫金州。

地点或者杀人现场都暗指《天问》的词句，这一次难道也是这样？

然而这荒郊野岭的，又能有些什么诡秘的意义呢？

“我们快要到了。”笛卡尔看着手表说，“只是……”

越野车的速度降下来，向路边的树林一拐，闯了进去。

百里紧抓着安全把手，不解地问：“莫教授在树林里？”

“从‘黑火柴盒’的定位来看，应该是这样。”笛卡尔紧握方向盘，控制住颠簸的汽车。

又走了一刻钟，汽车在一片树木密集的林子前停下。

笛卡尔熄掉火：“看来车子派不上用场了。”

百里若有所思地点点头，他的心思更加沉重：63号公路本就人迹罕至，如果因为要隐藏罪行而抛尸的话，没必要把尸体运到如此之深的树林里来，眼下的情况看来真如自己所想，把莫先琳藏在这里定然另有深意。

笛卡尔跳下车，举着手电往前走，不时通过导航手表核对路线。百里跟着他，紧盯着手电光束扫过的每一个地方。

可是除了弥漫在林间的晨雾，他什么也没有发现。

手表屏幕上显示距离目标越来越近，笛卡尔拿着手电的手在发抖，百里凝神看向前方。

他们看见了。

在一块狭窄的林间空地上，平躺着一个人。不，百里心里清楚，那早已是一具尸体了。

笛卡尔拔腿跑上前，近了，他能清楚地看到尸体的模样。

百里在他后面还有几步远，这时只见笛卡尔的肩膀骤然一震，手电从手里掉落在地，弹了几下，手电灯头射出的光束凌乱地扫向四处。

2

安德鲁警长舒服地靠在躺椅上，这是他在这片街区执勤的第151天，再有两天，就可以打破五个月无犯罪事件的纪录了。谁都知道，在多事的旧金山要取得这个成绩有多么不容易。

办公室墙壁上的电子时钟显示现在是 5 月 21 日清晨六点半，虽然通宵未眠，但安德鲁却十分精神。这座城市即将进入新的忙碌的一天，根据犯罪学的理论，每天这个时候都是最容易出岔子的，所以他都会亲自坐镇，保证出警的速度。

打破纪录可不是轻而易举就能做到的！安德鲁警长有些得意地想。

电话铃突然响了。

“喂，我是安德鲁，请讲。”

“头儿……”是那个毛手毛脚的实习巡警打来的，他的声音明显在颤抖。

“什么情况？”安德鲁心里一抖，不禁开始祈祷保住自己的纪录。

“出……出事了，你，你最好来……来这里一趟。”巡警听起来快要哭了。

安德鲁警长面色凝重，右手不知不觉地摸到腰间的手枪上，纪录的事儿从他心里飞到九霄云外。

二十分钟后，旧金山第六大道的平静被一阵警笛声打破。警车停在一座七十层大楼前，安德鲁警长带着一名法医和两名技术警员走下车来。年轻的实习巡警站在大楼入口处等他们，他嘴唇哆嗦着，眼睛里是藏不住的惊惧。

“带我们去现场。”安德鲁好不容易才把已到嘴边的那句“你就不能出息点儿”给咽了下去。

“请，跟我来。”巡警带他们走进了位于大楼底层的管理室。

在这里，敏锐的警长第一眼就发现蜷缩在角落里的胖女人，她脸色煞白、眼神呆滞，两个同她年纪差不多的中年女人搂着她的肩膀，轻声安慰着，她却没有任何反应，嘴里念叨着谁也听不懂的话。只有受到极度惊吓的人才会是这般模样。

“你好，长官。”旁边一个头发花白的男人站起来，从胸牌上看他是这里的负责人。

安德鲁的视线回到胖女人身上，多年的办案经验告诉他一定是有重案发生。他开门见山地问：“告诉我，这是怎么回事？”

“她是我们这里的清洁员，负责打扫高层楼道，”负责人焦虑地回道，

"今天早上巡逻保安发现她晕倒在七十楼，我们想了很多办法才让她醒过来，结果她就成了这个样子。"

负责人指了指房间另一头的办公桌，那里坐了一个同样魂不守舍的小伙子。

"我在六十七楼时听到楼上传来一声尖叫，就向上一层一层地找是谁出事了，"小伙子接着说，他两手紧捂心口，像是害怕心脏从胸腔里跳出来，"到了最顶层就看到她侧卧在地上，我急忙上去查看，结果在她身边发现了这个。"

小伙子的旁边摆有一个长方形的黑色塑料袋，袋口被人胡乱地封住，看不出里面装了什么。

安德鲁狠狠吸了口气，他的鼻子发出沉重的鼻音。每当他心里紧张时，他都会用这样的方式来舒缓情绪。

按理说，一个办了几十年案子的老警长不应该再对血案之类的恶劣事件感到不适，但安德鲁向来准确的直觉告诉他——眼下这袋子里的东西不简单。

他双手伸向塑料袋，小心地打开袋口，一瞬间他的鼻子里盈满恶臭。

那个受惊的胖女人全身开始剧烈地发抖，她瞪大的眼睛看向这边。管理室里的其他人都捂紧鼻子，注意力也被吸引过来。

胖女人喉间的声音突然清晰了，原来她一直在吟诵《圣经》："到第七日，神造物的工已经完毕，就在第七日歇了他一切的工，安息了。神赐福给第七日，定为圣日，因为在这日神歇了他一切创造的工，就安息了。"

安德鲁警长听见了这段来自《旧约·创世纪》的经文，他的身子顿了顿，紧接着俯身向塑料袋里看去。

他看见了一双断臂，斑斑血迹遍布于已经发紫的皮肤上，犹如正在燃烧的炽烈火焰。

然而最可怕的是，两条手臂从手腕起到肩膀的割裂口处的皮肤上，有许多刀割的痕迹，黑血凝固在这些并不深的刀痕上，触目惊心。

安德鲁想起曾经看过的一部介绍中国古代刑罚的纪录片，这很像片里讲的"凌迟"之刑。

他摸出眼镜戴上，凝神去看那些刀痕。

霎时，犹如一道惊雷在他头顶炸响，他定在原地，心里涌起从未有过的恐惧。他明白胖女人为什么偏偏吟诵《旧约·创世纪》了。

那些刀痕并不是像凌迟一样随机割上去的，那是用刀刻出的两句英文！

两句诅咒！

3

这拂晓时分的树林异常地冷，阴风一阵接着一阵。

百里途快步走到笛卡尔身边，弯腰拾起手电，看向摆在地上的尸体。

纵使他已提前做好一万分的心理准备，看到这具可怖的尸体时还是让他不寒而栗。

该是什么样的凶手，抱着什么样的目的，才会制造出如此灭绝人性的凶杀案：死者的双臂已被砍掉，污血沾满全身，凝着血块的长发包裹着发乌的脸颊，一双浑浊的眼睛直勾勾地望着被树木遮蔽的天空。

百里把手电光聚在尸体的眼眶处，才发现原来凶手割掉了它的眼皮，这是真正的死不瞑目。

在中国，人们相信死者的眼睛只有闭上了，他才能斩断与人间千丝万缕的联系，安心地去往死后该去的地方。不知眼前这无法闭眼的死者，她的灵魂是不是再也找不到归宿。

在尸体脑袋旁有一个方形黑色金属，笛卡尔捡起来看了看。

“她，是莫教授。”笛卡尔轻声说，“她临死前使用了机密电话。”

“嗯。”百里认识那张失去生气的脸，不会有错，这就是莫先琳，前往中国的心理学者之一。

那张合影就藏在百里的口袋里，上面的一条生命竟以这样惨不忍睹的方式逝去了。

“莫教授的死亡原因是中毒，”笛卡尔蹲下身，检查尸体的口腔，尸体的牙龈和舌头呈深紫色，这是中了慢性剧毒的症状。

百里弯着腰，面朝着尸体说：“看起来我们这里需要一个法医，我想知道莫教授的死亡时间。”

“请等等。”笛卡尔起身向他的道奇越野车跑去，回来时怀里多了一只钢质小箱，他把箱子放在尸体旁。

“我经常看部里的克里斯法医做化验，知道怎么用这套血液成分检测仪。”笛卡尔说着打开箱盖，里面是一套复杂的电子仪器，连接着嵌在箱盖上的液晶显示屏。

他从尸体身上采集了一些血液，滴在检测仪的分析皿里，又向里面加入一定比例的试剂，不一会儿数据就出来了。

百里和笛卡尔盯着显示屏，上面不断跳出血液成分的分子结构。

“慢性砷中毒，死亡时间是昨晚 20 点至 22 点。”笛卡尔倒吸了一口冷气，“可是，那通电话……”

“我是在 23 点 37 分接到的电话，在电话里，我听到了莫先琳的声音。”百里接着道，他只感觉头皮发麻，冷汗顺着额角流下来。

尸体复活了，给人间打了个电话！这怎么可能？

“你看这里！”笛卡尔指着显示屏上的一组数据，百里扭头看去。

“死者的血液里含有不少肾上腺素，这是……不，我知道了！”笛卡尔站起身，他摆弄着手里的“黑火柴盒”，在百里面前来回踱步。

肾上腺素，能促使心脏快速跳动，为人体提供更多能量的生物激素。百里很快反应过来。

笛卡尔走了五个来回才停下脚步，看起来他终于厘清了思路，他担忧地看向百里，缓缓说道：“凶手是冲着你来的。”

“说下去。”百里做了个“请”的手势。

“凶手之所以选择用砷来毒死莫教授，是因为砷中毒不会立即毙命。莫教授中毒后只是接近死亡，但心脏还没有停止跳动。凶手把她拖到这里来，往她体内注射肾上腺素，目的就是让她恢复意识。”

百里道：“让她醒来打电话给我，是不是？”

笛卡尔点点头，举起机密电话：“是的，这个‘黑火柴盒’被设置过，莫教授只能拨通一个人的电话，那就是你。”

他转头看着尸体，又疑惑道：“可是她为什么不直接告诉你发生了什么事，凶手是谁，其他失踪学者在哪里呢？”

百里眼前浮现出一幅画面：断了手臂的莫先琳挣扎着抬起头，用下巴或脸颊艰难地拨通电话，奄奄一息地反复说那两组古怪的音节。

“jia”“le”“bi”，“mai”“zhe”“lun”，莫先琳的最后遗言，她为什么不说明白点呢？

“凶手是心灵会的人？”笛卡尔仍在独自琢磨，“不然怎么能够开启机密电话的定向通话功能？这必须通过总部的中枢计算机才能做到，难道是……”

百里一挥手，打断笛卡尔的自言自语：“请先告诉我，除了你刚才说的，中枢计算机还可以控制机密电话的哪些功能？”

虽然不明白百里的意思，但笛卡尔还是一五一十地告诉他：“中枢计算机可以管理所有的机密电话，这种电话最重要的功能就是保密。”

百里忙问道：“怎么保密？”

“只要在中枢计算机上设置了保密关键字词，使用机密电话通信时，与关键字词有关的信息都会被电话屏蔽掉，电话另一头的人永远听不到告密者泄露的秘密。”他越说越慢，终于恍然大悟，“秘密信息被屏蔽时，电话两头听到的都是持续的电流声。所以，莫教授打电话时不是没有说，而是所有信息都被屏蔽了。我们在电话里听到的电流声就是屏蔽关键信息之后的声音！显然，莫教授说到最后也意识到这个问题，就留下一个既可以绕开屏蔽系统又能引导你找到凶手，解救其他学者的密码。”

“jia，le，bi 和 mai，zhe，lun，”百里道，“至少我们现在可以肯定，其他学者不可能是在加勒比海或麦哲伦海峡，这么浅显、直接的信息必然会被机密电话屏蔽的，看来要破解莫教授的遗言我们得花不少工夫。”

笛卡尔咬着牙，恨恨道：“能接触到中枢计算机的人没有几个，凶手只能是心灵会内部的人，你说会是道格吗？”

“不，我认为心灵会以外的人也有嫌疑。你不会知道我们的对手有多么强大，他们完全有可能攻击心灵会的计算机网络，修改中枢计算机的设置对他们来说也许并非难事。”百里没有告诉笛卡尔关于“理想国”的推测，现在没有更多线索，先入为主的猜想反而会误导他们的思路。

“好吧，”笛卡尔悻然道，“你说的这个对手想做什么？为什么要杀害我们的学者？为什么要让莫教授在临死前打电话给你？”

“我想眼下更要紧的是看看现场还有没有别的线索。”百里蹲在地上，握着手电仔细查看那具骇人的尸体。

在他看来，比起笛卡尔的问题，关于尸体有三个更为重要的疑问：为什么下毒？为什么砍断双臂？为什么割掉眼皮？

刚才已经解决了第一个，接下来的是……

百里用手电照亮断臂的伤口，惨白的皮肉和断骨让人满身寒意。砍断死者的双臂有什么目的呢？既然已经下了毒，没必要再用断臂这样麻烦的方式杀人了啊。

暂时找不到答案，百里直接跳到第三个问题。他把手电光移向死者没有眼皮的眼睛，两只黑色瞳孔已经失去了反应。

笛卡尔道：“机密电话需要识别瞳孔才能启用，凶手可能是因为这个原因割掉莫教授的眼皮吧。”

百里注视着那对发红的血窟窿，手电光下尸体好像也在瞪着他。

就在右眼靠近眼角的眼白处，他发现了什么。百里索性趴在尸体旁，把所有光线聚在尸体的右眼上。

他看见了，那是一个符号，是刻在眼睛里的符号。

“你找到了什么？”笛卡尔惊呼，他注意到了百里的异状。

百里忙向身后伸手，示意笛卡尔安静。他屏住呼吸，继续查看他的新发现。

那是一个象征雌性的符号——“♀”，在情侣的信物或者学校里流行的各色占卜杂志上随处可见。

用“♀”象征雌性最早出现在遗传学领域，植物学家们用“♀”来指代雌花。这个符号可以被拆分为两个部分，一部分是上部的圆，一部分是圆下的十字。圆的含义是卵子，而十字有“固定不变”之意，正好与代表“活泼移动”的雄性符号“♂”相对应，因此符号学家认为“♂”与“♀”就是精子与卵子这两种最能体现雌雄差别的生殖细胞的符号化。

“尸体的眼睛里有一个雌性符号，”百里说，“割掉眼皮，最主要的目的是让人注意到这个符号。”

“哦？”笛卡尔凑近了看，果真看到了那个寻常却诡秘的符号。

“这是什么意思？”笛卡尔摸不着头脑。

“不知道。”百里站起身，重新打量这具断臂的尸体，刚刚在尸体右眼里发现的雌性符号在他脑海里乱窜。

百里逼自己静下心，他闭紧眼睛，那些符号渐渐隐去了。接着，有一尊古希腊大理石雕从心底浮出来。

石雕是一个身材完美的女性，它上半身赤裸，睁大双眼饶有兴致地看着卢浮宫雄伟的大厅，爱琴海风格的长裙慵懒地围住它的双腿。在 1820 年出土时，它的双臂就已经断了，两个世纪以来无数艺术家都在尝试为它复原，但所有形态各异的手臂都不及它断臂的美。

卢浮宫的镇馆之宝，“米诺斯的维纳斯”雕像，正与眼前这具染满污血的尸体重合起来。

维纳斯，古罗马神话中主司爱与美的女神，属于她的神话学符号，正是“♀”。

凶手制造了一个死亡的维纳斯，一个死亡的爱与美的女神。

百里睁开眼，他冷峻的眼神扫过这片阴森的树林。

下毒、断臂、割眼，这三个疑问都有了大致的解答，那么，抛尸现场能挖掘的线索还剩下最后也是最重要的一个：为什么把已死的莫先琳放在这里。

“伙计，你的导航手表能告诉我们这里是哪儿吗？”百里问笛卡尔。

笛卡尔对沉默已久的同伴已经有些不耐烦了，他不明白百里在思考什么，现在听到他这么请求，也只好挽起袖口露出手表，“北纬 29 度，西经 113 度，在索尔顿湖东南方向 9 公里，未经探索开发的无名森林，这里有……咦？”

弥漫在四周的黑色晨雾已经散去，光线从树枝间无孔不入地落下来，天空微亮。

笛卡尔脸色微变，抬起脸看向百里，手表屏光照亮了他充满迷惑的淡蓝色眼睛：“尸体恰好摆放在圣安地列斯断层的起始处。”

第 4 章

刀割之语

1

5月21日上午8点26分，马林县。

黑色的别克商务车迎着早晨的阳光，快速穿过茂密的葡萄种植园，驶进赫宁庄园威严的大门。安德鲁警长坐在后排，他使劲揉搓双手，手心的汗还是不停地渗出来。

对于窗外的美丽庄园，安德鲁早有耳闻，准确地说，在整个加利福尼亚警界，赫宁庄园是一个如雷贯耳的存在，因为它的神秘，更因为它的重要地位。安德鲁不会忘记就任警长时必须接受的独特命令，也是旧金山、洛杉矶和萨克拉门托的警局官员在入职后都必须遵从的：第一，个人不得进入位于马林县东北角的赫宁庄园；第二，保证辖区内的平民远离赫宁庄园；第三，对前两项命令不得有任何疑问。

人们传言军方在庄园里研究新式生化武器，或者在庄园地底发现了异种生物、外星文明遗迹什么的，但没人能确认这些传言的真实性。安德鲁只知道他的前一任上司，那个立过不少功的老局长，他固执地强调赫宁庄园与旧金山随处可见的小巷子并没有多大区别，不应该大费周章地加以特别保护。他抱着这种态度在职不到三个月就被迫退休了，至于是什么势力在背后操纵这一切，谁也说不清楚。

所以，第一次——可能此生不会再有第二次——来到这个著名的庄园内。安德鲁内心充满了忐忑，他暗自祈祷自己运气够好，能瞥见传言中的变种怪物。可是直到商务车来到最北端的大楼前，他什么都没发现。

汽车停稳了，那个有一头红色卷发的司机过来开门，彬彬有礼地说道："欢迎来到赫宁庄园，安德鲁警长，请带上你发现的东西跟我来吧。"

安德鲁拎起手边的黑色塑料袋走下车，跟着卷发司机走进了大楼。

两个小时前，也是这个相貌像是卡通人物的男人来到出事的住宅楼前，他自称丹皮尔，来自马林县的那座神秘庄园。

在此之前，安德鲁警长看了监控录像，也询问了经历断臂包裹事件的人们。在得知断臂是放置在七十楼唯一的住户门前时，经验老到的警长自然不会漏掉这条重要的线索。

“请告诉我，七十楼住的是谁？”警长开始做笔录。

“这人是我们的老住户了，这栋楼刚建好他就买下这套房产，但他不常来住。最近好像刚从中国回来，在这里住了几个月，但我们也没怎么见过他，他不是把自己锁在屋里就是开车去马林县，有时候一连几天都不回来。”

“等等，”安德鲁停下笔，“你说，他常去哪儿？”

“海湾对面的马林县，”负责人回道，“哦，对了，他曾经嘱托过我，如果有寄往马林县什么宁庄园的信件寄到这里来，必须马上给他打电话。”

安德鲁手一松，笔掉落在地。

这个案子跟那个传言中的秘密庄园有关！

他赶紧打电话给局长，把情况细说了一遍。没过多久，一辆别克商务车停在他们的警车旁，丹皮尔下车诚恳地邀请他前往赫宁庄园。

刚开始安德鲁并不相信这个突然冒出来的家伙，直到他的局长亲自打来电话，要求他无条件配合赫宁庄园的工作，他这才鼓起勇气踏上车。

此时，安德鲁跟在丹皮尔身后，走进一楼的一间客厅似的屋子。一进门，安德鲁就闻到一阵幽微的清香，有点儿像龙涎香的气味。

“请坐。”丹皮尔指了指沙发。

安德鲁拘束地坐在沙发上，他把带来的袋子放在脚边。

“咖啡，还是茶？”丹皮尔微笑地问。

“咖啡吧，谢谢。”安德鲁回道，他觉得像是在参加庄园主人的晨会，待会儿不知道会在这里见到哪个著名的科学家。

他没有见到任何名人，丹皮尔回来时带来两个陌生男人，一个有一张长脸和浓密的络腮胡，讲一口咬音生硬的法国式英语；另一个身材肥壮，腆着滚圆的肚子心急火燎地走来，坐在安德鲁对面。

“你好，我是代理会长道格·阿利多斯教士，我身边这位是安全部部长巴蒂斯昂，”胖男人首先介绍道，也不管对方是不是听得明白，“我接到的电话说你发现了一双，嗯……被砍下来的手臂，是吗？”

安德鲁一时间没反应过来，什么会长、部长的，他从没在时政新闻里见过眼前这两人。他有些怀疑这是一出无聊的闹剧，但迫于局长下达的命令，他只好照实说："对不起，不是我，是一个清洁员发现的。"他把脚边的黑色塑料袋子往前挪了挪，"就是这个。"

道格教士从地上提起袋子，腐肉的恶臭从袋子里钻出来，令他脑袋往后猛缩。他当即放弃了打开袋子一探究竟的念头，回头对捂住鼻子的巴蒂斯昂部长道："请把克里斯法医叫来，尽快弄清楚这双手臂是谁的。"

巴蒂斯昂拎着袋子走了。道格又问安德鲁道："警官先生，你查看现场了吗？"

安德鲁呷了一口咖啡，空气里的香味让熬了个通宵的他脑袋发昏，他强打精神回答："是的，接到汇报电话后，我立马赶到现场，在你们那位先生来之前，我大概了解到一些情况。"

道格又问："好，请告诉我，监控录像拍到放置那个袋子的人了吗？"

安德鲁摇摇头："对方很狡猾，打扮成大楼的清洁员骗过保安和管理室，推着一架清洁车直接上到七十楼，从车里拿出塑料袋放在门口就离开了。这个人戴着口罩，帽檐压得很低，监控录像根本拍不到他的面部。"

道格："除了手臂，袋子里还有什么？"

安德鲁："没别的东西了，我们现在也不能确定手臂的主人是不是还活着。"

对此道格心知肚明，他避开这个话题，转而又问："那栋大楼的七十楼只有一个住户，手臂就放在他的门口，是不是？"

"是的，据我所知，那个住户经常来马林县，好像还与你们赫宁庄园有关系，叫我来这里是因为他吧？"安德鲁抑制不住困意，打了个哈欠。

道格心里愤恨地想：百里途，我早就知道是你，这次你逃不掉了！

不过眼下更麻烦的是，不能让这个警官记得他来过心灵会的庄园，还有出现在心灵会成员住宅门口的手臂，那双手臂有可能还属于一个心灵会高级教士，总之不能让他记得这件事，否则已经浮出水面的对手必然会通过他的记忆得知心灵会内部现在已经一团糟。在这一点上道格教士还算聪明。

心灵会的人都有一个共识：无论一个人守口如瓶的意愿有多坚决，高明的催眠师总能从他嘴里套走想得到的秘密，因为他只是显意识的意志决定了把秘密烂在肚子里，潜意识却把他接触过的信息原封不动地保存下来。催眠师只要用最简单的催眠，与他的潜意识直接交流，就能把秘密轻松地取出来，所以心灵会的催眠师会通过另一种方式来保护重要机密。

道格盯着安德鲁的眼睛，用一种缓慢而温和的语调说："你现在很疲惫，很困，就要睡着了。"

"是啊，是啊，你说得对。"安德鲁觉得面前这个胖子的眼睛仿佛有种引力，要把自己的灵魂给吸进去了。

道格心里早已有了催眠的策略：一个警长能在第一时间亲自赶往案发现场，那么他必然是一个负责任的称职警长，这样的人最在意的是他执勤区内良好的治安秩序，他的愿望无非是在自己的管理下犯罪率降到零。现在，引导他在潜意识世界梦行的过程中直接满足他的愿望，用来作为保护秘密的屏障。

"那就闭上眼睡一觉吧，你会在警察局里醒来，今天上午和往常一样，因为有一个厉害的警长，没有人会来破坏这片社区的平静。"

"好的，没有人，很平静。"安德鲁的眼睛眯成一条缝。

道格暗自庆幸安德鲁很容易进入催眠状态，不用耽搁太多时间。他继续下催眠指令："你没有去过任何地方。"

"没有，我在警局，睡着了。"

"好，听我数到五，你就会进入平静的梦乡，"道格轻声说，"一、二、三、四、五……你睡着了。"

安德鲁卧倒在沙发上，一动不动。道格满意地点点头，转头把丹皮尔唤来，说："把他送回去吧！"

这时，巴蒂斯昂部长脚步匆忙地回来了，他看见沙发上沉睡的警长，知道道格已经把他的记忆潜抑，他不会想起今天早上发生的一切。其他催眠师一旦让他进入回忆，他就只记得 5 月 21 日有一个平安祥和的早晨。

道格看到巴蒂斯昂，立刻站起身问："检验报告出来了？那东西不是我们的人的，对吧？"

"抱歉，克里斯还在忙，结果还没出来。"巴蒂斯昂面色沉重，嗓音干涩地道，"不过，你应该看看这个。"

他把一张速成照片递上前，道格一手接过。他低头看去，只一眼，他胖滚滚的圆脸上立时聚满了恐惧的阴云。

照片上是那两条污血淋漓的手臂，最瘆人是在手臂皮肤上遍布的刀痕。

道格一眼就看出来了，那些刀痕是两句刻在皮肉上的警告！

两句诅咒！

2

百里不敢相信地凝视着笛卡尔的手表，在不到两寸的小屏幕上，他看见一条细如发丝的直线从他们所在的地方如射线一般延伸出去。

是圣安地列斯断层。

1915年，德国气象学家阿尔弗雷德·魏格纳提出了大陆漂移学说，直到半个世纪后科学界才证实并接受了魏格纳的理论，地理学从此多了一个分支学科——板块构造学。如今，学过初级地理的人都知道，地球的最外层——地壳并不是一块完整固定的岩石板，它是由六大板块组成的。这六大板块相互挤压、碰撞、分离，形成了地表上的许多鼎鼎大名的地理痕迹，如青藏高原、喜马拉雅山脉、马里亚纳海沟，以及圣安地列斯断层。

贯穿加利福尼亚州的圣安地列斯断层是北美大陆板块和太平洋板块之间的断裂线，是地球上最长、最活跃的断层之一。不过，让这条断层出名的是在它附近有旧金山和洛杉矶这两座闻名的国际大都市，这两座城市可没少吃圣安地列斯断层的苦头。

现在看来果真没错，和《天问》凶杀案一样，凶手是在用一场杀人事件构建一个密码，下一步怎么走完全取决于如何破解这个密码。

百里回到尸体旁，弓身在尸体周围摸索。没过多久，他的手指就感觉到一道明显的凹陷，隐藏在林间的衰枯草木和泥石之下。

莫先琳的尸体不偏不倚，正好躺在这道大地的凹陷之上。百里站起身，眯着眼睛重新审视尸体，一阵模糊的幻象出现在眼前，他仿佛看见断层在地表上的裂缝从死者的头盖骨中心穿过，从正中裂开脖颈，裂开胸腹，裂开两边的森林和山脉，向远方绵延而去，直指灯红酒绿的城市，断层过处，城市只剩一片荒凉废墟……

笛卡尔埋着头，没发现百里的异样，他也注意到尸体刚好放置在断层凹陷的正中，问道："你认为，这有没有可能是巧合？"

百里被拉回现实，他看了笛卡尔一眼，定了定神，反问道："凶手杀了人，带着尸体不顾麻烦和被人发现的风险来到这里，随手一放就能把尸体如此准确地放在断层凹陷上，你愿意相信这种概率近乎为零的巧合吗？"

"好吧，"笛卡尔肩膀一沉，泄气道，"那你说这会是什么？"

"这是个密码。"百里紧紧拧着眉头道。

"又是密码？"

"是的，这回是凶手在跟我们玩密码游戏。砍断手臂、眼睛里的雌性符号、圣安地列斯断层，所有这一切都组成了一个密码。"

笛卡尔对百里的"密码"一说并不太信服，他又问道："照这么说的话，那解开密码后我们能得到什么？凶手的目的又是什么？"

"我不知道。"百里径直向尸体走去，双膝弯曲跪在莫先琳的额头前，低垂着脑袋，过了半晌才接着说，"别忘了，失踪的研究队有五个人，莫先琳只是其中之一。"

说完，他想起莫先琳的遗言，想起那个听着很像是"麦哲伦"的词组，心里不禁咯噔一下。

"你的意思是，莫教授的尸体，还有死亡现场能告诉我们西弗里斯老师，还有剩下的学者在哪里？"笛卡尔追着问。

"我不敢完全确定，我们只能尝试着先解开一个密码。"这话与其说是回答笛卡尔，不如说是百里在自我宽慰。

"你的说法太不可思议了，我还是不敢相信。"笛卡尔摇摇头回道。

百里不再浪费时间跟他纠缠这个问题，把注意力放回尸体上。"你带相机了吗？"他问笛卡尔，眼下固定抛尸现场也是紧要的工作。

笛卡尔从包里拿出一台便携数码相机。

"很好，帮我个忙，把现场拍下来，每个细节都不要漏掉。"

"好的。"笛卡尔开始忙碌起来。

在相机的"咔嚓"声中，百里仍然跪在地上，他的大脑开始高速运转。

破译密码的关键在于找到密匙。密匙，又叫算法、密码公式，是一套完整的密码系统的核心。简单地说，想把信息传递出去又不能被第三人知道，发出信息者会把机密信息通过密匙加密，从而得到一套任何人都看不懂或者任何人都会误解的密码，接收信息者收到密码后同样可以借用密匙还原出最初的信息，密码的保密作用才算实现了。举个例子，百里想把 1 这个信息传给笛卡尔，他可以用 X+1=2 这个方程式作为密匙来加密，把 2 发送出去，不知道密匙的人永远只能看到 2，但笛卡尔收到 2 后就能用 X+1=2 还原出百里真正想要传递的信息。在这套最浅显的密码系统里，2 是密码，X+1=2 就是密匙。

然而，摆在百里面前的凶杀密码里，密匙又是什么呢？

一定有我们漏掉的关键线索！一定有什么是我们没有想到的！百里紧闭双眼，快速回想整个事件。

“现场我都拍下来了，还有什么要做的吗？”笛卡尔问道，过了很久也没有得到回答。百里的全部心思都在思索密码的疑云，没有间隙理会他。

凶手制造密码，尚且不知道其目的何在。密码本身的用途就在于防止泄密，不让接收者以外的人获取机密，否则机密不但会暴露，还有可能根本传不到接收者的手上。

对了！就在这里！

在情报战中，间谍必须运用密码来遮蔽机密情报，以绕过反间谍系统的拦截。反间谍系统，类似于“黑火柴盒”。

机密电话！

百里猛地睁开眼。藏在暗处的对手利用心灵会的中枢计算机设置了机密电话系统，知情的莫先琳教授临死前反复对他说的两组音节，就是为了避开机密电话的拦截，把机密传出来。

“jia”“le”“bi”，“mai”“zhe”“lun”是第一环密码，解开密码就有可能得到破解眼前所有谜团的密匙！

百里站起身一把抓住笛卡尔，道：“快！我们回赫宁庄园，我需要理论部的语言学家帮忙。”

笛卡尔一头雾水，刚才百里独自沉思的时候他始终安静地站在一旁，心里有无数疑问，却又闹不明白百里为什么在紧要关头闷声跪在死者面前。他拿不准百里是不是在悼念亡魂，所以不敢打扰。这会儿只见百里抓住自己，说起一件毫不相关的事，他顿时有些恼火。

“百里先生，请告诉我……”

“我发誓我会向你解释一切的，但不是现在，我们要马上赶回去！”百里的眼睛几乎要喷出火来，此时此刻每一秒都关系到其他学者的性命，容不得他不急。

笛卡尔愣愣地看了他好一会儿，终于妥协了，他叹了口气道：“好吧，好吧，可是莫教授的尸体……”

话还没说完，笛卡尔怀里忽然传出一阵蜂鸣，是他的手机在震动。

笛卡尔从怀里掏出手机，百里退后一步，目光落在笛卡尔的手机上。

笛卡尔摁了几下，茫然道：“嗯？是克里斯法医发来的视频。”

百里不作声，他注意到笛卡尔手里只是一台普通的智能手机，克里斯找他或许是私人事务。

没想到仅仅两分钟后，笛卡尔大叫一声：“快来看看这个！”他捧着手机一步蹿到百里身边，把手机屏幕放在百里面前。

笛卡尔的神色令百里也跟着紧张起来，他看出来有更糟糕的情况接踵而至了。

笛卡尔把视频播放条拖到最前，屏幕里的画面跳了几下，随后一张戴着无菌面罩的脸出现在画面中。

百里听见身边的笛卡尔在急促地喘气。

视频里的人一只手举着手机拍摄，另一只手摘下面罩，露出一张煞白的脸，他留着两撇金色的胡子，能明显地看出胡子在他唇上微微颤抖。

“这是克里斯。”笛卡尔道。

百里点点头，他曾经见过这个安全部法医组负责人。

“老弟，总部乱套了。”克里斯说，他惶恐地回头看了几眼，确定身后没有人才回头继续说，“有人在百里途家门口发现了一双人类的手臂，没错，一双被砍下来的手臂，我刚刚对手臂进行了 DNA 比对。”

克里斯又回头看了看，道：“我们先前想得没错，去中国的研究队出事了，那双手臂是莫先琳教授的。道格那头猪现在认定了百里途是绑架、残害研究学者的真凶，安全部所有人都在找他。”

百里握紧双拳，竭力控制情绪。笛卡尔担心地看着他，犹豫着是不是要关掉视频。

“我没事。”百里说道，笛卡尔收回放在停止键上的拇指。

“再来看看这个，”克里斯咽了口唾沫，接着说，“我要先提醒你，做好心理准备。”

克里斯法医的脸消失了，画面向下移动，对准一张干净的灰白色工作台。

台面上有两条沾满乌黑的半凝固状液体的长形物，如果不是十只像蜘蛛腿一样蜷缩的手指，百里绝不敢相信这是一双人类的手臂。

因为两条手臂的皮肤都布满了刀痕，犹如遭受了凌迟之刑般支离破碎。

“那是两句话。”笛卡尔咬着牙发抖地说。

百里看清楚了，手臂上皮开肉绽的刀痕割出一道道笔直的线条，组成一个个扭曲恐怖的英文字母。

两条手臂上各有一句话，接起来是——“上帝用七日创世，先知用七日毁灭”。

“我想我们应该帮助百里途，只有他才……”克里斯说到一半，视频里忽然传来一阵脚步声和拉开滑门的响动，克里斯的声音被杂乱的声响淹没了。

画面开始胡乱地跳闪，恍惚中能看到满脸胡须的巴蒂斯昂怒气冲冲地走进来。几秒钟后视频结束，只留下一片黑暗。

第5章

似是故人来

1

天早已亮了，树林里落满阳光的碎片，林间万物渐渐从睡梦中苏醒，百鸟欢歌，和着初夏清晨的风吟。周围处处都是生命的气息，很难想象就在几个小时前，这里还是死神停留过的地方。

克里斯发来的视频已经停止有一会儿了，百里静静地站在林地边缘。笛卡尔收起相机，不知所措地停在尸体旁，他拿不准是不是该对百里说点什么。

老实说，他很不喜欢百里的思考方式，一旦陷入思绪，他就像一台关了机的电脑，没有丝毫动静，所以笛卡尔不知道目前他对于莫先琳的死亡有什么想法。想到这里，笛卡尔心里都是火气。

没办法，在催眠过程中只有一个催眠师面对受试者才能达到最好的催眠效果，多个催眠师同时催眠反而会扰乱引导意识的进程。所以，百里向来都是独来独往，遇上谜题都是自己推理、琢磨。如果有知识面以外的疑问，他会去请教别人，但必须等到脑子里的推理最终打磨成形了才会说出来，这已是他多年来养成的思考习惯。虽然心灵会的教士们常常诟病他缺少团队合作精神，但这可以最大限度地保证推理的效率，几个催眠师叽叽喳喳讨论半天是很难得出一个有效的行事方案的。

所以，作为百里的合作者不会很舒服，只听他的结论一个接一个地蹦出来却不知所以然，这最令人苦恼。

好奇心很重的笛卡尔在这种时候就备受煎熬，他决定走上前去问个明白。

“我们只有七天时间！”

没等笛卡尔走到身后，百里忽然大声说道。他转过身，疲惫的目光停留在尸体上。

“七天？”笛卡尔忍不住问，“你怎么知道的？”

“让莫先琳临死前给我打电话，在砍下来的手臂上刻下两句话，然后放在我的门前，还没看出来吗？”百里嘴角一弯，露出微笑，“那个自称‘先知’的对手在向我下战书，要我迎接他的挑战，赌注是其余四个学者的生命，时限就是断臂上的提示。从莫先琳教授的死亡时间，不，应该从5月21日零时起算，如果七天后我输了，他们都会死。”

笛卡尔窒住了，颈后冒出阵阵寒气，他口齿不清地说道：“你认为，我们只有一个星期的时间破解所有谜团，还要救人？”

百里笑着点点头，连他自己都感到奇怪的是，躲在暗影里的残忍对手没有让他有丝毫畏惧，相反，他对挑战充满了期待。

“现在最棘手的是，你还要应付心灵会的抓捕，这，这不可能做到啊！”笛卡尔心急地道。

“不，现在最棘手的是，我们不知道‘jia’‘le’‘bi’，还有‘mai’‘zhe’‘lun’的意思，”百里走过笛卡尔身边，走向停车的地方，淡淡道，“比起我们的对手，道格负责的心灵会就是个幼儿园。”

笛卡尔愣在原地，百里消失在树林里他才回过神来，急忙快步跟上去。虽不能说这是笛卡尔此生面临的最严峻的情势，但他背负的是自己导师的性命安危，一时之间他很难完全做好迎接挑战的准备。

“我们就把莫教授的尸体留在这儿吗？”笛卡尔回头望着树林，略带愧疚地问。

“没时间了。”百里直视前方道。

“你就没想过向道格澄清一下吗？赫宁庄园里不少人都会站在你这边的。”

“我们没时间做这些没用的事。”百里坚定地说。他加快脚步，笑意仍然挂在他的嘴角。

既然要玩这种挑战游戏，那就来吧！

2

拉上道奇越野车的车门，笛卡尔看着旁边的百里，急促地问道：“我们现在去哪里？”

“你还认识其他的语言学家吗?”百里的笑容消失了，他没有回答笛卡尔的问题，反而另问道。

该死的，又是这样，我的问题没有答案，而我又得回答他另一个问题。笛卡尔心头的火气又冒起来了，他随口回道:“什么其他的?”

“就是心灵会以外的人，”百里面无表情地道，“不能去找理论部帮助我们了，我们需要一个与心灵会毫无关系的语言学家，你能尽快找到这样的帮手吗?”

尽管知道这不是个闹矛盾的时候，但笛卡尔再也控制不住了，他扯起嗓子大声说:“百里先生，你忽然要我带你去找什么语言学家，可我根本不知道你到底要干什么，下一步的计划又是怎样的，我坐在这里，不是来当你的司机或跟班的，我们是搭档，从我把你带出赫宁庄园那一刻起我们就是搭档，你不觉得你一直都拿我当空气吗?”

百里小小地吃了一惊，他没想到这个看似老实的年轻人会忽然没来由地发脾气。

笛卡尔发泄了一通，转头握住方向盘不去看百里。他脸颊发烫，对自己的失礼有些不好意思。

百里哭笑不得，他这才意识到是自己独断的思考方式让笛卡尔感觉他始终没有参与到破解危机的过程中来，对于年轻气盛的探员来说，这的确很难以接受。

曾经的百里不也是这样吗?

只是现在关于密码的所有推测都走进了死胡同，眼睛里的雌性符号“♀”、模仿维纳斯雕像的尸体，还有圣安地列斯断层，怎么将这一切联系起来还是个谜。

“伙计，听我说，”百里用坚定的口气道，“不是隐瞒你，只是我的推理还有很多漏洞，我需要确认推理站得住脚了才能告诉你，不然你自己的思路会被我带偏的。相信我，解开莫教授的遗言后，你就会知道我所有的想法。”

笛卡尔鼓着腮帮子，不回答百里的话，只是脸上的皮肤更红了。百里也不去催促，他相信这个年轻人心里明白现下什么最要紧。

两分钟后，道奇越野车发动了。百里耳边似乎听到一句轻得不能再轻的鼻音:“这是最后一次!”

百里侧过脸看向车窗，不让笛卡尔发现他在偷偷地笑。这个被好奇心控制了理智的年轻人，多像十年前的自己啊。

希望他不要像自己一样，让肆意的好奇心酿成大错。

笛卡尔开车驶出丛林，驶上 63 号公路，开了没多久就转入了一条岔道，往一个未知的方向驶去，一路上笛卡尔都没有和百里说话。

一整夜没闭眼的百里靠在副驾驶座上，再也抵挡不住浓厚的困意，很快就沉入了梦乡。

他又回到海上，俯身面对海底，起伏的海浪把他托向天空又拉回来，无论如何都抬不起头。

男人向他伸出手，向他求救。他却无法移动分毫。

他害怕见到那张脸，害怕听见亡灵的低语。

终于，男人消失在黑色的海水深处，怨恨的眼神和久久不散的话语让梦里的百里胆战心惊。

“让白昼开始的晨早就该降临了……”

“嘟嘟——”好像是轮船的汽笛声。百里终于从海水里抬起头了，他睁开眼，看见一条喧嚣的城市街道。

梦境被一阵阵此起彼伏的车笛声击碎，他坐起身来大口呼吸，这才发现自己早已陷在一条缓行的车流中，道路两旁密集的建筑群他再熟悉不过。

这里是旧金山！与心灵会总部一湾之隔的旧金山！

安全部在抓我，我这是自投罗网，如果被他们抓住就只能等着收塞勒涅会长的尸体了。这个念头让百里彻底清醒。

“你这是……”百里回过身正想问开车的笛卡尔。

笛卡尔扬扬头示意百里看前方商业大厦上的露天屏幕。

屏幕里正在播放午间新闻，能看到一幕模糊的画面，应该是某个监控摄像头的录像，画面里有一个身穿深蓝色工作服、戴着口罩、帽檐压得很低的清洁工，推着一架清洁车走出电梯，在不远处的房门前放置了一个黑色包裹就离开了。屏幕下方的字幕显示此人是一个绑架团伙的成员，绑架人质后用砍下来的手臂勒索赎金。

百里屏住了呼吸，周围的汽笛声在他耳朵里静止了。

新闻继续播放，画面切到警局门口，一个警长模样的男人在几名警员的陪护下走出来，向路边的警车走去，一伙守在外场的记者蜂拥而上。

“安德鲁警长，出了这么恶劣的伤害事件，您难道一点儿消息都不知道吗?”一个举着录音笔的女记者问。

“非常抱歉，”警长躲避着不断伸过来的话筒和录音笔，“我不知道你在说什么，今天早上什么事都没有发生。”

“可是现场的清洁员把整个事件都告诉我们了，您怎么解释呢?”

“对不起，如果有事我会第一时间赶过去的。”警长终于钻进了警车，闪着高频闪灯的警车快速驶离现场。

画面切到演播室，那个面色潮红的新闻主播放下手里的钢笔，理了理领口，努力装出联邦法官宣判时才有的肃穆神情，道：“如此极端残忍的行为一定会受到正义的审判。据知情人爆料，今天早晨他们在第六大街看到两个穿清洁工作服、推着清洁车的男人，当时这两人已经摘下了口罩，匆匆上车往城郊逃离。非常幸运，目击者中有人看到了这两人的容貌。”

笛卡尔发出一声苦笑。

“我们的刑侦专家根据目击者的描述，画出了嫌疑人的肖像。”主播指向旁边的同步新闻窗口，那里出现了两幅彩色的人物肖像。

笛卡尔和百里的脸，这时就挂在露天屏幕上，供整条大街的人指指点点。

“目击者可以肯定，其中一个嫌疑人来自亚洲，这两人现已被列为全国通缉人员，有知情者可以拨打……”

“我们成了通缉犯。”百里往后仰倒，感觉脑袋快要裂开了，这十二个小时之内他面对的麻烦压得他喘不过气。

笛卡尔的车终于脱离了那个拥堵的十字街口，朝与旧金山相邻的帕拉阿图市开去。

3

旧金山林立的高楼群已经被越野车甩在身后很远了，他们走在一条新修的柏油公路上，正午的阳光让百里脸上的皮肤干得难受。

七天的时间已经过去了十二个小时，而他们现在还得应付安全部和美国警方的抓捕，谁也不知道要躲开这些难缠的家伙得耗费多少时间，而且，也不知道还有没有人愿意帮助两个通缉犯。每想到这些，百里都想往道格那张肥脸上招呼几拳。

笛卡尔见百里一直闭着眼，禁不住问道："嘿，你还好吧？"

"嗯。"百里含糊地应答道。

"我说，把东西放在你家门口就能说你绑架了人，这诬陷得太没水平了吧。"笛卡尔故作轻松地说道，他开始担心百里会不会就此放弃援救其他学者的计划。

百里坐直身体，拉下遮阳板挡住阳光，回道："自研究队失踪的时候起，道格就开始怀疑我了，是不是？"

"怎么会呢？我也不过是随口……"

"说实话！"百里的口吻容不得别人打马虎眼。

笛卡尔静了半分钟，终于长叹了口气，道："其实是在你提出要派人去中国的时候，道格就认为你有什么阴谋，他一直不肯相信那个什么，什么古代学院能存在到今天。后来研究队失踪了，他更加坚信就是你捣的鬼。他在庄园里不止一次说五个高级教士就是被你挟持的，你企图从内部瓦解心灵会。"

他怀疑我捣鬼？百里吐出一句脏话，那个词他很久没用过了。

"我们监视你也是道格的授意，"笛卡尔接着说，"巴蒂斯昂那个呆瓜虽然支持救援行动，可是面对道格的时候话都不敢多说一句，代理会长让他做什么他就做什么，哪怕我们安全部没人相信你会背叛心灵会。"

"谢谢，不过你们为什么相信我？"百里问道。不管怎么说，笛卡尔的信任让他心里稍稍宽慰。

笛卡尔拍着方向盘，愤懑地说道："我在安全部早就听说了，你在中国的那场连环凶杀案里发现了一个古代神秘学院的线索，你提醒教士总会要小心应对。结果道格现在反诬你是想破坏心灵会的叛徒，这太不公平了。"

百里无奈地摇摇头，对笛卡尔的歉意从心底浮出来——如果不是我，他也不会受牵连，变成全国通缉的绑匪。但是，他是怎么知道的？我是在秘密会议上提出要警惕“理想国”的，而秘密会议的所有内容是不容许与会者以外的任何人知晓的。当时教士议会厅里也就只有十七个人参加会议，我不记得在那儿见过笛卡尔。百里心头一紧，难道是安全部长巴蒂斯昂泄露了秘密？

“我们到了。”笛卡尔把车开进一片圆形广场。

百里从思绪中回过神来，他看见车外炽烈的阳光下有一座简单的大门矗立在广场一端，目光落在大门前可以看到一座花坛，红色鲜花拼成的大写字母“S”格外显眼。

“欢迎来到斯坦福！”笛卡尔跳下越野车，兴奋地大声道。

以纪念一个早逝的少年而创立的小利兰·斯坦福大学可谓是世界上最顶尖的私立大学，走在这片校园里，遇到的每个人都可能是来自硅谷的公司高管或诺贝尔奖获得者。可以说，如果没有斯坦福，我们将见不到惠普、火狐、特斯拉、谷歌这些世界名牌。笛卡尔冒险把车开回旧金山时百里就该想到他会来这里，穿过旧金山市区直接走帕拉阿图市可是来斯坦福最近的路线。

“跟我来。”笛卡尔脸上的表情像带朋友去看他新玩具的孩子，丝毫没有面临危机的急迫感。

“你认识这里的人？”百里问道。

“当然，”笛卡尔盯着从身边经过的女学生，笑着说，“我在雅典大学的第二年就被推荐到这里来进修。哈，我们到了！”

斯坦福的校园里大都是黄墙红瓦的西班牙教堂式建筑，距离正门广场不远处却有一座现代风格的全玻璃大楼，奇怪的是，现代感如此强烈的建筑和周围的古典环境却相得益彰，很容易让人联想到卢浮宫前的玻璃金字塔。

走进旋转门，笛卡尔带着百里来到二楼，阳光透过深色的钢化玻璃，把这条走廊照得暖烘烘的，看来是加州充足的阳光给这里提供了足够的电能。

“就快到了，她通常要等到下午才去吃午饭，所以现在一定还在这里。”笛卡尔当先走到第二扇房门前，按下了电子门铃。

百里注意到门上挂的牌子，上面写着“古文献保存及阅读室”。

蜂鸣器响了一阵后，门里传来一个略带些沙哑的女声，用无可挑剔的纯正英语道：“我在忙，自己开门进来，门没锁。”

笛卡尔刚推开门，里面的冷气就让百里打了个寒战。里面的人又大声道："赶快关门，别让灰尘进来，你换上无尘服了吗，莫莉？"

门里是一间宽大的密闭藏书室，很像赫宁庄园里专门保存古籍的低温储藏室。这里的天花板很低，整齐排列的钢制书架不计其数，所有珍贵的古卷文献都收藏在书架上恒温恒湿的匣子中，必须穿好无尘服、戴上呼吸面罩才能取阅，以免尘埃和二氧化碳破坏这些已有几百年历史的脆弱的古卷。

现代新能源建筑里收藏着古代文献，不得不说这真是绝妙的设计。

笛卡尔朝百里一笑，回头冲里面喊："不是你的莫莉，是我！"

"笛卡尔？"书架后的人惊讶地回道，"你不是昨天才离开吗？"

"是啊，秦，我又得麻烦你了。"

秦？这里的人有个中国人的姓氏，百里暗想她是不是个美籍华人。

事实是，百里错了。

一阵不紧不慢的脚步声后，书架后绕出一个身穿无尘服的苗条身影，她取下头上的面罩，一头乌黑俏丽的齐肩短发从耳朵上流泻下来。

这刹那间，百里惊呆了。

挺直的鼻梁，仿佛用刻刀削过的薄薄嘴唇，还有深邃锐利的眼神——她长得与自己噩梦里的男人几乎一模一样。

第 6 章

仰望星空者

1

笛卡尔挠着后脑勺，歉疚地说："我又来打扰你的工作了。"

被他叫作"秦"的女孩毫不掩饰眼中的厌烦，她摊着手道："我说过，昨天送你从这儿离开的时候我就说了，这段时间我很忙，你最好别来烦我。"

"我知道，可我真有急事。"笛卡尔赔着笑脸道。

百里的目光放在秦身上，他心里不禁开始怀疑她和笛卡尔的关系，他们会是恋人吗？

秦把手里的面罩往身后随意一扔，看也不看百里一眼，走上前来用食指戳着笛卡尔的胸口道："你是不是又想让我给你弄点斯坦福的收藏古卷看看，告诉你，我没时间。"

"不不不，"笛卡尔连忙摆手道，"秦，你听我说，我们遇上麻烦了，心灵会要出大事了。"

百里全身一僵，他抓住笛卡尔低声问："她知道心灵会？"

笛卡尔朝秦笑笑，贴近百里的耳朵道："她是理论部的实习研究员，还不算是心灵会的正式成员。不过请相信我，秦完全值得信任。"

百里回头去看秦，笛卡尔也回过脸来，拍拍百里的肩膀，想先做一番介绍："嘿，女士，这位先生是……"

"鼎鼎大名的催眠师百里途，是你吧？我从来没想过能见到你。"秦仿佛刚刚才发现旁边站了百里这么个大活人，她斜着眼睛迎接百里的目光，"我叫秦澜，你可能不知道我，但我的哥哥你一定很熟悉。"

她酷似秦澈的深色瞳孔定格在百里的眼睛里，一瞬间，那近三十个小时的催眠经历回到百里眼前：《天问》的词句，六场凶杀案，诡秘的画岩，最后丧失主人格的受试者……百里的耳膜深处发出一声巨响，像是有一枚炸弹在脑袋里爆炸，他脚下站立不稳，差点儿跌倒。

已经过去很久了，他始终不愿去回忆那场骇人听闻的催眠。此时面对与受试者秦澈长得如此相似的女孩，百里的潜意识对他发出一阵阵冲击。

秦澜变成她的哥哥了，他陷在大海深处，向自己伸出祈求的手……

“我很抱歉，秦澜小姐，对于你的哥哥……”百里扶住脑袋，强迫自己尽快把幻觉从眼前清除。

“不用道歉，”秦澜用汉语说道，这是她和百里共同的母语，“哥哥是我唯一的亲人，现在他的人格却不是秦澈，我在帕拉马斯见到他的时候，他都不认识我了，这些都是拜你所赐，现在道歉还有什么用?”

“对不起，当时是我的坚持让你哥哥失去了主人格，对不起。”百里没有给自己找借口。是的，站在秦澜的角度上看一切都是他的错。

在那场催眠里，教士总会一半以上的人都认为该唤醒杀人凶手秦澈的主人格，但百里坚持不这么做。秦澈被《天问》和画岩的强大暗示力开启了“涅槃”空间，他无法对抗恶意人格周庄。在催眠的最后，秦澈的人格被彻底潜抑，他的身体也被聂尚的人格占据了。

百里永远不会淡忘对秦澈的歉疚。在睡梦和冥想中，他无数次看见那个名叫“秦澈”的人格向他伸出苍白无助的手，他却无能为力，只能眼睁睁地看着秦澈被黑暗的海水淹没。

“你干什么?”笛卡尔忽然惊呼。

百里抬起头，只看见秦澜手里多了一把尖利的刀，那是藏书室用来裁纸的钢刀，不知她哪里来那么大的力气，一把推开上前阻拦的笛卡尔，一个箭步冲到百里面前。等百里回过神时，那把钢刀已经插在他的胸膛里了。

一股血红色的暖流从胸口飘散出来，染红了秦澜冰冷无情的脸庞。百里闭上眼，和噩梦里出现的人一同沉沦……

2

“嗨，你怎么了？还好吗?”笛卡尔用力摇晃百里的肩膀，不知道为什么，秦澜一出现百里的神色就变得异常。当秦澜走到他跟前，礼貌地伸出右手想同他握手时，他竟然全身摇摇欲倒。幸好笛卡尔反应迅速，及时伸手撑住他。

有几道亮光重新进入百里的瞳孔，他看清眼前的女孩朝自己伸出手，她的脸色有些不悦，但并没有幻觉中刺入胸口的裁纸刀，没有喷薄的鲜血，没有怨恨的眼神，这里只是平静的古文献收藏室，她也只是个普通的中国女孩。

“我有这么可怕吗？把你都给吓晕了。”女孩仰着脸、抿起嘴不高兴地问，她说的还是那一口流利纯正的英文。

百里揉了揉额头，用汉语问道：“你是中国人吧？”

女孩目露惊讶，也用上了汉语：“你也是？”

看样子，她还不知道眼前的同胞就是秦澈的催眠师，百里对此不知道该不该感到庆幸。他点点头，回道：“是的，我来自重庆，是笛卡尔的同事，我们都在……”

“你们都在马林县那边的一个精神疗养院工作吧？笛卡尔从没给我说过他有个中国同事。你好，我叫秦澜，是笛卡尔的朋友。”女孩抓住百里的手握了握，神色里都是他乡遇故人的兴奋。

百里顿住了，背后透出一阵凉意。

在刚才的幻觉里，女孩的名字也叫“秦澜”！

一个名字让现实与虚幻的界限变得模糊，就在几秒钟的时间内，百里分不清哪里是真，哪里是假。

他强自镇定，回道：“我姓百里，单名一个途，路途的途。”

“你们在说什么呢？”听不懂汉语的笛卡尔打岔道，“要聊天的话暂时打住，我们还有更要紧的事要请教你。”

“别急，你们都还没有吃午饭吧，走，我带你们去尝尝斯坦福餐厅里的菜，”秦澜热切地邀请道，“我们中国人就喜欢在饭桌上说话。”

从凌晨到现在他们两人都是滴水未进，的确是该补充能量了。百里应道：“行，走吧，在哪儿说不是说。”

笛卡尔指指手表，示意时间不多了。

“没关系，”百里说，“再怎么急我们也总得抽时间吃饭吧。”

“好，听你的。”笛卡尔无奈道。他心想中国人的乡亲情结还真如传闻中说得那么重。

“太好了，在这儿稍等我一下，我去拿背包。”秦澜的欢喜溢于言表，她转身快步跑进了收藏室。

笛卡尔的手机忽然响了，他拿出来看了一眼，眉头微微一缩。

“怎么了？”百里见他脸色不大对。

“电池没电了，该死。我竟然忘了，心灵会和警方可能会通过我的手机找到我。”笛卡尔懊恼地道。他急忙关闭手机，拆下电池，取出移动卡，掰成两半扔进垃圾桶。

对于笛卡尔的疏忽，百里没有过多在意，他现在的心思全在初次见面的秦澜身上。他见秦澜还在书架后没出来，压着嗓子问笛卡尔道：“她是心灵会的人吗？”

“放心，我这个朋友和心灵会一点关系都没有。”笛卡尔还在摆弄他的手机。他想了想，把手机连电池一块儿扔进了垃圾桶。

“你确定她能帮得了我们？”百里有些不相信这个看起来和笛卡尔一样年轻的女孩能解开他们面对的复杂密码。

笛卡尔抬起头，斜睨着百里：“秦可是斯坦福大学历史学博士，专攻语言史和人类灾难史，如果连她都束手无策，那我也没辙了。”

听笛卡尔这么说，百里放下心来。“好吧，我还想知道……”他终于还是问出那个悬在心头的问题，“她是秦澈的什么人？”

“秦澈是谁？”笛卡尔迷惘地反问道。

原来笛卡尔并不知道《天问》凶杀案的凶手是谁。百里差点忘了，那桩凶案仅有教士总会的成员才有知情权，笛卡尔只是安全部一个小小的技术探员，还没有权限知道这起与“涅槃”直接相关的案件。

看来，在他们这三人中，只有百里知道他与秦澜之间秘密的关系，然而背负秘密的那个人往往是最为艰难的。他不知道在秘密揭晓的那一刻该如何面对秦澜。

“我们走吧。”

秦澜回来了，小巧的背包斜挂在她的右肩上，她换上了一套 20 世纪 80 年代风格的复古牛仔衣裤，均匀苗条的身材和棱角分明的容颜让她像是电影里的好莱坞影星。

笛卡尔朝她打了声口哨：“走吧，美女！”他跟在秦澜身后走下楼去。

百里心事重重地移出步子，走在他前方的秦澜的背影里，似乎躲着一双尖锐的眼睛，在冷冷地凝视他。

3

斯坦福大学的中国餐厅装饰得极具东方韵味，百里感觉像是来到某个江南水乡的小菜馆。但是，时间紧迫，他并没有多少心思品尝那些久违的中国菜。没拿过几次筷子的笛卡尔，面对摆在他身前的炒米线更是不知如何下口，到最后，他索性放下碗筷，看着秦澜边吃边称赞这里的水煮鱼有多地道。

又过去了半小时，其他四个学者生死未卜，他们竟然还坐在这里吃饭，想到这儿，笛卡尔就心急如焚。

“秦，我们是不是应该……”笛卡尔打算提前结束这顿不合时宜的午饭。

“我吃饭的时候不喜欢谈论美食之外的事情。”秦澜嚼着鱼片，毫不客气地说。

笛卡尔的目光转向百里，想获得同伴的支援，可是他看到百里也是不紧不慢地挑着鸡丁，把葱末夹到嘴里。

怎么连百里也从容不迫了？笛卡尔真想提醒他们，现在可不是悠闲的午餐时间，还有几个人挣扎在生死边缘，等着他们去解救呢。

其实他不知道，百里心里比谁都急。在旧金山附近多待一分钟就多一分被捕的风险，他们随时都有可能被抓到赫宁庄园的禁室里，在那里度过七天时限，等着面对会长和三个高级教士的死讯。

然而对秦澜切不能急，百里再明白不过，她不能只是在斯坦福给他们一个解密的提示就算完，在接下来面对未知对手的挑战中，他们需要秦澜的全力帮助。

“我吃好了，”秦澜终于放下筷子，抽出纸巾慢条斯理地抹抹嘴，“你们有什么事，说吧。”

笛卡尔松了口气，急忙说道：“秦，我们有一个朋友被绑架了，绑匪给我们留下了一些线索……”

“我和笛卡尔来自塞勒涅心灵会，这是一个研究‘涅槃’的秘密组织，”百里打断笛卡尔道，“你如果学过精神分析学，就应该知道人类的心理结构以潜意识为根基，‘涅槃’是潜意识最深处的心理空间，是精神内驱力的源头。心灵会的使命，就是研究和守护‘涅槃’的秘密。”

身旁的笛卡尔半张着嘴，百里这一通话至少泄露了三个心灵会的最高等级禁秘。

“我们的会长，克洛斯·塞勒涅先生，”百里尽量简短地说道，“和四个心灵会大师在三个月前失踪了，今天我和笛卡尔发现其中一个失踪者的尸体，死者名叫莫先琳，是弗兰克心理实验室主任。在她的尸体和抛尸地点找到一些线索，我们认为可能指向其他失踪学者所在的地点。”

秦澜的表情很复杂，但是还好，没有百里预想中的怀疑，只有在听到莫先琳的名字时微微吃惊。百里接着说：“凶手自称先知，他下毒杀害莫先琳，在他的安排下，不幸的死者在临死前给我打来电话，使用的是我们心灵会的一种特殊通信设备。笛卡尔，请你向秦澜小姐介绍一下‘黑火柴盒’的保密功能吧。”

笛卡尔见百里对秦澜毫无隐瞒，自己再遮遮掩掩也没什么意义了，只好把机密电话屏蔽关键信息的作用详细讲给秦澜听。

等笛卡尔说完，百里继续道：“莫先琳临死前用她的方式给我留下了很重要的信息，我认为那是解开尸体上所有谜团的关键，但我们都不知道那是什么意思。”

秦澜欠了欠身子，拿起已经凉透的茶喝了一口，仍然不作回答，百里静静地看着她，说：“来找你之前，我们收到了先知的警示，他只给我们七天时间解开谜团。七天过后，我想其他失踪者都会死。”

餐桌上，百里故意避开谈及割断的双臂，以免引起秦澜的反感。

笛卡尔的目光在身前两人的脸上游移，慢腾腾地挤出一句话：“这，这就是我们要麻烦你的事。”

秦澜放下茶杯，带着捉摸不定的神色从座位上站起身，留下一句“跟我来吧”，然后抓起背包走出门去。

笛卡尔凑近百里，小声质问道：“你干吗告诉她那么多？”

“没人会因为一堆谎言来帮助你，更何况，”百里露出微笑，“她将跟我们一起去营救失踪者，不坦诚相待怎么行？”

没错，百里在餐桌上就发现了，秦澜虽说外表看起来大大咧咧，但她并不好糊弄，她之所以除了吃饭不愿谈论别的事，原因就在于她感觉到笛卡尔和百里对她有所隐瞒。想要让别人心无间隙地与自己站在同一边，最先从心底掏出来的一定要是真诚。在这一点上，笛卡尔肯定没有读过“三顾茅庐”的故事。

百里的笑很快消失了，他心里隐藏着真正难以开口的往事。对于秦澜，那将会是一个永远不得涉足的禁区吗？

秦澜带他们来到她的私人工作室，这里位置很偏僻，可以保证他们的谈话不被别人听见。

“把你们解决不了的事情告诉我吧。”秦澜进门后随手把背包往角落处的沙发上一扔，把头发拢到脑后扎了个小小的髻。她的脸上有了一抹兴奋的神采。

百里拿出机密电话递给她：“莫先琳和我的通话都在录音里，你先听一下。”

“我真没想到，这么有名的心理学家是你们那个什么心灵会的成员。”秦澜随意地说，把电话放到耳边按下了录音播放键。

“你相信我们，不，相信百里之前说的那些话了？”笛卡尔从百里身后跨出，惊异地问道。

说起一个前所未闻的组织，守护着一个高深莫测的秘密，还发生了一场近乎荒诞的绑架杀人案，每个听者都会把这当作在讲故事，偏偏秦澜没多想就答应帮助他们了，也难怪笛卡尔会表现得很吃惊。

秦澜意味深长地瞥了他一眼，并不回答，只顾听电话录音。百里用手肘碰碰笛卡尔，示意他别打岔。

其实百里也担心秦澜不相信他的说辞，但他确信自己已经足够坦诚了，应该相信或是怀疑，秦澜自会分辨。

“莫先琳说的是‘加勒比海’和那个航海家的名字？”放下电话后秦澜说道，听她的口气并没有多大把握，“如果能去抛尸现场看看就好了。”

“你要不要看看现场照片？”百里主动提出。

秦澜扁起嘴唇，露出一个“我不介意”的表情。在百里的示意下，笛卡尔从包里取出便携相机，递到秦澜手里。

秦澜拉了张椅子坐下，埋着脑袋仔细查看笛卡尔拍下的照片，当她看到尸体时两眼本能地瞪圆，费了很大劲才克制住没叫出声。

随后几分钟秦澜一直紧紧闭着眼，竭力想把噩梦从脑子里抹除。笛卡尔坐到她身旁，轻轻搂着她的肩膀，无声地安慰她。

恐惧是人类的一种本能，就像永远蛰伏在每个人内心的黑色火焰，只等着外界扇动的风，一旦起势，它就会化成火海，烧毁一切。无论智力多高、学识多丰富的人，都逃脱不了恐惧的折磨。

“我很抱歉吓到你了。”百里试图拿走她手里的相机。

“别动，”秦澜手上用劲，把相机攥住，她睁开眼道，“我还没看完。”

百里拗不过，只好坐下，等她翻完最后一张照片。

秦澜深吸几口气，稳住心神后问道：“地上那条裂缝是什么？”

“是圣安地列斯断层，”百里回答，“莫先琳躺在圣安地列斯断层的起始处，断层在地表上的凹陷正好从她身体中心穿过。”

秦澜打了个寒战，心里恐惧的火还未熄灭。笛卡尔给她倒了一杯清水，她仰起头一饮而尽。

“抱歉，我很少看到这样的照片，比刚出土的干尸可怕多了。”秦澜放下杯子道，她的情绪好些了。

等了一会儿，笛卡尔才问道：“有什么想法吗？”

“如果那两个词真是‘加勒比’和‘麦哲伦’”，我想有两种可能。”秦澜旋转着手里的杯子，边思考边道，“第一，剩下那些活着的人，还有幕后凶手都在加勒比海或麦哲伦海峡，甚至是与麦哲伦航海史有关的地方，比如他在环球航海途中经过的地方、死亡的地点之类的。但是，根据你说的那种电话的功能，莫先琳没法告诉你们这么直截了当的信息，所以我主张排除这种可能性。”

笛卡尔点点头：“我们也是这么想的。”

“第二，‘加勒比’和‘麦哲伦’作为一个提示线索，莫先琳希望你们得到指引。”秦澜道，“但是加勒比原是印第安语，意思是‘勇气’‘勇敢者’，而麦哲伦作为一个大航海时代的葡萄牙航海家，无论怎么解释，这都跟你们在现场发现的雌性符号、断层裂缝没有什么关系。”

“你是说，莫先琳说的是别的词？”笛卡尔说着望向百里，只看见百里在不动声色地等待下文。

“只能这么解释。”秦澜放下水杯，站起身来回踱步，小声自言自语，“还有什么词汇与‘jia’‘le’‘bi’，‘mai’‘zhe’‘lun’发音相近呢？还有什么？”

“笛卡尔，打开‘土卫六’。”百里突然道。秦澜停下步子，和笛卡尔一起把目光投向他。

“用计算机慢放电话录音，我们仔细听听死者的发音。”

笛卡尔一拍脑门，怨自己没能早点想到这个主意。

电脑很快开启了。导入机密电话里的录音，笛卡尔用慢于常速三倍的语速重放莫先琳的遗言。

三人都屏住呼吸，听扬声器里缓缓传出的两组音节。

在第一组音节里就出现了问题——“jia”“le”两个音能够确定没错，第三个“bi”音在慢放下却很是怪异。

“重放第三个音，再慢一点儿。”秦澜说，笛卡尔伸手在键盘上敲了几下，开始以五倍慢速播放。

在播放了第三次后，三个人都听出来了，莫先琳说的是“di”，而不是他们一直误听的“bi”。

“‘jia’‘le’‘di’，这又是什么？”笛卡尔盯着计算机屏幕，脸上困惑不减。

他们又花了两分钟重听第二组音节，“mai”“zhe”“lun”无论慢放几倍都清晰无误，可以暂时确定莫先琳说的第二个词是“麦哲伦”。

除了“麦哲伦”外，也不可能有别的意义。百里暗自握紧拳头，这场对决的难度因为“麦哲伦”三个字上升了不止一个层级。

疑问的主要焦点还是集中在“jia”“le”“di”上，百里不急着把内心的想法说出来。

“她在想什么？”身旁的笛卡尔向窗边一偏脑袋，提醒百里向那边看。

秦澜背靠在窗沿上，单手支着下巴，聚精会神的思索让她眉头紧蹙。

到底能不能迈出新的一步，百里和笛卡尔默默地等待着，不过这个过程比他们想象的要短得多，仅仅五分钟后，他们就听见窗边传来一声得意的笑。

“我知道莫先琳说的是什么了。”秦澜右拳击在左手摊开的手掌上，“她说的是‘迦勒底’。”

“迦勒底，什么意思？”笛卡尔仍旧不明所以，百里也好不到哪儿去。

秦澜走到书架前，从上面接连抱下几本旧书，拍拍上面的灰尘后放到百里和笛卡尔身前。

“看看这个。”

放在最上面的是一本年代久远的书，封面上画着九大行星的彩图——出版的时候，冥王星显然还未被剔出行星的行列①——图上的一行英文就是书名：《天文学简史》。怎么看都像是一本大学教材。

“这……”百里不知该说什么，茫然地看向秦澜。

“真庆幸我修过天文符号学，刚才我把与‘jia’‘le’‘di’有关的词都想了一遍，没什么比这个更贴近答案的了。”秦澜带着狡黠的笑，替他们把书翻到第一页，书上的章节名叫《仰望星空者：迦勒底人》。

百里吐出一直憋在胸口的闷气，仔细往下读。

迦勒底人，是两河流域的古老居民，曾经是闪米特人的分支，他们最伟大的成就是建立了四大文明古国之一的古巴比伦王国，闻名遐迩的巴比伦空中花园就是他们的建筑杰作。但是，对于普通人，尤其是那些时尚的女中学生来说，迦勒底人的成就是她们房间里满满一箱子的星座占卜书和星座性格分析图。

没错，迦勒底人是人类文明史上第一支研究星象和占星术的部族。虽然，他们对于浩瀚星空的探索是为了用占星术预测未来，但就如炼金术奠定了化学学科的基础来说，迦勒底人为天文学的发展铺了第一截路……

“莫先琳给我们的线索，是古巴比伦王国？”笛卡尔大声说。

“呵，”秦澜嘲讽地看了笛卡尔一眼，“天文学才是串联所有线索的绳子。”

“什么？”笛卡尔讶异道。

---

① 在 2006 年 8 月 24 日举行的第 26 届国际天文学联合大会上，与会天文学家通过投票决议将冥王星划归为矮行星，从行星的行列中除名。

秦澜一边翻书一边说："凶手既然想让你们注意到尸体右眼里的雌性符号，只需要割下右眼皮就行了，这更能加重尸体的符号意义，在符号学上，这叫'落差凸显技术'，他为什么要多花费力气割掉两只眼皮呢？这一点让我想了很久，直到我回忆起这幅插图。"

她的手停下来，百里和笛卡尔看向她手边的彩图。

图里是一个饱受风化侵蚀的人像石雕，站立在底座上，双手交叉在胸前，最引人注意的是它半仰着头，一双睁圆的眼睛几乎占满整张石脸。

"这是巴比伦空中花园上著名的仰望星空石俑，"秦澜道，"凶手把莫先琳的尸体制成了仰望星空的迦勒底人，这才是他割下两只眼皮的原因。"

跟着秦澜的推断，百里眼前仿似又看到那片未知的丛林，断了双臂的尸体张开双眼仰躺在地上，成了永远的仰望星空者。

第 7 章

双重密码

1

百里的目光离开石俑的图片，他很想顾及礼貌，可最终还是决定说出来："这种猜想未免有些牵强吧。"

"怎么？"秦澜的脸色稍显不悦，她不喜欢说话的时候被人打断。

百里谨慎地说："世界上还有很多瞪着双眼的古代石俑或陶俑，这些古物分属不同的文明，我想在如此多的文明中必然有与'jia''le''di'发音相近的词组，你为什么偏偏把莫先琳尸体上的线索往古巴比伦文明上靠呢？"

他们的时限只有七天，每错一步都会耗费大量的时间去验证错误并修正，劫持学者的敌人不会有足够的耐心等待他们犯完所有错误。眼下他们就像走在钢丝上的独行者，没有犯错的机会，踏错一步就会跌入万丈深渊，容不得他们有一丝一毫的疏忽。

笛卡尔看向秦澜的眼神中有同百里一样的担忧。

"哈，你们果然难伺候，不过你说的都对。"秦澜没有反对的意思，嘴角又挂起从容自信的笑意，"那么，再看看这个吧。"

她抽出第二本书，翻到中间一页，百里和笛卡尔的目光回到书页上。

他们俩同时倒吸了一口气，笛卡尔更是惊得从座椅上站了起来。

在书页正中，一个巨大的雌性符号"♀"占据了一半篇幅。

"都看到了吧，"秦澜对他们震惊的反应很满意。"这个符号，"她指着书页上的"♀"说，"不只是象征雌性的符号，同时还是太阳系行星中金星的天文学符号。"

说实话，这个结论令百里真正吃了一惊，他忽略了一个符号能同时有多种象征意义。

"另外，还有一个细节可以印证我的想法，"秦澜又道，"你们看到没有双臂的尸体会想起什么？"

百里和笛卡尔对视一眼，笛卡尔先说道："还能有什么？凶手把尸体的手臂砍下来，刻上一句话，声称自己是先知，还警告我们只有七天的时间救人，这就是为什么我们这么着急的原因。”

“那句话是‘上帝用七日创世，先知用七日毁灭’。”百里把断臂上的刀割之语告诉秦澜。

“暂时不考虑这个细节，”秦澜没有因为紧迫的时限而惊慌，好像对她来说这根本不值得关心，一心放在解谜上的她依然问道，“现在就从尸体上看，你们能想到什么？”

笛卡尔怔住了，断了手臂的尸体还能看出别的什么来？

百里低声回道：“先知不只是把尸体制成仰望星空石俑，还把它弄成了‘米诺斯的维纳斯’。”

“没错，”秦澜打了个响指，“先知是符号学方面的专家，我都有点崇拜他了。他用一具尸体表达了双重符号意义，除了刚才说的仰望星空石俑，第二重意义就是‘米诺斯的维纳斯’。”

“维纳斯？”笛卡尔皱眉道，“收藏在卢浮宫的那尊著名的大理石雕像？”

秦澜道：“是的，维纳斯，罗马神话中爱与美的女神。”

笛卡尔接着问：“神话跟天文学又有什么关系？”

秦澜笑了：“你的英文是真不好吗？在西方国家，太阳系的行星除地球外，都是用古希腊罗马神话中各个神的名字来命名的，金星的英文 Venus，不就是维纳斯吗？”

为了便于区分，她故意用汉语说了“金星”两个字。

“雌性符号，是金星的符号，”百里说，“同时又是维纳斯的神话符号。”

“我们管这个符号叫作梳妆镜，它的形状就是爱神的镜子。”秦澜敲着书页上的“♀”说，“如果先知是在用尸体留下密码的话，我认为天文学就是破解密码的算法。”

百里眼睛一亮，原来秦澜也把这起诡异至极的凶杀案想成了密码，这么看来，密匙是找到了，接下来就是用密匙破解密码。

“不对！”笛卡尔突然大声道。

秦澜斜眼看他。

笛卡尔扬着右手食指说：“断层！你们忘了吗？圣安地列斯断层怎么用天文学来解释？”

“这……”秦澜顿住了，她竟然遗漏了这么重要的线索。

她的脸色沉下来，笛卡尔不知所措地望着她，亲口点破她的漏洞似乎让笛卡尔很是愧疚。

这时，百里发出一声轻笑。

“你怎么了？”笛卡尔不满地看过来，他以为百里是在幸灾乐祸。

“秦澜小姐，你说的都没错，”百里的笑意更浓，“但你只说对了一半。”

“一半？”秦澜目含惊讶。

“是的，”百里道，“先知既然可以用一具尸体表现双重符号意义，他为什么就不可以留下双重密码呢？”

“我不明白。”

“我们只顾着分析天文，却忽略了别的信息，”百里放松背上的肌肉，一直紧绷的背脊让他全身发酸，他慢慢解释道，“其实，我也把在尸体上发现的线索想成密码，要破解密码，关键是要找到密匙，也就是你说的算法。我认为莫先琳的遗言是密匙，经过你的分析，证明我的想法没错，但遗言可不只有‘迦勒底’，还有后面一个词。”

“对了，我们忘了伟大的麦哲伦先生呢！”笛卡尔像是发现了新大陆。

1519年，葡萄牙人费迪南·麦哲伦率领五支克拉克帆船从里斯本出发，横渡大西洋，绕过美洲大陆的最南端——他们经过的那条海峡后来被命名为“麦哲伦海峡”——进入当时还叫“南海”的世界最大洋，由于从美洲到亚洲的航程里始终没遇上大风浪，麦哲伦就把“太平洋”的名字留给了“南海”。抵达亚洲的菲律宾后，因与当地土著起了冲突，麦哲伦不幸死在标枪和斧刃之下。他的部下继承他的遗志，往西航行穿过印度洋，绕过非洲南端的好望角，于1521年返回欧洲，就此完成人类史上第一次环球航海。

“‘迦勒底’所指向的天文学只是密匙之一，”百里说道，“别忘了，麦哲伦的船队曾经环绕了地球一圈，莫先琳借用他的名字留下另一个密匙再合适不过。”

“密匙有两个，”秦澜不敢相信地说：“你的意思是，与之对应的密码也有两重，一重是天文学方面的，另一重是……”

“另一重，是地理学。”百里口气坚决地道。

秦澜和笛卡尔都露出讶异和好奇的神色。

前麦哲伦时代的欧洲，地球科学的萌芽还深埋在土壤里，人们普遍认为地球就是一块无限宽广的大地，海洋的尽头只有无底深渊，直到麦哲伦的环球航行才直接证明了地球是圆的，这在地理学上的意义不亚于物种进化在生物学上的意义。如果要用一个词组来代表地理学，为什么不能是麦哲伦呢？

“只有结合天文和地理，才能把所有密码联系起来。”秦澜想找出百里的破绽，但不多久她就放弃了，对百里点点头，“我想你说得没错。”

“莫先琳的尸体被放置在断层的起点，说到断层，你们能联想到什么？”等秦澜思考了一会儿，百里问道。此时的百里反倒不急于把他的思路说出来，所有推理都得一步接一步地推进。先知在地理这一层密码上设计得没有天文那么复杂，只需要一个小小的自由联想。

“地震。”笛卡尔抢先说。

百里点点头，赞成他的说法。因为圣安地列斯断层的活动，直接导致 1906 年旧金山大地震和 1994 年洛杉矶大地震，两场地震都是美国历史上主要城市所遭受的最严重的自然灾难，尤其是旧金山大地震，造成 3000 人死亡，30 万人流离失所，而当时的旧金山全市也就只有 40 万居民。颇具盛名的建筑艺术——旧金山市政厅也在这场地震中变成废墟。

有一瞬间，百里想起站在断层前脑海里出现的幻觉。

断层穿过尸体，所到之处只留下一片荒蛮残壁……百里摇摇头，强迫自己不要分神。

地震不是圣安地列斯断层指向的最终结果，他用言语继续引导：“在‘地震’之后，还能联想到什么？”

一阵沉默。

秦澜脸色发白，她费力地从嗓子里挤出一个词：“毁灭。”

“是的，毁灭，毁灭之城。”百里沉声道，“这就是第二重密码的破译结果。”

“为什么偏偏是城市？”秦澜蹙起眉头问道。

“城市是人类文明走进成熟的标志，”百里说，“先知自诩为毁灭者，那我们就试着站在一个毁灭者的角度上考虑。让你在地球上毁灭人类文明，你的第一个目标是什么？”

“把一颗核弹丢到国际大都市里，纽约、东京、上海都是我的目标，我明白了。”秦澜若有所悟。

“地理密码象征毁灭，而天文密码指向了毁灭的原因。”百里总结道，“我们破译了所有密码，这就是结果。”

笛卡尔抓抓脑袋，一时半会儿理解不了，他又问道：“结合起来，因为天文而毁灭的城市，就是藏匿失踪学者的地方吗？这样的地方没有多少吧。”

“你说得没错，”百里承认道，“我们都没听说过哪一座城市的覆灭跟金星有关。”

秦澜补充道：“在人类灾难史上，城市的毁灭跟地外天体的直接联系太少了。即使有，也不过是陨石块冲撞地球，或者是月球引力引发的大海潮导致海边城市淹没，但是都与太阳系行星没多大关系。”

“这么说起来，我们刚才推导的东西一点儿用都没有嘛。”笛卡尔不耐烦了，“难不成失踪者都藏在金星上？”

“不，用处太大了。”百里说，“只是到了最后，先知仍然是用语言学的方式解决了藏匿地点的问题。”

秦澜扬起眉梢，百里看着她道：“你刚才也发现不对劲了吧，在你说金星和维纳斯（Venus）的时候。”

百里学她用汉语说出“金星”二字。

秦澜抿住嘴，恍然大悟的眼瞳闪了一闪。

笛卡尔依旧云里雾里：“能给我解释解释吗？”

“伙计，如果你学过汉语或日语，就会发现这不过是个语言游戏。”百里回道，“世界上只有东方国家使用金、木、水、火、土五行元素来命名太阳系的五颗行星，所以我们中国人叫它们金星、木星、水星、火星和土星。但是，在西方，对这些行星的称呼用的都是诸神的名字。金星是爱神维纳斯（Venus），木星是主神朱庇特（Jupiter），水星是商业之神墨丘利（Mercury），火星是战神玛尔斯（Mars），土星是农业之神萨杜恩（Saturn）。”

秦澜放下手，道：“莫先琳被放置在贯穿加利福尼亚的断层上，她的尸体上所有的符号都指向维纳斯，金星。”

“19 世纪中叶，探险家马歇尔在加利福尼亚州的河道里发现了黄金，他的发现引来大量淘金者，这就是美国历史上的西部淘金热，加州因此得到一个别名：‘金州’。”百里垂下眼睛，“密码最后破译出来是，金的毁灭之城。”

三个人一同沉默了，他们陷入莫名的恐慌之中：该是多么强大的对手，才能设计出逻辑如此完美、缜密的谜中之谜？

最可怕的是，这个谜解到最后，居然是无解。

2

时间在流逝，已过 15 点，第一天只剩不到九个小时。

午后的阳光透过百叶窗，照在百里脸上，晒得侧脸上的皮肤一片刺痛。他也不闪躲，任由阳光就这么炙烤着自己。

秦澜用手指轻拂着《天文学简史》的书页，心里还存有一丝侥幸：在书里或许还能找到破解困境的关键。笛卡尔垂头坐在一旁，视线停在装“土卫六”的皮包上。

到了此时，他们三个人都意识到了，笼罩在头顶的疑云才刚刚出现。

金的毁灭之城，指向的是第一个失踪者莫先琳的抛尸地。这个地方他们一开始就知道了，一切都回到原点。

找到了双重密码，也找到了解开密码的两个密匙，破解复杂的密码后得出的只不过是一个他们早已得知的地方，这无异于解出一个 X = X 的恒等方程。

“我们掉进了一个迷宫，在里面绕了半天才发现原来出口就是入口，”笛卡尔双手支着额头，丧气地说，“没有时间了，第一天就被卡在这里。”

百里转过头，让阳光直射进眼睛里，他在用这种方式振奋精神，让已经疲惫不堪的大脑受点刺激。

“不然，我们发动警方四处找找吧，说不定运气好能找到。”笛卡尔转身提起桌上的电话，焦躁地提议道，他实在无法忍受这种坐以待毙的滋味。

百里背对着他说：“剩余的四个学者如果还活着运气就足够好了，他们有可能在任何地方，我们上哪儿去找？”

笛卡尔粗声道："旧金山就这么大一座城市，只要有足够的人力，七天内应该能翻个遍。"

"不，"百里苦笑道，"先知可能把他们藏在全世界。"

"你说什么？"笛卡尔拿着话筒张口结舌，"你怎么知道？"

"是莫先琳教授告诉我们的，"百里跪在莫先琳的尸体前时就想到了这一层，"如果我们的思路正确，破译密码的结果能告诉我们其他失踪者藏在什么地方，那么'麦哲伦'除了代表地理密码，还有一个很明显的意义。"

"麦哲伦船队是第一批环绕地球的……"笛卡尔感到汗毛倒立，"先知的捉迷藏游戏是在整个地球上玩？"

"你终于聪明点了，笛卡尔。"秦澜大声打断他们的对话，她紧皱的细眉下一双眼睛紧紧盯着手里的书页，那里有一张彩图，上面是一个画了各种天体和星座符号的圆盘。

百里回过头，笛卡尔垂着嘴角，不甘心地看过来。

"你们说得没错，先知是要你们在全世界寻找失踪者。我想我们刚才忽略了一个重要因素，"秦澜又弯起嘴角，发梢下的阴影飘在她的眉宇之间，"我们都忘了，时间。"

"时间？"百里和笛卡尔齐声叹道。

"你们的学者失踪多久了？"秦澜问道，"从失去他们的音信到发现莫先琳的尸体，其间隔了多久？"

笛卡尔盯着天花板算了算，回答道："六十二天。"

"设计出这么一套逻辑无可挑剔的凶杀密码，我相信先知在此之前用了很长时间来谋划。劫持学者只是早已计划好的第一步，把他们控制在手上，接下来的每一步只要按部就班地进行就好。"

"你想说什么？"百里问。

"我想说，失踪的学者被控制了六十二天，先知显然不是用这短短两个月来慢慢设计留给我们密码的，而是在等一个特殊的日期。"

"5 月 20 日，莫先琳的死亡日期，是早已被定好的？"百里惊道。

"这也是天文密码之一，"秦澜拂开遮在眼前的一绺头发，"5 月 20 日，是金牛座时间的最后一天。"

"啪"的一声脆响，笛卡尔手里的话筒滑落在地板上。

3

星座，是很长一段时间以来都非常流行的一个词。在黄道十二星座中，我们每个人都对应了其中的一个，这个星座是由我们的出生时间决定的。不少人相信星座决定了一个人的性格、天赋，乃至命运，但并没有多少人能真正弄明白十二星座的天文学原理。

先来做一个空间想象吧，想象你站在宇宙的高空中俯视太阳系，这个庞大星系的中心是太阳，地球以椭圆形的轨迹环绕太阳转了一圈，它的公转轨迹称为“黄道”。

从几何学角度上看，绕太阳一圈的黄道带是 360 度的圆周。迦勒底人经过长期观测，把黄道分为 12 节均等的区段，每一段的角度是 30 度，这样的小段叫作“宫”。宫的名字取自每一段宫附近的星座，于是便有了黄道十二宫，那十二个被借用了名字的星座就是我们熟悉的白羊、金牛、天秤、射手……

在古巴比伦时期，哥白尼和伽利略还没有出生，没人告诉迦勒底人是地球围着太阳转动，他们以“眼见为实”，认为太阳以地球为中心，沿黄道带做圆周运动。当太阳于一段时期内停留在黄道的某一宫时，他们就把这一段时期定为宫名字的星座期。太阳沿黄道走完一圈是一个太阳年，十二个星座期正好分割了一个太阳年，出生在哪段星座期的婴儿天生就与哪个星座挂上了钩。

“这么解释，你们明白了吧？”秦澜在她随手画的太阳系草图上重重地打下一个点，“从地球上看，5 月 20 日是太阳在金牛宫的最后一天，5 月 21 日它就会进入双子宫，金牛座期结束，进入双子座期。”

百里花了几分钟整理思路，才跟上秦澜的节奏：“你是想说，失踪者藏身之地与星象变化有关？”

“想想‘迦勒底’吧，既然莫先琳在临死前给你留下这个指向天文学的暗语，我们就要把这条重要线索追查到底。”秦澜很有把握地说，“跟我去一趟天文馆，我要做出昨天你们发现尸体的位置的星盘。”

笛卡尔问道："星盘是什么？"

"你真应该回学校去补修科学课程，"秦澜撇嘴道，"星盘是占星师和航海家测量天体运动的仪器，简单说就是地球上某一位置在某一时刻观察到的星象图，上面能反映出太阳、月球、冥王星和其他行星在黄道十二宫中的位置，就像这个。"

她指着书上刚才翻到的圆盘彩图，十二个星座符号分布在圆盘周围，把圆盘外围均等地分割成十二块区域，即十二宫。十二宫区域包围的圆盘内部是八大行星和太阳、月球、冥王星的符号，根据各天体的运行位置散布在各处。

看起来没有别的有用线索，秦澜提出的办法必须试一试。百里站起身走到门边："我们走吧。"

他打开门，秦澜大踏步走过来，这时，身后传来一声呼喊。

"等一等。"

百里和秦澜各怀心事，都没注意到笛卡尔落在后面。

"怎么了？"秦澜回过头，皱着眉头问。

"轮到我上场了。"笛卡尔高扬起一边的眉毛，"我不用几分钟就能模拟出地球上各个地方能看到的星空图，如果你要的星盘就是这么简单的话。"

"这不可能！"秦澜不敢相信地翻翻眼睛。

"相信他，'土卫六'能做到。"百里转身朝笛卡尔走去，"我都忘了我们还有一台超级计算机。"

"哦？那倒不错。"秦澜耸耸肩膀，走回到座椅旁。

笛卡尔把"土卫六"放在桌面上，手指捏得啪啪响："开工！"

外形很像保险箱的"土卫六"是IBM公司专门为塞勒涅心灵会研发的一种便携式超级计算机，最高运算速度可以达到超大型超算机的万分之一。由于这样的计算机对硬件的要求极高，全世界到目前为止只有三台，都为心灵会所有，分别是"土卫六""天狼星"和"蛇夫座"。笛卡尔是"土卫六"的保管员。

笛卡尔连上互联网，接入NASA① 的数据库，里面公开了太阳系行星的运动数据。

---

① NASA：National Aeronautics and Space Administration，美国国家航空航天局。

“斯坦福的网络是光速级别的。”笛卡尔看着两分钟内下载完毕的大型数据包赞道。他的双手在键盘上飞舞，很快一个基于行星运动数据的程序被架构起来。

秦澜双臂抱在身前，心里也不禁赞叹笛卡尔在计算机方面的高超技术。

“按照你的说法，做一个星盘图需要地理位置和观测时间两个维度，把两个维度的数据输入就完成了。”他边说边输入抛尸现场的经纬度，按下确认键，一张精致的星盘图跳了出来。

笛卡尔跷起脚，闭上眼睛挥动着双手准备接受百里和秦澜的喝彩。

“太阳在这里，金牛宫与双子宫的边界，即将进入双子宫了，咦？这个是……”

没有喝彩，他只听见秦澜这么说，又听百里回道：“有什么异常？”

笛卡尔睁开眼，看到秦澜和百里凑在他刚刚做的星盘图前。屏幕光中，秦澜的脸上不知是恐惧还是震惊。

“怎么回事？”笛卡尔忙收起脚，脑袋探上前去。

秦澜微抖的手指指着标有双子座符号的小区，太阳停留在这块区域的边缘，区域内有他们熟悉的代表金星、爱神维纳斯和雌性的符号——“♀”。

除此之外，还有象征雄性的符号——“♂”。

《天文学简史》上的星盘图

第 8 章

证　明

1

离开斯坦福大学之前，百里特意绕路去了一趟校园里的小型天文馆，在那里校对了手表上的时间。

“你这是做什么？”笛卡尔问。

“时差，”百里回道，“先知既然把作为启示的凶杀案设计在加利福尼亚州，我相信他给我的挑战是以加州为起点，那么计算七天的时限必定是以加州时间为准。”

“你考虑得真周到。”笛卡尔由衷地赞叹。

“走吧。”百里平静地回道，向停在校门口的道奇越野车走去。

5 月 21 日 16 点 38 分，加利福尼亚州中央谷地西南边缘，落日的辉光给这里一个简陋的停机坪染上一层橙红色。

道奇越野车带着满身尘土，停在空地一角。不远处，一架贝尔公司出产的老式民用直升机在做起飞的最后准备，螺旋桨的轰鸣让人耳膜刺痛。

“你确定这只鹦鹉能把我们送出境？”笛卡尔用眼角余光瞟着后排座位上的小个子男人，毫不掩饰口气里的厌恶。

在百里身旁的男人戴着墨镜，胡子拉碴，身穿灰布短裤和五彩斑斓的衬衫，很像威夷沙滩上招摇撞骗的小贩。这时他头靠在车窗上睡着了，鼾声和直升机发出的巨响有得一拼。

“放心吧，没有杰克搞不定的事儿。”百里看着身旁的男人说。

百里从事的职业让他常常会遇上一些麻烦，如果完全遵照法律或社会规则的要求会很难解决，这时候就需要杰克这种无视规则的人士出马了。

杰克是一条在法律禁区游动的蚯蚓，干的全是挑战法官内心忍耐底线的活儿。百里是在安全部的时候得知这号人物的，当时他负责侦破洛杉矶的一桩心理医师谋杀案，因为嫌疑人的某些敏感行踪难以调查，当时还担任安全部长的克洛斯·西弗里斯先生建议百里向鹈鹕湾监狱[1]借用杰克，杰克为了百里许诺的减刑，很卖力地帮助他解决了那个案子。后来杰克出狱后仍然不离他那些老本行，百里就用手里掌握的证据为要挟，让杰克随时为他所用，当然了，一定的酬劳是免不了的。

比如今天，如果没有杰克，被全国通缉的百里和笛卡尔想不出别的办法前往他们推想的荒城。

“那好吧，”笛卡尔双手拍打着方向盘说，“现在怎么办？我们自己直接上飞机吗？还是要等什么安排？”

“我来告诉你们该怎么办！”前排副驾驶座上响起一个略有点粗哑的女声，紧接着一个人影从座位上蹿起来，伸手狠扇咧嘴大睡的杰克。

“秦澜你这是干什么？”百里和笛卡尔都是一怔，赶紧伸手拦住秦澜乱挥的手。

杰克被打醒了，扯着嗓子大喊：“别打，别打，你这臭婆娘疯了吗？”

“你还想拖什么时间？直升机就在那儿停着，赶紧送我们走！”秦澜怒气冲冲地吼道。

百里知道秦澜为什么这么恼怒，自杰克见到她的那一秒起就不停地劝她加入他朋友开的地下舞场，说那是让她发财的最快捷径。初次见面就打这样不堪入耳的招呼让秦澜一路上都黑着脸，她一定是在考虑怎么教训这个没教养的小混混。

好不容易才把秦澜拉开，杰克整理着被扯坏的衣领，嘴里喋喋不休地抱怨。

“杰克，我们是不是该走了？”百里大声道。

“急什么，维恩岛那边还没有给我消息，直升机肯定还没准备好。”杰克摘下墨镜，挤着一对鼠眼，又换上一副讨好的笑脸贴近前排座位道：“姑娘，我还没在哪家舞场见过你这么辣的妞儿，如果你答应，我不会记恨你打我的。”

秦澜闪电一般回身，又给了杰克一耳光。笛卡尔忙拉住她，找到个空隙在她耳边说：“打得漂亮。”

---

① 鹈鹕湾监狱（PBSP），位于加利福尼亚州新月市，建于 1989 年，是美国安全级别最高的监狱，只收押重刑罪犯。

百里拉住嗷嗷叫的杰克，正想警告他别再招惹秦澜，就听到他怀里响起一声短促的简讯提醒声。

杰克摸出手机看了看，转脸朝秦澜挑着眉毛，说："维恩岛那边已经打理好了，我马上就能让你们离开美国，不过你真的不想……"

秦澜立马跳下车，重重地砸上车门。

"赶紧走！"百里喝道，拉着杰克下车朝直升机走去。

笛卡尔和秦澜已经登上机舱。杰克交代完飞行员，大步走回舱门口，拉住正要登机的百里。

"这回你必须给我双倍的钱，把通缉犯弄走是最麻烦的，况且你订的还是我们最贵的直升机，"他盯着直升机里的秦澜，两眼放光，"如果那姑娘接受我的建议，我可以考虑给你打折。"

"我给你五倍，外加销毁去年你在墨西哥非法移民的证据。"百里头也不回地说。

"真的？"杰克整张脸都发光了，"到了维恩岛报我的名字，一切我都安排好了，上帝保佑你，亲爱的老途。"

直升机升上半空，杰克还在朝秦澜挥手，做电话联系的手势。

"真不想跟这种家伙打交道。"笛卡尔紧抱着怀里的皮包说。他身旁的秦澜紧咬嘴唇，眼睛里全是火光。

百里无奈道："难道你要我们跑到北美航空公司的服务台前说：'打扰，请给两个全国通缉犯去那不勒斯的机票，要最快的，谢谢。'"

百里难得说一次冷笑话，秦澜被逗笑了，脸色缓和了不少。

直升机在夕阳里向西飞去，没过多久已在波涛汹涌的太平洋上空了。

"其实你不用跟我们去的。"笛卡尔低头在皮包面上用手指画圈，闷声道。

百里不吭声，尽管这也是他一直憋在心里的话。

他们俩都清楚，虽说离不开秦澜的知识和智慧，但是这一趟解救失踪者的旅程必将异常艰险，弄不好是会没命的，秦澜和这件事没有什么关系，完全不必来蹚这摊浑水。

"如果一开始你们就告诉我你们是通缉犯，我肯定会打 911 叫警察来抓你们。"秦澜微笑着说，"可是现在我已经和你们是一伙儿的了。"

百里和笛卡尔对视一眼，两人都惊异地发现对方在笑。

“而且，我非常想亲自证明我的推理是正确的，这种心情的折磨比杀了我还难受，”秦澜抱起膝盖，脸埋在中间，“我会跟你们一起走到最后，救出所有人。”

荒城迷局事件过后很久，百里才知道，原来在离开加州的直升机上，秦澜在说到她之所以会坚定跟着他们一起冒险的原因时，还有一句话藏在心里。

我会跟随你们，是因为我很好奇，非常好奇，到底为什么你宁愿让我哥哥失去主人格也不愿意救他，那个潜意识下的“涅槃”究竟是什么？

这是秦澜在心里只对她自己说的话，当时她渐渐模糊的意识里浮出哥哥的音容，近在咫尺却又永远触碰不到。

秦澜睡着了，笛卡尔脱下外套，搭在她的肩头。

“我们要把秦澜带回来。”笛卡尔低声说。

百里点点头。舷窗外，远方海平线上出现了灯塔的亮光。

维恩岛只是广阔的太平洋上一座不起眼的小岛屿，这里除了繁茂的热带常绿阔叶林之外，几乎再没有别的价值。然而在第二次世界大战结束后，全世界有一半的人都向往美国这块大陆，没有获得入境许可的人们只好想一些冒险的办法，靠近美国西海岸的维恩岛就成了非法移民和偷渡客的天堂。后来在联邦移民局的坚决打击下，维恩岛的偷渡生意已失去往日的盛况，只有像杰克那种老江湖才敢继续在岛上坚持他们所谓的自由事业。

历来甘愿拿生命冒险的人们登上维恩岛，只为了敲开美国的大门，而现在他们却是为了逃离美国。想到这里，百里都忍不住自嘲。

他们搭乘的直升机在天色暗下来后才降落在岛上的偏僻角落。百里三人跳下机舱，眼前的空地被阔叶林遮蔽得很隐秘，海上巡逻船队很难从岛外发现这里。

“我们的飞机呢？”笛卡尔四处张望，“不可能靠一架民用直升机把我们拉到欧洲去吧？”

送他们来的飞行员是个其貌不扬的美国黑人，身材壮实，比两个杰克叠起来都高。他正举着肌肉结实的手臂拉扯油布遮盖的直升机，听到笛卡尔的问话只是轻蔑地看了他一眼，继续闷声干他的活儿。

百里心里升起一阵不安，信守约定从来都不是杰克这类人的信条。他完全有可能把他们骗到岛上，然后给加州警局打电话说他已经抓住了通缉犯，接下来就该谈谈酬金怎么支付了。

飞行员终于把直升机盖好，走过来说："跟我来。"

笛卡尔下意识地站到秦澜身边，百里在他们两人眼里看到一丝慌张。

"走吧。"百里握紧拳头说，但手无寸铁的他们现在真是三头待宰的羔羊了。

"对了，"飞行员往空地边缘的一座小房子走了几步，又回过头把一样东西递到百里面前，说，"拿着。"

他手上是一把柯尔特 M2000 型手枪。

百里和身后的两个同伴都愣住了。

"看你们吓得跟娘儿们似的，"飞行员粗鲁地把手枪塞到百里手里，"说了把你们安全送走，就一定办到，你们老实付钱就是了，别的有什么好怕的？赶紧跟我走。"

百里暗吁了一口气，秦澜捂在心口的手放下了。

飞行员把他们带到房子里，他打开墙上的小灯，沿着灯影在墙角处搬起一块铁板，一条通往地底的铁梯出现在他们面前。

"走！"飞行员命令道，然后打开手电，当先走下梯子。

百里跟在他身后，笛卡尔让秦澜跟在中间，他自己走在最后。

梯子很长，中间时而出现几条向下的天然陡坡。笛卡尔问了两次他们是不是要走到地心去，前面带路的飞行员始终都一言不发，默默地往下走。

走了近二十分钟，前方才出现了亮光，笛卡尔疲惫地欢呼一声。

飞行员带他们来到一条宽大的地底岩洞里，这条岩洞就是得天独厚的地底机场：朝外的洞口处于临海悬崖正中，直面大海，岩洞内部的地面平坦，只需浇灌沥青、混凝土就可以改造成飞机跑道。几座木头小屋分散在洞壁脚下，里面放满了电子仪器。有这么隐蔽的机场，难怪杰克这帮人可以在移民局眼皮子底下肆意妄为。

"嘿，弗兰姆！"一个在调试仪器的金发男人看到飞行员后喊道，"其他的都准备好了，只差定位系统在做最后检查，马上就可以起飞。"

他的眼睛扫过百里一行人，视线在秦澜身上停留了足有十秒。

“带我去看看。”弗兰姆说，然后拉着准备上前搭讪的金发男人走了。

跑道上，只停有一架三角尾部机翼的小型载客飞机，十来个工作人员围在飞机周围。笛卡尔带着担忧的神色跟过去打量了一番，脸上随即换上了不敢相信的惊异：“不会吧，这竟然是英航的小型协和飞机，听说全世界只有十架，我真想不到能在图片之外见到它。”

协和式超音速客机是英国航空公司于 1969 年设计出产的，飞行速度能达到音速的两倍，横跨太平洋只需要九个小时。2003 年所有协和式客机已经全部退役，杰克的团伙不知道用了什么手段弄来这么一架。为了使用这架飞机，百里花掉的钱可以买一条高级游艇了。

“哥们儿，这次援救任务完成后，心灵会会帮你结账的吧？”笛卡尔跑回来拍着百里的肩，心疼地说道。

百里横了他一眼：“如果所有人都活着回来，我就叫道格掏腰包买下这架飞机。”

余下的起飞准备很快完成，五分钟后进入起飞的最后阶段，弗兰姆从飞机驾驶室里下来请他的乘客登机。

“现在我是你们的机长，飞机上还有另外两个家伙是副驾驶和乘务员，”弗兰姆紧皱眉头整理着明显小了一号的飞行服，说，“登机前由我来告诉你们飞机上的规矩……”

“不就是保持卫生、系好安全带、不要乱走动之类的嘛，”急着到飞机内部去看看的笛卡尔抢着说，他探着脑袋，一只脚已经踏入舱门。

一个冰凉的硬物抵住笛卡尔的左背心，准确地对准心脏的位置，旁边的秦澜发出一声短促的惊叫。

弗兰姆以迅雷般的速度掏出一支银亮的手枪，抵在笛卡尔身上。

“认真听我说完，”弗兰姆冷冷道，“还有你，别去动那把枪，我不想你的脏血沾上柯尔特。”

他的眼神像嗜血的恶狼，盯着百里。笛卡尔高举双手，从门前退回来。

“我知道你们的时间宝贵，所以就不说你那蠢驴脑子里想出的废话，”弗兰姆收起枪，但没人敢动，“第一，我会驾驶鲨鱼号以很快的速度飞行，你们有什么不适请自己戴上氧气罩。如果没用，自己撑着或者跳机，生死与我们无关。”

秦澜紧张得咬住大拇指。

“第二，这只是我第三次驾驶鲨鱼号，我没打算保证所有人的安全。运气不好，我们会一起死在四万英尺的高空，”弗兰姆仿佛是在谈论球赛一样轻松道，“第三，这次我们的航线是穿过加勒比海，横跨大西洋飞往欧洲。直布罗陀海峡附近有我们在欧洲的维恩岛，你们将在那儿下机，我会安排船送你们去你们要去的地方。对了，这一趟要飞过八个时区，你们最好能适应时差……”

“等等，”百里向前跨出一步，“我和杰克约好的，飞机直接把我们送到那不勒斯，为什么现在变成了中途换乘船只？”

弗兰姆的手枪枪口转向百里，他阴沉的表情分明是在警告百里往后站，在一旁老实待着听他说完，不要插嘴。

百里放下了柯尔特手枪，他没有后退，而是再上前一步，把胸膛抵在弗兰姆的手枪上。

“告诉我，为什么？”百里那双漆黑深邃的瞳孔牢牢地与弗兰姆对视，一张脸冷如寒冰。

弗兰姆的眼角抽动了一下，他从联邦特种飞行中队退役后就再没有感受过这种逼人的气势，看来不能小瞧眼前这个看似文弱的男人，他和那些唯唯诺诺的偷渡客不一样。

弗兰姆手上的枪慢慢放下，朝身后偏了偏脑袋：“阿里斯，你来告诉他们。”

那个金发男人快步跑过来，斜眼看着秦澜道：“这也是为了你们的安全，我们在飞行中会向地面航空站发送假信号，把我们伪装成美国的官方飞机，”他指了指自己，“由我来操作，因为这很难，首先得……”

“少废话！”弗兰姆踢了他一脚。

“是是是，”阿里斯捂着挨踢的屁股，“一般来说，中美洲那些小国家会准许我们从它们的领空通过，但这一招在欧洲就不好使了。就算你们不怕炮弹，我们还心疼鲨鱼号呢，这可是我们最贵的飞机。”

百里的眉头皱起来，心里暗骂一声“该死”。杰克在电话里可是打了一万分的包票，保证能用飞机把他们直接送达目的地，现在却告诉他们要乘船从直布罗陀前往那不勒斯，这意味着在路上至少得耗掉半天的时间。

“如果想撤单就快说，恕不退款。”弗兰姆背过身，走向飞机驾驶室。

百里看向笛卡尔和秦澜，歉意地说：“我很抱歉，这趟欧洲的行程会很赶。”

笛卡尔拉紧挂在肩上的计算机皮包，和秦澜一起咧嘴笑了。

“出发吧!”两人齐声说，不再管百里说什么，跟在弗兰姆身后走进了机舱。笛卡尔迈进舱门时还不忘发出“哇”的一声惊叹。

虽然藏在暗处的先知异常强大，但自己有两个同心协力的同伴，这是目前最值得庆幸的优势。

“要把所有人都平安带回来。”百里看着他们的背影自语道。

十分钟后，鲨鱼号协和飞机沿着地下跑道冲出临海峭壁上的洞口，向西南方向飞去。

天文、地理双重密码指向的荒城，在远方等待他们。

2

“学者们被藏在一座已经毁灭的荒城里头？我还是不明白，这个地方在哪儿？”笛卡尔扯着头发，似乎想把脑袋扯清楚些。

这是两小时前，地点还是斯坦福大学，秦澜的私人工作室。

秦澜盯着“土卫六”的屏幕已经有好一会儿了，那个新出现的雄性符号把答案拉得很近，只差那么一点儿，人类历史上有哪一座城市的毁灭是因为……

“我知道这座荒城在哪里。”秦澜把眼睛移开，这时她才感觉眼球微微发酸。

笛卡尔的头凑过来，满怀期待地看着秦澜。百里默默地站在窗边，背对他们。

难道他也想到了？秦澜轻轻一笑，把脑子里刚刚形成的推理说了出来。

按照凶手设计的密码逻辑，莫先琳的尸体上所有谜团最后揭开来是一个地方：金的毁灭之城。他们也发现了，所谓的解密过程不过就是直白地还原——尸体被放置在毁灭“金州”的断层起始处，费尽心思解开密码的结果就是金的荒城，这么看来就像解出一个已知的恒等式一样，所有的工作都没有意义。

但是换一个角度看，他们之前做的其实并不是解答，而是证明。

“证明？”笛卡尔更加困惑了。

“没错，就像证明几何图形全等一样，先是已知某个事实是真的，然后我们用尽线索来证明这个事实是真的，”秦澜回答道，“凶手给我们的挑战就是要先证明，再破解。”

百里的肩膀动了动。

笛卡尔问道：“可是，证明什么呢？”

“证明其他失踪学者被隐藏的地方，是一个已经被毁灭的城市，而且毁灭的原因跟行星的名字有关。”秦澜轻敲屏幕上那个刚发现的符号，“有了被证明的基础模式，我们面对新的线索就可以直接套用了。”

百里从窗前回过身，用玩笑的口吻道：“你真的是研究历史的吗？我看你应该是个数学家。”

秦澜回以微笑，指着“♂”继续说：“接下来就简单多了，星盘上的新线索是雄性符号，这个符号在象征雄性的同时还是罗马神话中战神玛尔斯的标志，它的形状就是玛尔斯的长矛和盾牌叠放在一起。”

百里平伸着右手，示意她说下去。

“和雌性符号一样，雄性符号也有多重意义，在天文学上它象征着火星，而战神玛尔斯的名字——Mars，也被西方人用来命名火星。”秦澜用手肘碰碰笛卡尔，“已经说到这份儿上了，可以推理出隐藏失踪者的地方了吧？”

“火的毁灭之城？”笛卡尔不太敢确定地说道，“你说的是伦敦？”

“我一开始也想到了伦敦，”秦澜道，“17世纪的伦敦大火灾太有名了，像圣保罗大教堂这样的著名建筑都在大火中被烧毁，但是伦敦并没有在那场火灾中毁灭。相反，火灾烧死了很多老鼠，解决了困扰英国人很久的黑死病问题。我们现在要找的，是因为火而在地球上消失的城市。”

笛卡尔张口结舌，看来他也想到了那个地方。

百里替他说出了答案：“接下来我们要去的，是庞贝古城。”

3

一条简讯提醒出现在手机屏幕上。

他机械地拿起手机，摁下唤醒按键，简讯上只有简单的一句话：他们在前往荒城的路上。

“干得好，亚瑟。”他疲惫地笑了，上扬的嘴角牵动着侧脸上密布的皱纹，让他看起来狰狞恐怖。

他抬起手腕，计时精准的劳力士手表告诉他那座城市现在是 17 点 37 分。

在那个遥远的繁华废墟里，此刻应该是华灯初上的时候吧。

“还早。”他喃喃地道。

在时间走到 5 月 27 日的最后一秒钟之前，他真心希望能见到他们。

第9章

时间交易

1

庞贝古城始建于公元前8世纪，坐落在意大利南部重镇那不勒斯附近，依偎在欧洲最危险的火山——维苏威火山东南脚下。公元前7世纪，庞贝被罗马人攻占，成为罗马共和国的属地。半个世纪后，庞贝已发展成亚平宁半岛上的第二大城市，仅次于古罗马城。公元79年8月24日中午，维苏威火山突然爆发，厚达六米的火山灰和滚烫的岩浆在一天之内把庞贝城从地球上抹去。

“我曾经看过有关于庞贝的资料，看起来庞贝古城遗址很独特，”百里看着“土卫六”的屏幕，又喝了一口浓咖啡，他必须强撑着才能不闭住眼睛，“那儿并不全是残垣断壁，维苏威火山喷发出的火山灰像一层保鲜膜，把庞贝城封存下来，考古学家在那儿发现了完好的街道、市场、戏院还有惊慌出逃的市民遗体。那些死者全身都被火山灰包裹住，冷却后变成了石俑。”

鲨鱼号协和飞机内部的设备环境很不错，笛卡尔对此发表了他能想到的每一个赞美之词，说他们总算是有幸体验一回总统专机。百里和秦澜对机舱环境倒没这么大的热情，在适应了高速飞行的眩晕后，他们就开始探讨失踪者可能藏在庞贝的哪个地方。

“火山灰把庞贝变成了一座化石城市，”秦澜接着百里的话说道，“去年，斯坦福的考古学家从庞贝古城遗址带回一具死者的石俑，我亲眼看见，石俑脸上还留有死者临死前恐惧的表情。”

“人类灾难史上被火毁灭的城市虽不在少数，但绑架者一定会选择最有名的那座来对应‘火的毁灭之城’，除了庞贝，不会是别的。这就是你的想法吧？”百里伸手去取速溶咖啡袋，“只是庞贝遗址太大了，要找遍庞贝的每个角落的话，七天时间肯定不够，必须尽快锁定失踪者的位置。”

秦澜把放在身旁架子上的咖啡盒移开，轻声说：“你们这一天已经够累了，再想也想不出什么结果，先睡一会儿吧。”

该有二十四个小时没好好睡上一觉了，百里看了看靠在沙发上熟睡的笛卡尔，点点头。他随手关掉电脑，脱下外套，转身侧躺在沙发上，不一会儿就沉沉入眠。

秦澜走过来把毛毯盖在百里和笛卡尔身上，然后回身调好座椅靠背，蜷起身子仰靠在椅上。

“希望我的推理没错。”她默默祈祷。

2

阿里斯把距离葡萄牙海岸五海里的克罗兹岛称为他们设在欧洲的维恩岛，这座为纪念葡萄牙历史上最伟大的文学家若泽·克罗兹而命名的岛屿并不像它的名字那么辉煌。实际上，这座岛屿因为面积小、土壤坚硬等种种原因，至今还处于未开发状态，不过小岛的地理位置让它成为偷渡者眼里的宝地。

从美洲飞越大西洋的航程还算顺利，加勒比海沿岸的几座航站只是形式性地发来问询信号。阿里斯巧妙地回复了对方的问话，该出具的许可一个不少，那些整天忙于内务的小国家也就放任他们通行了。

真正麻烦的是飞机本身，这架早该在八年前退役的协和飞机，即使弗兰姆他们再怎么精心维护，很多关键零部件的维护技术也是他们那伙人不可能掌握的，在大西洋上空高速飞行更加考验飞行员对飞机科技的熟练程度，然而途中遇到的突发状况全要指望弗兰姆的经验来解决，所以飞得险象环生。如果不是疲惫让三位乘客睡得很熟，他们一定会对这趟惊险的飞行印象深刻。

加州时间 5 月 21 日 22 点半（当地时间是次日清晨 6 点半），鲨鱼号有惊无险地降落在克罗兹岛简陋的机场上。乘客舱里一阵急促的铃声把百里三人惊醒了。

“我们到了吗？”笛卡尔打着哈欠问。

驾驶舱的门开了，眼睛里布满血丝的机长弗兰姆走出来，阿里斯和副驾驶跟在他身后，他们身上的衣服已经被汗水浸透了。

“欢迎来到欧罗巴。”弗兰姆伸展手脚，放松全身肌肉，脸上还挂着亢奋的表情，看来他很享受这次冒险。

“太快了，我还想着能多眯一会儿。”笛卡尔咕哝道。他从沙发上爬起来，着手收拾“土卫六”和随身物品。

“我们的时间很紧，别忘了，第一天马上就要结束了。”百里提醒道，他把外套往身上随便一裹，做好下机的准备。

不到五个小时的睡眠对百里同样没多大作用，他感觉脑袋里像是塞了一块巨石，随时都有可能向前栽倒。

“你就快点吧!”秦澜手脚麻利地帮笛卡尔收拾，她看起来精神抖擞。

弗兰姆已经先走下飞机，安排前往意大利的船只去了，留下来整理仪器的阿里斯殷勤地跑到秦澜身边，吹嘘他一路上是如何巧妙地避开地面航站的。

“你可以不信，如果不是我果断决定把飞机拉高，现在我们都在海里喂鱼了。”阿里斯顺带把弗兰姆驾驶飞机顺利穿过混乱气流的功劳也归到了自己头上。

“好了，出发!”秦澜看也不看阿里斯一眼，把所有东西都收拾齐了，拉起笛卡尔就走下机舱。百里除了一本小小的记事本外，就没有别的什么可拿的，空着双手跟在他们身后。

他在尽力让麻木的大脑转动起来，现在还要解决一个很紧要的疑团。他们没有足够的时间一砖一瓦地翻遍庞贝古城，必须马上找出所有失踪者被藏在什么地方。

克罗兹岛上一片荒凉，除了脚下勉强可以称为飞机场的平地外，几乎没有更多的人工痕迹。看到熹微的晨色中那几点稀稀落落的信号灯光，百里真庆幸弗兰姆把飞机安稳地降下来了。

有个年轻人走过来，看模样应该是吉卜赛人。他用一口变了调的英语示意跟着他穿过机场外围的树林，朝海边走。秦澜轻快地走在前面，还不停回头催促笛卡尔快跟上。

“你听到了吗？她叫我们走快点儿，”笛卡尔背着包，必须小跑才能跟上，他两眼直瞪，“今天凌晨我们研究尸体和断层的时候，她可是在被窝里舒舒服服地睡大觉呢，现在她叫我们……”

一道闪光掠过脑海，百里停下脚步。

“……走快点儿，天哪，她真以为我们在飞机上就睡够了吗？”笛卡尔只顾喋喋不休，埋着头往前跑出几步。

百里在后面大声呼道：“把你的手表给我。”

“啊？”笛卡尔停下步子，回头望着百里，他没有反应过来。

百里在捕捉脑海里乍现的灵光，这时候没空向笛卡尔解释。他径直走上前，二话不说拉过笛卡尔的左手腕就开始解他的地图手表。

“嘿！这是我的，老兄！”笛卡尔急忙表示反对，用劲想把手抽回来，可是百里把他的手钳得很紧，手表很快就被解下来了。

“我会还你。”百里向笛卡尔扬了扬手，转身追上已经走出很远的秦澜。

“你们都发的什么疯？”笛卡尔揉着手腕，不满地嚷道。他转头发现周围没有一个人影，茂密的树影遮蔽了头顶的晨光，身上不禁打了个寒战，大喊着“等等我”，撒开腿往前跑去。

百里追上秦澜，他们跟着接应的小伙子走到一个破旧的沿海码头上，几条各式各样的小型船停靠在这里。弗兰姆站在其中一条商船模样的近洋船上，大声呼喝着指挥船上的四个水手做出海前的准备工作。

“你们赶快把油箱加满，是的，我告诉过你半箱油肯定不够，蠢货！”弗兰姆的脸被海风吹得发僵，他暴躁地怒骂一个想偷懒的机修工。

百里沉重地走上前，靠近码头边缘，打量着即将送他们前往意大利的商船。

一般的海船速度不会超过十八节，即使能达到这样的航行速度，从克罗兹岛到那不勒斯最少也要二十个小时，这对于只有七天时限的他们实在是难以承受的时耗。想到这里，百里握紧了拳头，如果杰克此刻也在码头上，一定会挨上两记重拳。

秦澜走到百里身边，盯着船尾残旧的螺旋桨。她的眼神里有和百里一样的忧虑。

笛卡尔从树林里钻出来，看到停在海边的船，愣了一愣，惊道：“这条破船得明年圣诞节才能把我们送到意大利吧？”

他质疑的呼声很大，传到了甲板上的弗兰姆耳朵里。他停下手里的活儿，扭头看了看站在码头上的三个人，眼角射出一道冷峻的目光。

百里紧咬着嘴唇，用反对的眼神与弗兰姆对视："我的朋友说得没错，我们没有多少时间可以花费在路上。"

弗兰姆拍拍双手，直接越过船舷跳下来，落在百里身前，嘴角上是狡猾的笑容："那你告诉我，该怎么办？"

"八个小时，你们有八个小时的时间，"百里竖起手臂，露出按加利福尼亚时间计时的手表，坚决地道，"现在我的手表是23点，在它走到早上7点之前，把我们送到那不勒斯。"

弗兰姆轻笑一声："很抱歉，先生，就算是军舰也不可能这么快。"

百里不吭声，右手摸到腰上，柯尔特手枪别在那里。

在场所有人都以为百里要掏出手枪，让眼前的黑大个尝尝厉害。笛卡尔大叫："嘿，冷静！"

他撒腿跑过来，但已经来不及阻拦了，百里的右手举到弗兰姆眼前。

没有手枪，只有一张黑色的卡片。

"这张卡里的不记名金额有八十万美元，我买八个小时。"百里冷冷地说。他手里拿的是花旗银行的顶级信用卡——欧特玛黑卡。

弗兰姆眉梢一动，嘴角的笑意消失了，他舔了舔发干的嘴唇。

"这笔交易怎么样？"百里平静地问道。

这笔钱是杰克付给他佣金的好几倍，弗兰姆不安分的心脏加速跳动，他伸手不客气地收下信用卡。"我喜欢你的做事风格，先生，你很懂行，"他向码头一角偏了偏脑袋，"跟我来。"

他硕大的背影走向了丛林，百里却没有动，定在原地道："另外，我想你们做买卖也有些赠品吧？"

弗兰姆侧过身，问道："哦？你想要什么？"

"给我三副潜水用呼吸器，一辆车，一套热防护服，一卷足够长的钢缆，几件登山工具，"百里伸出手指，细数道，"我还要三个能应付检查的身份，这对于你们这些搞移民的来说不算难事。"

弗兰姆哼了声"有意思"，挥手召来刚才那个给百里他们带路的吉卜赛小伙子，吩咐道："把这位先生需要的东西记下来，通知意大利那边的人，全都备齐了给我送到那不勒斯。"

小伙子殷切地答应了，转过头飞快地跑进树林里。

弗兰姆交代完，自顾自地回过头顺着刚才的路朝前走，不在乎他的大客户有没有跟上。

笛卡尔走到百里身边，僵硬的舌头都还没绕回来："你刚才那么一出手，就花掉了八十万，美元？"

百里默声跟住弗兰姆，视线直直地定在地上。

"你这次真是大出血啊，老实说，我还……"

"笛卡尔，闭嘴！"走在后面的秦澜厉声道，"别打扰百里先生。"

是的，秦澜看得很准，百里的心绪都放在沉思上——准备所有工具都是为了进入那里。既然失踪者被放置在那个地方，那么他们的所在之地，必然有惊人的意义。

在八个小时后，他们会得到什么答案？

笛卡尔快步跟上百里和秦澜的步伐，一路上还在小声嘀咕："摘我手表的时候，为什么不出示他的欧特玛？"

弗兰姆带他们在码头边缘的树林处拐过一个弯，来到一条入海河的岸边，沿着泥泞的河岸往上游走去，没过多久就在林间找到三座并排而建的铁皮屋子。

"我们到了。"弗兰姆停下脚步，脸上又重新燃起兴奋的神色。

百里抬起头，他看见河岸边的树影里隐藏着一个渔船形状的东西，比刚才他们所见的破旧商船稍大一些。

弗兰姆走进铁皮屋，里面很快传出一声开关拉合的响动，河岸上的三盏强光探照灯亮了。

旁边的一间铁皮屋里同时响起一声怒骂："哪个婊子养的，胆敢来偷老子的船？"

"是我，你这白痴。"弗兰姆不耐烦地吼回去，他蹲在岸边解拴船的缆绳。

屋子里的人没再说话，不时传来吞咽液体的"咕嘟"声。

灯光下，百里、笛卡尔和秦澜看见了那艘租金达到八十万美元的船：上扬的船头有不少锈迹，方形的驾驶室位于船体前部，后半部船身低矮，这样的设计有利于在汹涌的海浪中平稳行驶。不过，这并不是一条先进的船舰，而是在北极圈随处可见的中型捕鲸船，最快速度也就能达到二十节。

站在最后的笛卡尔失望地叹了口气："这么个破玩意儿，八十万美元可以买两百艘吧？"

弗兰姆横了他一眼，没有说话，低头继续解第三根缆绳。

"这是艘航空母舰。"秦澜忽然道，她已走到岸边，看清了船的全貌，脸却绷得更紧。

"哦？"笛卡尔好奇心大起，忙跑到秦澜身边。他看到在驾驶室后所有的捕鲸器具都被拆掉了，一架黑色的小型直升机停在空无一物的甲板上。

"我们给小鹰号换上了最大马力的引擎。"弗兰姆从船尾爬上甲板，放下上船的踏板，他只望着百里说，"我知道靠近北非的海域有一条航道可以安全起落飞行器，只需要在海上走一半的路程，我就会用直升机送你们前往意大利。放心吧，你的钱没花错地方。"

百里没有回话，他愣愣地看着岸边那艘简单到极致的"航母"，苦笑适时地爬上他的嘴角。

弗兰姆粗略地检查过船体状况，向铁皮屋里大声吼道："蒂格，滚出来，我们要出发了！"

几分钟后，铁皮屋的门开了，里面走出一个邋里邋遢的矮个老头子，手里拎着酒瓶，肮脏的海军服罩在身上。

"来生意了？"蒂格两眼放光地问，浑浊的眼珠子在眼眶里转了一圈。三个乘客惊讶地看着这个醉醺醺的酒鬼。

"蒂格是经验丰富的老船长，他的驾船技术无人能及。"弗兰姆的解释没有起什么作用，笛卡尔和秦澜的脸色仍然沉重。

弗兰姆走进驾驶室，引擎的轰鸣声很快大响起来，惊起一群躲在丛林里睡觉的海鸟。

蒂格扔掉酒瓶，走上踏板时差点跌进河里。笛卡尔伸手想扶他一把，却被他踢了一脚。

"滚开，你这头毛驴，别以为我不行了。"蒂格才说完就一脚踏空，摔倒在甲板上。

"我们，真的要被这两个家伙，在八个小时内用这么个怪东西送到意大利？"笛卡尔不可思议地说。在他看来，这无异于乘坐一枚朝太空射出的炮弹登上火星。

眼前必定是惊险万分的旅程，百里也想不出轻松应对的言语。他郑重地道："我很抱歉，只是没有更好的办法了。你们留下来吧，我一个人去庞贝，救出失踪者后我们在这里会合。"

秦澜和笛卡尔交换了眼神，他们眼里弥漫着恐惧的阴霾。

百里深吸一口气，转过身快步走上甲板。引擎发出更加震耳的咆哮，船缓缓启动了。

检查直升机的弗兰姆见只有百里一人上船，嘲讽地问道："怎么？胆小鬼们不来？"

"出发吧。"百里淡淡地道。他走到船头望着远方海面上阴云密布的天空，有几滴雨点飘来，打湿了他的衣角。

弗兰姆冷笑，回头继续调试旋翼操作杆。

岸上，秦澜看着笛卡尔，他们眼里的阴霾虽没有消散，但总有一种说不清的使命感不准许他们退缩。

踏板开始收回船内，船即将驶离河岸，恐惧也在这时败下阵来。

"该死的，我们一定是疯了。"笛卡尔一咬牙，拉住秦澜的手腕，两人一起跑上倾斜的踏板，跳进船里。

岸边的探照灯在身后熄灭了，开船的蒂格打开船上的灯。百里站在船头上很久都没有回头，微弱的灯光照不到他的脸，没人知道此时他是什么表情。

3

道格·阿利多斯教士在会长办公桌前来回踱步，肥硕的身影笼罩在一旁的软椅上，一个身穿法医白褂的瘦削男人坐在那儿，垂着脑袋睡得很熟。

办公室的门开了，一个满脸胡须的脑袋探进来，看了看软椅上的男人，又把目光聚在道格身上。

"他知道吗？"巴蒂斯昂期待地问，没看出道格正处于一无所获的懊恼情绪中。

道格颓丧地摇摇头："克里斯什么都不知道，笛卡尔没有把计划告诉他。"

对于这样的结果，巴蒂斯昂不是没想过，所以他没感到有多失望。他朝身后挥挥手，两个部员进门来抬起克里斯，把熟睡的法医搬了出去。

"你那边查到什么了？"道格点燃他的烟斗，深吸一口，吸烟的快感却更加重了身体的疲惫。

这一天对道格来说实在太漫长了，凌晨时他一直不信任的催眠师送来一段电话录音，被录下的声音听上去很像是失踪已久的高级教士，接着一个普通警官发现了两条被割下来的手臂，法医很快确认了断臂属于打来电话的失踪者，暂且不考虑劫持教士的凶手是谁，单是断臂上诅咒似的警告，就让他难以应付。他很想当作这是有人跟心灵会开的一个血腥的玩笑，但恐慌已经在知情者中蔓延。他必须给出一个让他们满意的答复，最后只好理所当然地把这一切归罪于要求警惕"理想国"的百里途。

谁都知道，"理想国"这个神话中记载的远古学院已经消失了至少两千年，百里途居然敢声称他们重新出现并且将威胁到心灵会，任谁都难以不把百里途看作居心不善者。更糟糕的是，即使美国警方帮助道格把百里途列为全国通缉犯，他还是同那个叫笛卡尔的叛徒一起逃走了。心灵会计划抓捕的人脱网时间不会超过十个小时，从道格下达抓捕百里途的指令到现在，十个小时早已过去，他却连一点儿音信都没有。

"百里途原先就是安全部的老手，笛卡尔也是个出色的技术员，抓到他们很有难度。"巴蒂斯昂是这么解释的。

道格在躺椅上坐下，刚才半个小时的催眠里，他也没有从向笛卡尔通风报信的法医脑袋里套出任何信息。

"我记得你们安全部在百里途身上放置了跟踪器，是不是？"其实道格对跟踪器能起作用并不抱希望。

"百里途身边有影响跟踪器工作的设备，我们的技术部门收不到完整的定位信号，"巴蒂斯昂局促地道，"另外，我们在庄园里找到了他的福特轿车，现在也无法通过车里的跟踪器锁定他的位置了。"

道格吸了口烟，他的脑袋乱成一团麻。

"对了，"巴蒂斯昂想起什么，从上衣口袋里掏出一张白纸，递给道格，

“我们在百里途的车里发现了这个。”

“这是什么？一张纸？”道格抬起手，透过光端详手里的东西。

“这是个很先进的隐蔽跟踪器，我见过百里途随身带的记事本，这张纸是从那个本子里撕下来的。”

“你们安置的？”道格放下纸张型跟踪器问。

巴蒂斯昂缓慢地摇了摇头，道格感到握烟斗的手有点儿发抖。

再迟钝的脑袋都该想到了，除了他们外，还有另外的人在监视百里途。

门上传来一阵“梆梆”轻响。

“进来。”道格的喉咙里应了一声。

丹皮尔助理走进办公室，用汇报似的僵硬口吻道：“警方的讯息传过来，在斯坦福大学里发现了与通缉人员很像的两个人，他们带着一个年轻女孩上了目标车辆。经过调查，那个被带走的女孩名叫秦澜，来自中国，斯坦福大学历史学博士，是笛卡尔先生的好朋友。”

“秦澜……”道格低声琢磨着这个名字。

巴蒂斯昂没发现异常，他问道：“派往加勒比海和麦哲伦海峡的搜救小队呢？”

“他们今天中午 11 点出发，第一小队已到达加勒比海展开搜寻失踪学者的工作。第二小队刚到智利，很快就能赶到麦哲伦海峡了，”丹皮尔回道，“目前他们都没有传回消息，部长先生。”

“好，知道了。”巴蒂斯昂对助理点头表示满意。

丹皮尔离开了，道格凝视着手里烟斗的火光，低沉道：“那个叫秦澜的中国女孩一定是他们的同伙，想必他们已经离开美国了。”

巴蒂斯昂握着拳头，怒声道：“我建议联系国际刑警组织，把他们三个都列为全球通缉犯。”

“就这么办吧。”道格熄掉烟斗，漫不经心地回道，“只是别忘了告诉那些负责抓人的家伙，追捕过程中一定要保证心灵会成员的安全，尤其是百里途。”

“好，我这就去办。”巴蒂斯昂心里也清楚百里途对心灵会的意义，他转身走出会长办公室。

道格站起身，也向门外走去。他的思绪停留在“秦澜”这个普通的中国名字上，他能够肯定，自己曾经见过这个名字的主人。

第 10 章

维苏威火山

1

加州时间5月22日上午7点03分（当地时间是同日16点03分），那不勒斯市郊的特拉莫平原。

太阳已往西边倾斜，夏季的暑气飘浮在地面上，不留余力地烘烤着这块铺满了火山渣的土地，到这个时候也不见消减了多少。

洛伊·巴尼纳利心烦意乱地坐在旋转座椅里，他手边是儿子上个星期送他的生日礼物：一台最新款的便携电视。儿子自作主张地扔掉了他的老收音机，说在他值班的时候，这台能够接收卫星信号的电视会给他更好的消遣。可是年近退休的老洛伊玩不来这么新潮的玩意儿，他摆弄了半天，除了满屏幕的雪花外，没有看到任何别的画面。

他叹了口气，把电视放到一旁，站起身走出放满监控设备的警卫室，准备到外面抽根烟。

警卫室外是一条细沙铺成的道路，因为年久失修，现在已经坑坑洼洼，但这并不会影响世界各地的火山学者和科考人员的热情，每年都会有上百人通过这条路前往五公里外的目的地，洛伊的工作就是仔细核查这些人的证件，持有有效证件的人才能放过去。说起来，这项工作不过是例行公事，这里不是机密重地，没什么不能见光的。如果不是有一定的危险因素，这里早就被改造成火山地质公园了。

洛伊站在门口，左手架在腰上，远眺维苏威火山，依稀能望见科考人员在半山腰上的驻扎地，火山口有阵阵浓烟冒出来。洛伊在这里守了三年的路，每个月都能见到这座活火山喷几口黑烟，早就见怪不怪了。

再远处，就是举世闻名的庞贝古城，现在那里已经有一部分作为旅游区对公众开放。洛伊想到那些悠闲的游人，开始向往自己退休以后的生活。

身后传来车轮碾过沙砾的声音。

“都几点了，怎么还有人上山？”洛伊扔掉烟头，回身准备迎接今天第三批客人。

一辆深绿色的吉普车停在自动栏杆前，洛伊走到驾驶座旁，两手支在敞开的车窗沿上。

“下午好。”他讲的意大利语带有浓重的米兰口音。

“下午好。”皮肤黝黑的驾驶员回道。他看上去不到三十岁，瞳孔是像浅海滩一样的淡蓝色。

“听口音，你是希腊人吧？”

“哦？我还以为我的意大利语说得很纯。”驾驶员惊奇地道。

“哈哈，我一听就知道你的短元音咬得像我们那些爱四处借钱的邻居。”① 洛伊一边跟驾驶员寒暄，一边警觉地审视车内的状况。他看见前排还坐着一个年轻的女孩，黑头发披在肩上，戴着粗框眼镜，看相貌应该是从亚洲来的；后排还有一个年长的亚洲男人，留着浓密的胡子，此时正在打盹儿。他们脸上抹了奇怪的油脂，使得肤色发暗。或许又是一种新潮的室外护肤品吧，洛伊想，跟那台让他头疼不已的电视一样。

女孩偏过脑袋，用洛伊能听见的声音对驾驶员说：“哈尔德斯，我们的时间很紧。”

她说的也是意大利语，比驾驶员纯正得多。

驾驶员朝洛伊耸耸肩：“警卫先生，我们能过去吗？”

“当然，”洛伊平伸出手，“不过我得检查一下你们的证件。”

女孩从背后的包里取出三个深棕色的证件本，递了过来。

“我瞧瞧，唔，”洛伊低头翻开皱巴巴的封面，“山本上野教授，来自早稻田大学；西江恭子研究员，来自大阪大学；还有你，叫哈尔德斯的年轻人，果然不错，雅典来的。”

驾驶员不好意思地笑了笑。

“你们都是国际火山学会的，来维苏威收集活火山数据，”洛伊想了想，拿着三本证件走进警卫室，“抱歉，境外的来客我都得做个备份。”他身后，驾驶员和女孩对视一眼，没有说什么。

洛伊把证件本上印有照片的一页在扫描仪上一过，把三人的相貌存到电脑里，很快就走回来，把证件还给他们。

---

① 洛伊·巴尼纳利在调侃深陷债务危机的希腊。

“祝你们好运。”洛伊打开栏杆。

吉普车快速驶过，留下驾驶员的一句“谢谢”。

洛伊走回警卫室，继续对付那台令他恼火的电视。

2

经过很长一段时间的沉默，笛卡尔终于憋不住了。他的手拍打在方向盘上，不解的目光转向身旁，大声嚷道：“那个警卫备份了我们的照片，他随时都有可能发现我们是……是美国来的通缉犯，你们难道没有看到吗？”

“轻松点，我们易了容。”秦澜的口气听起来并不对他们的伪装抱有足够的信心。

“那些家伙给我们做的易容能骗得了谁？”笛卡尔抹了一把脸上的油粉，他的左脸颊上立刻出现了一道滑稽的浅痕。

从克罗兹岛前来意大利的行程出乎意料地顺利，弗兰姆对蒂格驾船技术的夸赞没有说谎，那艘“航母”开得又快又稳。百里的手表还没走到4点，弗兰姆驾驶的直升机就带着百里一行人从海上起飞，安全无事地穿过地中海上空。一个小时前，直升机降落在意大利海岸上的一处荒地，一早就有三个同伙在那里等待他们，送来百里需要的“交易赠品”。为了不让那三张国际火山研究学会成员证穿帮，他们三人就地做了一番潦草的装扮，结果就成了洛伊看到的样子。

“他并没有怀疑我们。”秦澜摘下眼镜，揉着鼻梁说，“他放我们进来了。”

笛卡尔的视线回到风挡玻璃上，雄伟的维苏威火山屹立在前方不远处。

“另外，我不明白的是，”笛卡尔从后视镜上望着后排的百里，“为什么我们不直接去庞贝，而要来这座火山？”

秦澜回过身，盯着双眼紧闭的百里问道：“你已经知道失踪者被藏在什么地方了，对不对？”

百里一直都没有睡着，他能听见刚才警卫和笛卡尔的对话，也能听见现在秦澜对他抛出的问题，甚至能感觉到后视镜上投来的笛卡尔的目光，但是他不想睁开眼睛。

他在竭力抓住潜意识深处传来的震动，这是一种无法言明的异状，从发现圣安地列斯断层的那一刻起就出现了。距离维苏威火山越近，他内心的震动就越强烈。

他在潜意识里看见了隐约的画面，那是城市文明被毁灭后的废墟，荒无人烟，只剩破败的荒城。

塞勒涅心灵会的人都知道，百里途的潜意识处于一个极不稳定的状态中，不用太强的暗示源就能在他的潜意识海面上掀起惊涛骇浪，让他陷入幻觉的折磨中。这十年来，百里坚持用冥想和自我催眠平息自己的潜意识，使其维持在一个相对安稳的状态中，直到昨天，在圣安地列斯断层的起始处发现莫先琳的尸体后，他出现幻觉的频率已越过了危险的警示线。更糟糕的是，四个失踪者还在等待解救，百里即使有所警觉也无暇顾及动荡的潜意识。

“算了，让他多睡一会儿吧。”笛卡尔说。吉普车已经靠近了上山的土路。

秦澜正要回过身，百里忽然说：“你没有忘记莫先琳教授的尸体被放置在哪儿吧？”他睁开了眼睛，从后视镜里回看开车的笛卡尔。

秦澜的目光也从后排转向身旁。

笛卡尔舔了舔发干的嘴唇：“在圣安地列斯断层的起始处。”

“先知给我们设计了一系列密码，断层的起始处必然也是其中一个，”百里扯掉粘在下巴和腮边的假胡须，更能看清他沉重的表情，“同莫先琳被放在毁灭的根源一样，其他的失踪者最有可能被隐藏在导致庞贝古城毁灭的地方。”

“他们是在……”笛卡尔的脸色一瞬间变得惨白。

“他们被藏在前方那座火山里。”百里口气坚决地道。

笛卡尔和秦澜都窒住了，他们惊惧的眼睛同时望向维苏威火山，不时有一阵阵浓黑的烟雾从火山口冒出来。

百里拿出先前向笛卡尔借来的导航手表，递还给他：“我在你的手表上查过了，这是去火山口最近的路。”

笛卡尔接过手表，颤着嗓音问：“我们要进火山去救人？”

“不是我们，是我，”百里看了看放在吉普车尾厢的钢质缆绳和热防护服，“你们只要等我找到失踪者，然后拉我们上来。”

“不行！太危险了！”秦澜大声表示反对，“天知道这是不是一个陷阱，那个什么先知会不会在火山里对你下毒手。”

笛卡尔犹豫了一会儿，附和道：“秦澜说得对，而且你也不能确定他们一定会在……”

“不用多说了，”百里重新闭上眼，“这是唯一的办法。”

即使才认识没多久，他们也已经知道百里说一不二的脾性，所以没有人再反驳。五分钟后，吉普车驶到了山脚。

维苏威火山临海而立，海拔4200英尺，是地球历史上最活跃的活火山之一，早在公元79年就有喷发记录，那一次火山喷发直接导致了庞贝古城的灭亡。最近一次喷发是在1964年5月，自那时起，欧洲火山学会就把维苏威火山列为严密观测对象，随时准备应对这座危险火山的苏醒。

有一条曲折的山路从山脚延伸到火山口，刚好容得下一辆车上去。笛卡尔加足马力，车轮搅着砂石，快速奔向顶峰山口。

沿路能看到不少简易的单层小屋和活动房，是来自全球的火山研究人员留下的。此时有一些人从门里出来，惊奇地望着这辆匆忙驶过的吉普车，几个住房相邻的人聚在一起窃窃私语：脾气阴晴不定的维苏威火山这段时间以来活动频繁，在这种时候去招惹它不是个明智的决定。

研究人员的住房以半山腰为界，山腰线以上再也见不到那些简陋的房子了。笛卡尔绷紧了脸，看着倾斜的车头驶向黑烟滚滚的火山顶，刺鼻的硫黄气味从关不紧的车窗缝里透进来，充满整个车厢。

秦澜第五次把担忧的目光放在百里脸上，可是她只能看到一双紧闭的双眼和冷峻如铁的神色。

吉普车距离终点越来越近，让人窒息的沉默夹着冲鼻的空气，笼罩在他们头顶。他们仿佛置身于冥河上的亡灵船，即将去叩响地狱的大门。

“我们到了。”笛卡尔把车停在一处较为平缓的坡地上，拉下制动。

百里的动作很快，一听见笛卡尔的提醒就转身打开车门跳下车。他顾不得脚下滚烫的火山灰，两手搭在眉头上抬头向上望去，只见火山口就在头顶不到十米的地方，更加浓厚的烟雾在山口处缭绕盘旋，原本湛蓝的天空完全被浓烟遮蔽了。

“看起来我们得爬上去。”见笛卡尔和秦澜来到身边，百里对他们说道。

笛卡尔点点头，秦澜却没有回话，眼睛茫然四顾，脸上慢慢聚起惶恐的表情。

觉察到秦澜不对劲，百里的注意力从火山口收回来，跟随她的目光把他们所在的缓坡打量了一圈。

他满眼看见的是——毁灭。

缓坡只不过是山尖上一块凸起的巨石，周围的山体表层寸草不生，铺满冒着热气的黑色灰烬，闪着猩红火光的岩浆散布在灰烬层里，犹如埋在恶魔皮肤下的血管。沿着山脚望向远处，能看见两千年前就沦为废墟的庞贝古城，西沉的太阳从黑云边缘探出头，阳光倾泻在荒城之上，被火山毁灭的城市像是大地上一块血肉模糊的伤口，熬了两千年的悠悠岁月都无法愈合。

这样的毁灭之景足以震撼每个人的内心，秦澜一时间呆住了。

百里突然间感到脚下发软，身体打了个趔趄，笛卡尔急忙伸手扶住他。

“你怎么了?”笛卡尔面色焦急地问，终于缓过神来的秦澜也注意到百里的异样。

百里按住太阳穴，示意自己没事，就在这时，一阵突如其来的幻觉把他淹没。

他看见漫天的火球倾盆而落，砸进古城市的街道和建筑里，人们尖叫着，哭喊着向城门外奔逃，却逃不过大地上汹涌炽热的岩浆流，只不过是眨眼的瞬间，人流和城市一同被火山灰埋葬了……

“百里先生，百里……”年轻的呼唤响在耳边，幻象渐渐消失。

百里捂住胸口大口喘气，额头上布满细汗。

“能撑得住吗?”秦澜靠近他，关切地问道。

百里摇摇头，对于来势汹汹的幻觉他暂时找不到答案，但现在除了救人外，没有时间去深究任何异常状况。他强撑着走向吉普车，打开尾厢，朝身后两个同伴大声吩咐道：“你们快过来准备吧，等会儿秦澜留在车里，笛卡尔和我上去。”

笛卡尔和秦澜交换了一个忧虑的眼神，心里都知道现在说什么也阻止不了百里，只得快步走过来搬出向弗兰姆索要的装备，开始做援救行动的最后准备。

“你会开车吧？”百里一边穿好攀岩钉鞋，一边问秦澜。

秦澜已经咬住了呼吸头，不能说话，就对百里点了点头。

“很好，你在车里等笛卡尔的信号，他要你行动时你就启动汽车往下拉，把我和失踪的学者拉上来。还有，这个要拜托你替我保管，很感谢。”百里摘下手表递到秦澜手里，然后把封闭头盔戴在头上、穿上热防护服，低头检查腰上的主锁腰带，接着他又拿起钢缆，固定在车尾拖钩上。

笛卡尔穿好钉鞋，抬头问道：“火山里如果真的藏了那么多人，你准备一次就把他们救上来吗？”

“那我只好再下去几次。”百里背好压缩气瓶，把呼吸头咬进嘴里，漏斗胶在口腔里撑开，他顺手帮秦澜打开气阀。

笛卡尔很快就把所有装备在身上安装完毕，在胸前画了个十字。百里把缆绳的另一头扣到腰上的主锁里，对笛卡尔做了个向上的手势，当先向火山口爬去，笛卡尔跟在他身后。

秦澜坐到驾驶座上，将百里的手表装进衣服口袋里。现在可以不用忍受火山气体的刺激，然而望着逐渐远去的两个人，她的心悬得更高了。

3

全是雪花的电视屏幕里闪出两三个活动画面时，洛伊·巴尼纳利惊喜地叫了一声，看样子这台电视要开始发挥它的作用了。

照着刚才的操作，洛伊小心翼翼地拨弄着两个调频旋钮，屏幕里的画面越来越清晰。

他看清了，收到的是国家新闻台，长相普通的中年女主播正襟危坐，用严肃的表情播报日间新闻，她身边的窗口屏幕里列出三张个人照片。

洛伊喜欢这个节目，了解发生在各地的新闻是他打发时间的最佳方式。可是现在听不清主播在说什么，他着急地摆弄旋钮。

又过了半分钟，主播的声音压下了其他信号杂音。洛伊轻轻调高音量，现在他终于能舒舒服服地看电视了。

“国际刑警组织正式发布全球通缉令，通缉这三名从美国加利福尼亚州逃离的重罪逃犯。三人均涉嫌绑架杀人，受害者均是享誉世界的心理学家，”女主播手上换了张新闻稿，开始念通缉犯的信息，“百里途，是一名 34 岁的华裔男性，他与……”

洛伊拿着水杯喝了口水，哼了一声，反正这些罪犯不会逃到他管辖的地域上，他更想知道一些社会养老福利方面的消息。

女主播继续念道：“这位 26 岁的年轻男性来自希腊，国际刑警组织的负责人透露，他们已经集中所有力量，争取在最短的时间内把三人抓获，本台也提醒各位观众……”

洛伊漫不经心地瞟了一眼屏幕左边的照片，当他与那双淡蓝色的眼睛对视时，脑袋里所想的养老福利顿时消失了，吉普车上的三张人脸填满他的脑海。

年轻女孩的头发扎起来，摘掉眼镜；坐在后排熟睡的男人去掉那夸张的浓密胡须……越想越让洛伊心惊胆战。

“别给我找事儿，别给我找事儿。”他低声自语，把水杯往身旁随手一放，打开电脑把刚才扫描备份的证件图片调出来。

洛伊不停地念着“别给我找事儿”，眼睛凑近屏幕。尽管他执意不肯相信会碰上这样的巧合，但证件照片上的面容与电视屏幕里通缉犯的照片起码有三分之二完全重合。他猛地反应过来，那三人脸上的深色油脂并不是什么新奇玩意儿，而是为了掩人耳目的拙劣化妆术。

“上帝啊！”洛伊长叹道，慌乱中差点儿抓不住桌上的电话。

4

笛卡尔能感觉到汗珠从头皮上渗出，像溪流一样滚过额头上那层恼人的深色油脂，直淌到眼前。他使劲眨眨眼，俯趴在火山口往下望，竭力想让视线穿过滚滚上扬的浓烟。

在他身下七百米远的地方，是闪耀着暗红火光的熔岩炼狱，半凝固状的高温岩浆在维苏威火山山底汹涌沸腾。有一瞬间，笛卡尔觉得下方的岩浆池是地底恶魔的巨大瞳孔，燃着熊熊怒火，透过地表的裂口瞪视着天空。

在这只瞳孔之上，吊着钢缆慢慢往下移动的百里只是一只微不足道的蚊虻，随时都会被怒火吞噬，灰飞烟灭。

笛卡尔看了看身旁一直往下窜的缆绳，双手紧紧抓住火山口边的石块，牙齿几乎要把呼吸头咬断了。

百里双手攥着缆绳，即使隔着热防护手套也像是有一团火焰在手心里燃烧，火山内的高温让他全身上下的每一个毛孔都在喷吐汗水，眼前闪烁着混乱的金星。

他鼓足了劲儿，双脚在火山内侧岩壁上猛地一蹬，全身荡到空中，又往下坠落了十几米。同时他眯起眼睛，透过浓烟扫视四周的岩壁。

除了被富硫的烟雾熏成黄红色的巨石外，他没有发现任何人迹。

看来还要再往下探，百里暗吸一口气，再次往空中荡去，现在他已经下降了接近一百米的深度。无法想象的高温快要烘干他体内的每一滴水分，如果没有热防护服，人类待在这样极端的环境中不出十秒就会毙命。

可是到了这里，他仍然没有找到一丝可疑的踪迹。

由于维苏威火山上窄下宽的正锥形结构，越往下就越难以借助岩壁的支撑，百里只能用手摸索着岩间缝隙往下爬，这时候如果被重力的作用荡到半空去就很难再回来了。

纵深已到一百二十米，还是没有找到失踪学者，百里不禁开始怀疑：是自己的推理错了吗？

身下岩浆沸腾的咕咕声穿透头盔的耳塞，在百里的耳根里大响，仿佛在嘲笑一无所获的来访者。百里抬手撑了撑背上的压缩气瓶，确认过呼吸装置后，腿上轻轻用劲，往下蹿出几米。

他不敢离岩壁太远，此时必须手用劲抓住岩壁才能保持身体的平衡。

火山口上，笛卡尔极度紧张地看着身旁又往下滑了一截的钢缆，留在火山外的部分只剩短短一圈了。如果下面的百里再找不到人，他只好向等在山口下的秦澜发出启动吉普车的手势。

炽热的岩壁像锋利的刀刃，刺破手套，在手指上狠狠地割了几道，百里忍受着灼烧一般的痛感，又往下移动了数十米。

在他的斜下方不远处，有一块向外凸起的巨大岩石，那里的视野不错。百里咬咬牙，调整方向朝那块巨岩爬去。

所幸能够借力的石缝不少，二十分钟后，百里在巨石上站稳了脚跟。他转过身，背朝岩壁蹲下，举目眺望空旷巨大的火山内部空间，然而视线来回扫了几道，看到的只有熔岩发出的火光和陡峭不平的岩壁。

先知到底把他们藏在哪儿了？

钢缆的长度已经不容许百里再往下降多少了，百里懊恼地一拳打在脚底的岩石面上。

这么一个大幅度的动作，让他的封闭头盔晃了一晃，护耳的软塞也跟着松动了。这时候，一阵微弱的“嘀嘀”声，和着沸腾岩浆的巨大声响，一起传进耳朵。

尖锐的细响很像是重症病房里的心率探测器发出来的频鸣声，这种声音突然在火山里出现，让百里的心跳也跟着加快了。

他当即意识到，这个声音不该属于这里。

百里伸手到头盔里把两只耳塞拔掉，屏住呼吸仔细分辨声音的来向。

在岩浆的轰响声中，“嘀嘀”声虽然轻不可辨，却也顽强地持续着。百里侧着耳朵，脑袋靠近脚下。他听清了，声音就来自他所站的这块巨石正下方。

百里摸到巨石边缘，伸出头往下看，他发现这块巨石底部凸出岩壁的地方要宽出不少，在巨石下很有可能隐藏着什么。

必须想办法下去探个究竟。

百里拉了拉缆绳，长度还够他再往下移动一段距离，他小心地挪到岩石边缘，一手撑着岩壁，另一只手支在石面上，双脚在身下探路，借这一狭窄夹角之势缓缓移往岩石下方。

爬到一半时，百里在岩浆池的闪耀火光中看见在岩石下，有一个不起眼的洞口，大小刚好能容一个成年人进入。现在他借力的这块巨石像一个巨大的挡雨棚，把洞口严严实实地遮住了，从上往下看根本发现不了这一处石下洞天。

百里的呼吸急促起来，他稳住身形，向洞口爬去。

只差一点儿了。

可是到了这最后关头，不管他怎么用力都无法再前行一步，扣在腰间的钢缆紧紧地扯住了他。

“该死的！”百里差点儿骂出声来，他抬头看向绷紧的缆绳，伸手拉了拉，纹丝不动的钢质长绳让他确定已经放到头了。

百里没有多想，如此紧要的时刻让他放弃比浇灭维苏威火山还难。他毫不犹豫地解开扣在主锁腰带上的钢环，跳进洞口。

双脚踏上坚实的地面，百里来不及喘上一口气，回身急忙去拉缆绳头，意想不到的状况就在一瞬间发生了。

因为戴着厚重的防护手套，手指很不灵活，快速向外荡去的钢缆从百里手里滑脱。

望着在半空中来回摇晃的钢缆，与自己隔了一片熔岩火海，百里心里浮出一个中文词语——有来无回。

第 11 章

火山祭坛

1

百里在火山内部下降到一百米的深度后，趴在火山口边的笛卡尔就看不到他的身影了，只有往下滑动的钢缆在告诉笛卡尔，百里还挂在绳子的另一端。

那一秒，看到绷在地面上的钢缆停住了，而后突然松开，笛卡尔的胃里立马像是掉进一个火球，他全身的皮肤跟着升温，脑子里一丝残存的意识告诉他：百里先生已经凶多吉少。

笛卡尔抓住缆绳，铆足了劲儿往上拉拽，缆绳上轻了不少的重力感证实了他的预感，这条长绳不会把百里或其他人拉上来了。

他转身朝山口下的吉普车猛打启动前进的手势，车里紧张的秦澜见状，赶紧发动引擎，吉普车向坡下驶去。

钢缆快速回收，笛卡尔隔了很远就看到另一端只剩下空落落的扣环，原本扣在环上的人不可能再从火山里活着出来了。

救援失败，还白白搭进一个优秀催眠师的性命。

笛卡尔一阵眩晕，险些跌进火山口，他单膝跪在地上，向秦澜发出停车的信号。

秦澜驾驶的吉普车没有前进多远，她在后视镜里看到表情黯然的笛卡尔，心里顿时猜到大半。

很多画面骤然在眼前闪回：在斯坦福中国餐厅里他的开诚布公，工作室里与他合作破解了天文、地理双重密码，在飞离加州的直升机上他说的冷笑话，在维恩岛上他挡在凶神恶煞的弗兰姆面前，在克罗兹岛上他决定独自去冒险……即使相处的时间还不到二十四个小时，可是亦师亦友的百里先生在秦澜心里留下的痕迹太多了，多到她难以用平静的心绪去面对。

“明明我是因为失去人格的哥哥而决定跟随他踏上荒城之旅的，即使他死了我也能找出问题的答案，可是为什么，心里会如此悲伤？”

秦澜踩住刹车，吉普车在陡峭的山坡上滑出一段距离后才停住，她的右手紧紧攥住衣服口袋里的手表，任凭表链深陷在手心里，强忍住的眼泪在眼眶里打转。

“也许火山里有安全的地方，也许他还能活下来。”在埋头打开车门的时候，她轻声对自己说，尽管她知道心头的希望过于渺茫。

跳下吉普车，她准备去帮助还留在火山口的笛卡尔。这时，她眼角的余光掠过山脚平原上的警卫室。

三辆闪着红蓝频闪灯的警车聚集在那间警卫室附近，七八个警员正在架设隔离带，而更多的警车则在特拉莫平原上朝着维苏威火山疾驰而来，车轮搅起大片烟尘。

秦澜愣在车门旁，远处的天空中传来螺旋桨的轰响，三架警用直升机出现在地平线上。

虽然不知道这些突然出现的家伙是来干什么的，但秦澜脑海里只有一个念头：快逃！

2

无法推测这条石道究竟存在了多少个世纪，逼仄的空间给人压抑的阴森感。火山里的暗红火光映照在洞口，不知有多深的暗道像是远古巨兽的食道。

百里停在洞口，背上还能感觉到岩浆的炙热，“嘀嘀”声在耳朵里更加清晰了。他摘下头盔，抹掉额头上的汗水。

道路深处有一点幽微的光，时隐时现，向来者发出召唤。百里能够听见自己沉重的呼吸声，他挪动脚步，沿着暗道往最深处走去。

道路并不平坦，能看出有粗糙的人造痕迹，虽然距离火山底的岩浆池没有多远，但四周的温度却下降得很快。走了大概半里的路程后，外露的皮肤觉察到了明显的湿气，百里试着拿开呼吸头，惊讶地发现这里的空气竟然可以直接呼吸。

这条神秘的暗道或许有别的出口，希望的火苗在百里的心里被点燃了，他脚下的步伐加快了许多。一路上都没有遇到岔口，一条路径直通往未知的地方。

幽光渐盛，两侧石壁被照亮了。

百里刹住几乎飞跑起来的脚步，回头向一秒钟前掠过的石壁看去。

他的瞳孔险些从眼眶里蹦出来。

石壁正中出现了一个人形壁画，不过半根手指大小，粗略简单的线条勾勒出一个正对着石道深处跪拜的人体，被时间的洪流冲刷得模糊不清。

十步的间隔后，出现了第二个跪拜人形图，再往前走十步，又出现了同样的人形，却变成了两个。

百里默数着步子，又走了十步，墙上画的是三个人形。

再往里走，大致十步的间隔距离都会出现跪拜人形的壁画，数目依次增加为 5 个、8 个、13 个、21 个……

1、1、2、3、5、8、13、21……

百里的手臂上淌过一阵透骨的寒意。

1202 年，意大利数学家列昂纳多·斐波那契在他的著作《算盘全书》中提到一组奇妙的数列，在这个数列中每个数字均是前两个数字之和，后世的学者将其称为“斐波那契数列”。斐波那契数列不是一个简单的数字排列，在自然界中，小到一株树木的枝丫数，大到宇宙中星系的排列，无一不是严格地恪守着斐波那契数列的伟大规律。百里曾不经意间在报纸上看到纳斯达克的证券分析员用斐波那契数列评析当天的股市交易均线，当时他差点儿为那个见解独到的分析员拍手叫好。

然而维苏威火山内部的古代石洞中出现了表现斐波那契数列的壁画，只让百里感到深切而莫名的畏惧。

越往里走，人形的数量越多，到了暗道深处，岩壁上密密麻麻地布满了跪拜的小人，每个人形图都是一笔一画地刻上去的，有不少都已被空气中的硫黄覆盖、腐蚀。即便如此，斐波那契数列的规则仍然不会改变，数学语言的精妙设计守在这里，顽固地记录着几个世纪来的漫长时空。

百里强迫自已从震惊中回过神来，再往里走几步就到了暗道的尽头，那儿有一个入口，通往未知的空间，原先若有若无的幽光在其中变成了肉眼可见的蓝色荧光。

在入口前的岩壁上，人形壁画的数目至少在一万个以上。

急促刺耳的“嘀嘀”声从里面传来，百里没有犹豫，加快速度踏进前方的空间。

一阵目眩。

待眼前慢慢清晰后，最先进入眼睛的是巨大而空旷的洞穴，半球形穹顶一如古代哲学中笼罩在方形大地上的球体天空。穹顶下浮着一层荧光，是一种茎叶内含有荧光酶的藓类，冰冷荧光下是宽大平坦的地面，呈规则的正方形。一座圆形的平台拔地而起，正方形地面的四条边恰好是圆台的切线。

奇怪的构造让百里想起一个简单的几何问题：如何在正方形里画出面积最大的圆？

他走上平台，发现平台面上是一层暗红色的大理石板，因为年代的久远而遍地裂纹。在平台正中矗立着一座宏伟气派的石门，刻有简单雕饰的立柱上爬满了裂口、细缝。

门的样式很古怪，说不清是哪一种典型的建筑风格，看起来很像是古希腊卫城与埃及神庙相结合的畸形怪物。

最为诡异的是门顶的横梁——暗道壁画和立柱上的浮雕都简单得如同原始岩画，而门梁上却用复杂得多的工艺雕出三个犬头。神态各异的犬头一个在上，两个在下，咧开血口，獠牙上闪着青光，狰狞的眼睛俯视着门下的人。

这里温度极低，湿气也很重。百里爬上圆台，迈着颤抖的脚步向中心走去。他忽然想明白了，暗道石壁上画的所有人形为什么都是虔诚跪拜的姿势。

它们在朝这儿献祭，向这儿祈祷。

这是一座祭坛，一座深埋在维苏威火山下的古老祭坛，门上的三个犬头就是在这座祭坛上接受祭拜的偶像。

碎裂的大理石在百里的脚下往身后移动，仿似凝固的血块。

百里抑制住狂跳的心，看见在祭坛的石门下，有一个人影蜷缩在立柱脚边的大理石上，“嘀嘀”声在他身旁没有休止地响着。他撒腿向石门跑去，近了，能看清是一个男人缩在地上。

那人上身赤裸，卷曲的棕色头发和胡须像疯长的野草，淹没了他的脸庞。他失去了意识，只有一丝微弱的气息显示他还活着。

百里把热防护服脱下，裹在昏迷的男人身上，然后他拂开男人脸上的头发。

“特里斯坦博士！”百里一声惊呼，他的思绪跳跃到五位失踪学者出发前的合影上，俊朗的霍利·特里斯坦在他的女友莫先琳身旁开怀大笑。

他们两人是弗兰克心理实验室的中流砥柱，是整个北美潜意识学界的骄傲，现在却一个被残忍杀害，另一个挣扎在生死边缘。

“不，特里斯坦博士不能死，我一定要把他带出去！”

百里向四下里看看，确定这儿没有其他的失踪者。他咬着牙，把特里斯坦的手臂拖到肩上。

“嘀嘀”声在这时停止了。

百里凝神向地面看去，特里斯坦刚才侧卧的大理石上有一个漆黑的方形金属盒。

一台机密电话！

难道特里斯坦在昏迷之前试图用机密电话向外界求救？可是机密电话怎么会发出规律的“嘀嘀”声？

百里困惑地拾起“黑火柴盒”，看到电话机身上的条形屏显示出一串正在倒数的数字，此时精确到秒的时间数不再循着“嘀嘀”声平缓地倒退，而是在飞快地归零。

不，这不是机密电话，而是一个计时引爆器！

百里全身的肌肉都绷紧了，藏在黑暗里的死神这时才真正降临。

3

已冲到山腰线以下，接近火山研究者们的住处了。笛卡尔猛然把方向盘向左打死，吉普车在斜坡上拐了个大弯，车头转向南面山脚。

三架直升机打着高亮度的定位灯在后方的半空中盘旋，机桨的轰鸣振聋发聩，有人用大功率扩音器发出要求企图逃逸者快速停下的警告。

笛卡尔和秦澜哪里顾得上这么多，他们一面把车速提到最高，一面寻找可藏身的地方。可是维苏威火山的山体上没有足够大的遮掩物，好不容易见到的几处植被层也仅是不到车轮一半高的矮灌木丛。

三支武装特警小队从直升机上降落，以包围的阵势往山下逼近，再往后就是地面警车设置的拦截带，笛卡尔他们眼看就要陷入插翅难逃的境地了。

“走那边！”秦澜忽然抬手指向东南方向。

“什么？”笛卡尔一时间没反应过来。

他往秦澜手指的方向看去，只见那里停有三辆警车，因为地形原因，没来得及铺设阻车钉，只有十余个身穿意大利国家警局制服的警员架着手枪，候在警车旁严阵以待。在警车后方是一片枝叶茂盛的阔叶林，往东南方向延伸至远方，那是目及之处唯一可能掩护吉普车的地方。

“你一定不知道，”笛卡尔战战兢兢地说，“在欧洲，冲破警方拦截可以以袭警的罪名被起诉。”

“别管那么多，冲！”或许是同伴的死让秦澜已经失去了理智，她直接抓住方向盘，强行转向，吉普车开始打晃。

笛卡尔挥开她的手，也是急红了眼，轰足油门冲向东南山脚的树林，吉普车在他的驾驶下成了离弦的箭矢。

树林前镇守的警员无论如何也想不到这回真遇上了一伙亡命之徒，见钢铁雄狮一般的越野吉普车加足了马力猛冲过来，他们只得往两旁退让。

“抓紧了！”笛卡尔紧握着方向盘大声喝道。秦澜抓住身侧的把手，眼睛闭得死死的。

砰！强劲的撞击。

笛卡尔和秦澜都感到安全带在身前狠狠地一扯，霎时间肋骨疼得像是被绷断了一样。

眼前一片开阔，三辆警车拖着破烂的车头退到一边，直通树林的空地上没有什么可以阻拦他们了，笛卡尔兴奋得欢呼起来，加速冲向树林。

后方陡然响起几声锐响。

“他们在朝我们开枪！”秦澜惊呼道。

“低头，低头！”笛卡尔右手按下秦澜的脑袋，左手控制着方向盘，一脚把油门踩到了底。

出乎他们的意料，子弹没有打中车身，完好无损的吉普车隐没在阔叶林的树影里。要击中吉普车这么大的目标对那些警员来说应该不是难事，他们似乎是出于恐吓的目的在朝天放枪。

“那些警察好像没有真的要开枪打我们。”笛卡尔抬起头说。

“是啊。”秦澜回头去检查车后窗，完整的玻璃上只有尘土的痕迹。

“不管这么多了，我们先安全离开再说。”笛卡尔说着准备去开车大灯，繁茂的树林里只有微弱的光线，他看不清前边的路。

“别开车灯，就这样往前开，赶在直升机发现我们之前必须开到那儿。”秦澜催促道。

“你要去哪儿？”笛卡尔收回准备扭动车灯开关的手。

“庞贝古城。”秦澜回答道，没有半分犹豫。

笛卡尔顿了顿：“你想要从古城逃脱？”

“别忘了，那里有很多游客，”秦澜的脑袋冷静下来，淡淡地说，“那句话怎么说来着，嗯，瞒天过海。”

笛卡尔长出一口气，找回他惯用的口气：“我说，你们斯坦福一定是有专门训练逃犯的课程吧，能不能替我报个名？”

秦澜沉默着，没有理会试图让气氛轻松些的笛卡尔。

4

计时引爆器上的所有数字都变成了零。

百里架住不省人事的特里斯坦博士，艰难地往祭台边缘走着，他的内心早已陷入绝望。一声巨响后，一切都将化作虚无。

引爆器归零之后的第一秒钟，空旷的穹顶下没有爆炸，连一块碎石都没有掉落。

第二秒，仍然很平静，预想中的大爆炸没有发生。

百里困惑地回过头，心脏提到了嗓子眼，风平浪静的火山祭坛给他的感觉是可以松一口气了，可是危险的直觉把这口气拉得更紧。

第三秒，来时的暗道上传来轰隆隆的巨响，一股炽烈的风吹进来，被大风卷来的砂石打破了神秘祭坛的平静。

百里的呼吸停滞在胸口，他当即反应过来：原来死神蛰伏的地方不在祭坛周围，而是在暗道口之上的那块巨大岩石里。

在火山内壁上多是岩浆冷凝后形成的火成岩石，而活火山内部常年保持高温，从流体岩浆凝固成固体的岩石需要极漫长的过程。在维苏威火山如此活跃的活火山内，要形成体积巨大的火成岩完全没有可能，还不等岩浆凝固成一块五米厚度的岩石，火山喷发的岩浆就又把它熔化了。所以，只有一个解释，那块巨石是靠人力从火山外搬来安置在洞口上的，安置巨石的人，必定就是建造这个地下洞穴和火山祭坛的人。

百里的推理没有错，巨石实际上是一个活动石板，靠一整套高明的机械装置操作。出于某种不可知的原因，在祭坛上进行的祭祀仪式需要直面岩浆火海，仪式结束后巨石就会往下移动，覆盖住暗道的洞口，建造者的目的就是保护祭坛免受维苏威火山的毁坏。

挟持心理学者的先知在操纵巨石的机械装置上安放了定时炸弹，又在巨石内层钻了几道小洞，往里注入足量的奥克托今，这是一种热稳定性非常好的猛性化学炸药，常用作核武器的引爆药柱，即便是在火山内部的恶劣环境里也能够安全保存。当百里救起特里斯坦博士时，定时炸弹先是炸毁了机械装置，让巨石失去固定点，与其中的奥克托今一同坠入火山山底的岩浆池，奥克托今接触到高温发生大爆炸，炸开地壳的岩层，释放了软流层岩浆累积已久的压力，接下来只有一个结果——维苏威火山大爆发。

先知用他的诡计，制造了一场新的毁灭，百里就是这场毁灭的见证者。没了巨石的保护，他即将与这座远古时代的祭坛一起葬身在喷涌的熔岩流中，两千年前的庞贝末日即将再度上演。

一声又一声可怕的巨响传来，震彻整个洞穴，穹顶上落下许多石块，脚下的大理石板也开始发颤，巨石上的奥克托今定然开始与滚热的岩浆相接触了。

求生的本能驱使着百里保持镇静，他竭力让大脑不受慌乱心绪的干扰。

从洞穴里的藓类和气体来看，不会只有火山内壁上的那条暗道可以通往外界，只要找到另一个出口，就有生还的希望。

可是出口在哪儿？四周的岩壁上根本找不出有另一条通道的痕迹，难不成是在脚下？

又是一声震耳欲聋的爆响，脚底的震感更加强烈了，更多的石块砸落在地上，如火的热风袭来，死神就在耳边喘息。

必须马上找到出口！

祭坛中心的犬头石门摇摇欲坠，小半截门梁从立柱顶掉下来，在祭台的大理石板上摔得粉碎。

百里拖着特里斯坦博士，艰难地躲避落石和地上的裂缝，一块大碎石从断裂门梁上脱离，被撞击的力量弹起，在地面上快速翻滚着往特里斯坦身上砸来。

百里一把将特里斯坦博士甩开，此时他却已来不及躲闪，碎石块结结实实地撞上了他的左膝盖。

“啊！”百里发出惨叫，剧烈的痛楚让他的左腿不由自主地发软，他撑不住，和特里斯坦一起跌倒在地。

周围的崩塌愈加惨烈，出口在哪儿？在哪儿？

百里强撑着直起身，他的目光望向石门横梁上的三个犬头浮雕。

外形古怪的石门犹如在地震中步履蹒跚的巨人，惊惶地与百里对视。

那座立在安全部大厅里的《地狱之门》铜雕，闯进了百里的意识，站立在铜雕门梁上的三个幽灵幻化成眼前的三个凶恶犬头。

一瞬间，所有信息变成了拼图的碎片，在百里的脑海里快速旋转，莫先琳尸体上的符号、迦勒底人、凶杀与天文地理密码的契合、毁灭之源、庞贝古城、斐波那契数列、祭坛、犬头石门……一块一块分散的碎片快速排列组合，构成一张虽有不少漏洞却仍能看出拼图内容的图案。

如果说之前还只是怀疑的话，现在百里已然能够确信：进入这场荒城迷局之前的所有预感都没有错，劫持并杀害心灵会学者与维苏威火山里的祭坛都是“理想国”的杰作。这个起源于古希腊，在古埃及达到鼎盛之后又神秘消失了两千年的古代神秘学院果真回来了，他们以先知之名，向心灵会发出了残酷的挑战。

我必须要活着从这里出去，这场对决还没结束呢！

百里拖住特里斯坦博士，往石门下走。

门梁上的三个犬头，雕刻的是古希腊神话中的三头恶犬刻耳柏洛斯。神话中的刻耳柏洛斯犬头龙尾，身上的毛都是毒蛇，守在冥界的大门前肆意撕咬着亡者的灵魂。

不仅仅是但丁的《神曲》，刻耳柏洛斯也是罗丹在雕刻《地狱之门》时的灵感源头。

这座石门实质上是把神话中的冥界之门现实化，这座祭坛祭拜的对象并不是三个头的地狱恶犬，而是穿越冥界之门后的未知世界。

没错，“理想国”在火山祭坛里祭拜的是——死亡。

第 12 章

死里逃生

1

巨大的爆炸声接连在维苏威火山底响起，火山体成了一个天然的扩音喇叭，沉闷的轰响被山体放大了几十倍，声波向四面八方传开。

山腰上的研究人员、山脚的警员、火山附近小城镇里的常住民、庞贝古城里的游客，这时都停下手里正在做的事，千万道目光一齐转向黑烟滚滚的火山口，一条条亮红的岩浆流从火山口处流下，像是上古恶兽啃食猎物时涎在嘴角的鲜血。

所有人的表情都从迷惘转变成惊恐。

又是一声爆响，方圆十公里范围内的人都看见火山口扬起惊涛骇浪般的岩浆，足有二十层楼的高度，天空似乎都被烫了个大洞。

风云之色霎时间由明亮变为黑暗，无数人发出一声尖叫。

维苏威这头恶兽苏醒了！

恐慌迅速在人群中蔓延，整个那不勒斯湾都陷入求生的癫狂中，所有人都争相逃往自以为安全的地方。庞贝古城遗址里的游客全部向出口涌去，有的人甚至不顾迷路的风险，只要有远离火山方向的路他们就往前冲。其中一些人不久前才参观过庞贝古城博物馆，里面展出了两千年前那些被火山灰包裹而死的市民尸体——准确地说，那并不是尸体，而是空心的石俑，因为超高温的火山灰一旦裹住人的身体便会熔化掉所有人体组织，完全冷却后就只剩人形石俑的空壳，只有死者死亡前痛苦的神色会被石俑保留下来，此时正在逃难者的记忆里刺激着他们跑得更快。

山上有许多研究员都不是第一次亲历火山爆发，但那些都是小火山的小规模活动，如维苏威火山这么危险的活火山以如此激烈之势爆发的，他们还是头一回碰上，这时全都乱了套。顾不上简易住房里的仪器和行李了，纷纷抱头冲向他们的汽车，发动引擎后慌不择路地往山下逃。一些没来得及坐上车的人只好靠双腿奔逃，不少慌乱的逃难者在推搡中失足跌下山坡，或是被卷入高速行驶的车轮底下。

火山里的轰响不停地传来，山脚的警员们掩饰不住内心的恐惧，一个个都不知道把脚往哪边移，不知道是要马上逃走还是继续抓捕通缉犯。

一个长官模样的短发男人看了看吉普车所消失的树林，又回头看了看咆哮的火山和从山上逃下来的人群，唾了一口，扯下警帽扔进车里，对着步话机嘶哑地吼道："维苏威这小妞又在闹脾气了，不用害怕，听我的，直升机和武装小队继续追捕，地面警组跟我一起疏散人群！"

三架直升机带着两组武装小队冲向密林，其余等候命令的警员当即行动起来。

"听到了吗？什么声音？"笛卡尔侧着耳朵，注意力从导航手表上收回来，表盘上显示着庞贝古城的坐标。

轰响从车后不远的地方传来，盖过直升机的机桨声，第一声巨响的余波还没散去，第二声紧接着又传了过来。秦澜的脸色黯淡，作为研究灾难史的博士，她怎会不知道这种足以震裂大地的响动意味着什么。

心里那丝仅存的希望也随着轰响声消散，现在看来百里先生不可能还活着了。

笛卡尔从秦澜的表情里找到了答案，他不甘心地又大声问了一次："是火山爆发了吗？"

"是的，我们快逃！"秦澜抹了抹眼角，目光一刻也不离开前方。

她不想让笛卡尔发现她的脆弱，她早已暗下决心：即使百里先生死了，她也要把隐藏在幕后的先知找出来！

为了失去人格的哥哥，也为了告慰百里先生的亡灵。

吉普车在树林里横冲直撞，导航手表提示他们已经接近庞贝古城的边缘了。

2

所幸，百里还没有变成亡灵，他拖着气若游丝的特里斯坦博士，一步一步地靠近犬头石门。

周围的坍塌崩溃没有结束，反而更加激烈。热风通过暗道涌进来，原本阴湿的地下祭坛变得闷热难耐，盈满洞穴的荧光在几分钟内全部熄灭，死掉的藓被和穹顶上落下的碎石一起被卷入破碎的石板中。

百里来到石门下，他趴到地上，在大理石板上摸索。

无论是在古希腊还是古埃及文明中，“门”都是象征着“通达之路”的符号，穿过门可以由人间通往冥界死地，也可以由死地通向光明的天堂。百里万分肯定，决定生死的道路，必定隐藏在冥界之门下。

暗道里忽然出现一点血红的光，起初只是微弱的一层光晕，随即快速转盛，如同巨龙含在喉咙中马上要喷吐出来的烈火。

百里知道那是什么，他的动作更加快速。

如若再找不到出口，他和特里斯坦就要和岩浆化为一体了。这是命悬一线的时刻！

地上的大理石板裂成无数碎块，翘起的锐利棱角割破了百里的手心，止不住的鲜血滴在本就是暗红色的碎石板上。

然而在碎石之下只有坚实的地面，根本没有通道或出口存在的空隙。

从暗道里透入的光已经亮得刺眼，呼啸的热风声同岩浆翻滚的轰响声交会，那是死神的安息曲。

全身汗水凝固在毛孔上，血液也在血管里停滞，找寻出口的意识渐渐模糊得像一团浓雾。在死亡带来的绝望面前，每个人都是无力反抗的蚊虻。

向祭台上望去，已经能看到循着暗道涌来的岩浆流，岩壁上排成斐波那契数列的朝拜者壁画被熔化殆尽。百里血肉模糊的双手已经无力再继续挖掘了，他疲惫地闭上了双眼。

一只手在拉他的裤脚，力道很轻。

百里低头，只见趴在地上的特里斯坦博士伸出无力的右手扯着自己的裤脚，想引起他的注意。

也许是身周温度的回升让特里斯坦恢复了一些意识，他半睁着眼睛，软绵绵的脑袋还贴在地上。

百里回到他身边，低声呼道：“博士？”

我们就要死在一起了，百里很想对他说。

特里斯坦仍是无法把头抬起来，甚至连说话的力气都没有，他只能吃力地举起右手食指，指向距离较远的那根石门立柱脚下，百里就是在那儿发现他的，现在只剩下一个没了作用的计时引爆器。

那儿会有逃生的出口？百里脑子里灵光一现。

他勉力撑起特里斯坦，往立柱走去。

又是一声爆响，比之前的所有声响都要大，百里和特里斯坦一起摔倒了。巨响让耳朵嗡嗡响，声波似乎把地面震到了半空中，祭坛上一些尚且完好的大理石块在这一次巨震中纷纷裂成碎片。

除了特里斯坦指向的角落。

环绕圆形立柱一圈的地面完好无损，没有一丝裂纹。百里强撑着从地上爬起来，扶起特里斯坦，拼尽所有体力走向立柱。

冒着泡的岩浆流进洞穴，沿着祭坛平台的边缘漫延，很快就像护城河一样将祭坛围住。

只要维苏威火山再来一次大喷发，岩浆就会把整个洞穴吞没。

百里顾不得膝盖上的伤，拖着伤腿，撑着再次失去意识的特里斯坦走到立柱下，汗水早已浸湿了他全身的衣服。

石门摇摇欲倒，想不到门柱下的基座却安稳得没有半分异象。百里在周围的石板上敲了敲，指头下发出清脆的回响。

下面是空的！

百里振奋起来，原来特里斯坦被囚禁在这里等待救援时就发现了逃生通道口的所在，通往外界的出路就在眼前了。

汇成护城河的岩浆止不住地往上涨，穹顶的碎石和藓被落入岩浆中，四处腾起耀眼的火焰。

此时，又有一道难关摆在百里面前：挡在逃生通道口的环形石板无法开启。

石板边缘明明有一道两指多宽的间隙，可是百里用尽全身力气都不见石板移动分毫。

特里斯坦早就发现这里是逃生的出口，但他无法打开石板，所以才被囚禁在祭坛上。百里不再徒费力气，他知道这块石板是不可能靠人力就能开启的。

暗道里不断传来轰轰声，岩浆已经漫上了祭台，闪耀的火光如同虎视眈眈的眼睛，最后的大爆发在下一秒就会到来。

百里的视线只放在门柱脚下，他料想环形石板与暗道外的那块巨石一样，都是靠“理想国”建造的机械系统来操作的，只要找到那个操作的机关，就能开启石板。

机关在哪儿？或者说，“理想国”会把机关设在哪儿？

百里的目光抬起，停在门柱表面。柱上那些线条粗陋的石雕跟随着地面一起颤抖，雕刻的图案早已模糊，只能大致看出是远古的祭司、主教，或是神灵，他们高高在上地守在祭坛中心，接受暗道里的朝拜者壁画献来的顶礼膜拜。

目光在百里眼睛里明亮起来，他想到答案了。

斐波那契数列就是打开逃生通道的钥匙！

机关就在身前这根石柱上，只要循着斐波那契与毕达哥拉斯的启示，就能找到。

百里往后退了几步，把整根立柱全部收进视线里。

绝境逼出了他的潜力，很快他就找到了那个点！他快步跑上前，全然忘记了膝盖的剧痛。

岩浆靠得越来越近，中心的孤岛缩得越来越小，气浪扑在脸上，犹如一条散发着腥气的舌头。

百里以确定好的点为起点，绕着柱子找了一圈。

忽然，最可怕的状况发生了，维苏威火山发出最愤怒的咆哮，数百吨岩浆从炼狱般的火海中向人间喷薄而出。

百里找到了，在立柱朝外的一侧，就像是阿努比斯①的祭司手里捧着一颗献祭的圆球。百里手握成拳头，把圆球推进了柱体，环形石板在同一时间向上升起。

一千摄氏度以上的流体岩浆不会放过火山内部的每个空间，暗道洞口很快就被熔化成一条大裂口，翻滚的岩浆如管道里的水，向着祭坛奔涌。

灼热的气浪足以蒸干百里身体里的水分，他按住机关不敢动，直到环形石板升起的高度足够让人进入下面的空间。

---

① 阿努比斯：古埃及神话中亡灵的守护者，形象是胡狼的头，人的身体。

百里从立柱上收回手，环形石板即刻开始下沉。他赶紧把特里斯坦推下去，接着自己翻身在地上一滚，跟着掉进漆黑的空间里。

环形石板在他的头顶缓缓闭合，汹涌的岩浆流在三秒钟之后涌进了建立地下祭坛的洞穴。

这个凝固了上千年沧桑岁月的圣地，就此毁灭在维苏威火山的怒火中。庞贝的末日，是无法逃脱的轮回。

3

举着手枪的意大利警员很年轻，防爆头盔罩在他的脑袋上，看不出他的年龄。或许是第一次执行抓捕国际通缉犯的任务，不巧又遇上火山爆发，他不免有些紧张，透过防弹衣都可以听见他清晰的心跳声。

“嘿，安多里尼，你那边发现什么了吗?”塞在耳朵里的对讲机耳塞传出队友的说话声，电流声嘈杂，几乎听不见对方在说什么。

“没有。”安多里尼简短地回答道，他拨开挡住前路的树枝，林间的草地上有醒目的车辙。

“我这边也……”队友还想再说，却只听一声惊天动地的轰响在身后响起，周围的大树都在发抖，林中的鸟群扑腾着翅膀，在惊惶的啼叫声中飞向天空，远处传来此起彼伏的尖叫声。

“大爆发！大爆发了！”

耳塞里的电流声忽然变成尖锐的“吱”，像刀锋一样刺进耳膜，安多里尼发出一声惨叫，急忙扯掉耳塞。

大规模的火山爆发会朝大气层喷发出大量带强电的粒子流，火山周围的电子设备受到强电粒子流的干扰，不能继续正常运行了。安多里尼关掉对讲机，在原地犹豫了半秒钟，最终决定继续往通缉犯逃逸的方向前行。

轰隆！爆炸声从身侧不远的地方传来，冲天火光透过树林间的缝隙，闪进安多里尼的眼角，他没有多想就反应过来，那是因为电子仪器失灵而坠落的直升机。

长官对险情的预估过于乐观，维苏威火山不是在闹小脾气，而是真的被激怒了，它不把怒火淋漓尽致地撒向人间，是绝不会停息的。

多年的训练让安多里尼迅速冷静下来，他加快脚步，追着车辙往树林深处飞奔。

车辙转了个接近直角的弯，从四周树木枝叶的痕迹上看，吉普车应该就在这附近。安多里尼提起十二万分的警觉，手枪举在耳边，放慢脚步试探着往前移动。

没用多久，他找到一条被撞得变形的车前保险杠，再往前不多远，没了声息的吉普车深陷在泥潭里，车上的人早就没了踪影。

安多里尼拿起对讲机，想联络其他警员，却突然想起对讲机不能使用。他恼火地怒骂一声，一脚踢在旁边的树干上。

在他前方，可以透过枝叶的间隙隐约看到庞贝古城里残旧的石柱和城垛，逃亡人群的惊呼让安多里尼更加焦躁。

落日被遮没了，铅白色的火山灰和浓黑的烟尘涂满半边天空，火山里喷吐出来的岩浆又在其中染上一层血红，末日降临的天际或许就该是这么狰狞恐怖。

笛卡尔满身都是泥渍，一刻钟前他从吉普车驾驶座上跳下来时不小心跌倒在泥坑里，现在他在导航手表的指引下带着秦澜往庞贝古城东南角跑，淤泥裹在他的鞋子上，如沙袋般沉重。

东南角的玛尔斯广场是庞贝遗址的出口所在地，外面不远就是通向那不勒斯和罗马的高速公路。换作往日，不会有人急着离开广场，因为这里有与米兰大教堂、比萨斜塔、罗马斗兽场齐名的玛尔斯神庙，可是此时没人有空闲再去瞻仰这座神秘的古代建筑。在神庙的千级阶下，上万名因火山爆发受到惊吓的游客聚集在广场上，十来个安保人员在人群中声嘶力竭地维持秩序，但是没有起到多大作用，混乱的人潮就差把建在出口的那座科技感十足的安全门给挤翻了。

“还有多远？”秦澜喘着粗气问。她也是满脸尘土，右手捂着胸口，体力已到了极限。

“两公里。”笛卡尔看着表盘说，避开从旁边小巷道里冲出来的三个年轻人，他们惊声呼喊着跑向另一个方向。

自从18世纪人们发掘出庞贝古城以来，至少有十次尝试恢复庞贝往日的全城盛景。时至今日，三百年过去了，庞贝古城尚有一半埋藏在地下，对公众开放的遗址面积只占全城的三分之一，不过仅这三分之一的遗址区就有三百个足球场大小。后来人们放弃了重建庞贝古城的计划，决定按照灾难后的原貌作为古代文明遗迹保留下来，只在某些严重毁坏的地方做最低程度的修复，因而穿过庞贝，满眼都是残垣断壁，这座古代城市用一种特殊的方式控诉着维苏威火山的凌虐。

经过古剧场，沿朱庇特神庙的墙壁来到一个十字路口，笛卡尔停下来核对路线，秦澜蓦地一把拉过他，闪到旁边的神庙废墟墙角。

“怎么?”笛卡尔蒙了。

“嘘!”秦澜把食指放在嘴唇上，示意笛卡尔看右边的岔道。

至少三十个警员往这边快步跑来，打头的队长模样的中年男人在听旁边的年轻警员说着什么。警员队伍经过十字路口时，躲在墙角的笛卡尔和秦澜都听见他在大声说：“我在林子里见过他们的车，他们一定是往玛尔斯广场方向逃了，那里人最多，他们想趁乱逃走。”

“安多里尼，冷静，我们要把遗址全区都搜索一遍。”

“现在所有组员都听好了，”中年队长开始下命令，“按训练组分成四个小队，把遗址区掀翻了也要把那三个浑蛋找出来，安多里尼，你跟着我。”

队伍在嘈杂的脚步声中散开了，激愤的警员们丝毫不在意火山爆发的危险，快速分向十字路口的四个方向。

笛卡尔和秦澜惊恐地对视一眼。

“见鬼，这群人真是顽固。”笛卡尔气恼道。

秦澜看着一支警队经过身边，消失在拐角。此时大部分游客都聚在东南角的玛尔斯广场附近，秦澜他们所在的地点距离广场还有两公里的路程，古城街道上稀稀落落的没几个人，如果就这么从主街道上往目的地走无疑是把自己暴露在警方面前。

“看看你的手表，有隐藏的小道通往广场吗?”秦澜低声问。

笛卡尔埋头摆弄了一阵，苦着脸回道：“没有。”

秦澜拧着眉头往四周看，十字路口对面有一块画有红色十字的白色小牌投进她的眼睛，那是分布在古城里的便捷医疗室，以应对游客的突发安全状况。

“跟我来。”秦澜拉着笛卡尔的袖口向医疗室走去。

等笛卡尔反应过来时他们已经在医疗室里了，凌乱的小医疗室里没见到医护人员的人影，药瓶、绷带、注射器散落一地。

秦澜从墙上取下医师服，扔给笛卡尔：“快把衣服换上，然后去找两只口罩和卫生帽。”

笛卡尔明白了秦澜的意图，他把身上沾满污泥的外衣脱下，换上带有警示荧光带的医师服，衣服里的一股浓重的汗味让他很不舒服。

秦澜拿起挂在墙上的电话，还好这台有线电话没有受到火山喷出的强电粒子流的影响，听筒里有清楚的信号音。秦澜在旁边的通信单上找到那不勒斯医疗中心的号码，拨过去，等了好一会儿才接通。

“呼叫医疗中心，呼叫医疗中心。”

“这里是那不勒斯医疗中心，火山事故救援热线已开通，有什么能帮助您的？”接线员语气焦灼地问。

看来维苏威火山大爆发的消息已经传到那不勒斯甚至欧洲了。

“我们被困在庞贝了，有同伴受了严重的伤，请求救援。”秦澜故作慌张地回道。

“中心的系统通过您的分机号确定您是在古城遗址区内第32号医疗室，请确认位置信息。”

“没错，请尽快派人来，最好是直升机。”

“抱歉，受火山影响，中心无法派出救护直升机，遗址附近所有医疗分部的救护车都已派往受灾地了，很快会有医护人员赶到您那儿，请在安全的室内等待。”接线员讲完就挂断了电话，万分紧急的灾难时期，不要奢望应急部门有足够的耐心。

秦澜扔下话筒，接过笛卡尔递来的口罩，对一脸疑惑的笛卡尔说：“走，我们去玛尔斯广场。”

“难道不用在这里等待医疗中心的人吗？”

“他们不能使用直升机，我们在这里等也没用。”秦澜把医师服套在身上，说，“运气好的话，我们可以在广场搭上一辆救护车。”

“运气不好，我们就在起诉我们的法庭上见。”笛卡尔说着把装“土卫六”的皮包放进一个腾干净的便携医药箱里。

4

危机没有结束，那块薄薄的环形石板不可能长时间阻挡住高温岩浆，几道发着红光的岩浆从石板边缘顺着岩壁滚落下来，生在壁上的苔藓被烧着了，发出“哧哧”的细响。

百里架起特里斯坦博士，脚步踉跄地往前走，只想尽快远离石板。

从上层淌下来的岩浆越来越多，在地上汇成一摊。百里借岩浆的火光，看清这是一条往下倾斜的低矮石道，斜度不算陡，却深不见底，两侧凹凸不平的岩壁爬满斑驳的绿藓，就精细程度而言远不如通往火山祭坛的那条暗道。

眼前的倾斜石道让百里心头猛地抽紧，一旦岩浆把挡在头上的环形石板完全熔化，大量岩浆就会流进来把石道填满，他们仍然难逃一死。

想要活着出去，他必须拖着一条伤腿和一个失去意识的成年人跟时间来一场赛跑，除此之外根本没有别的办法。

百里咬紧牙关，把特里斯坦拉到背上，沿着石道的斜坡一瘸一拐地往下跑。他的身后，淌进石道的岩浆像失控的水流，燃烧的噪响不绝于耳。

走了没多远，一声沉闷的“哗啦”声从身后传来，百里的心沉了下去。

完了！

他的脚步慢下来，再怎么逃都没有意义了，岩浆流会在重力的作用下追上他们，把他们伤痕累累的身躯熔成一道白烟。

等了许久，意料中的热浪也没有追上来，百里惶惑地转过身，看见环形石板早就被熔尽了，大股大股的火红色液体从顶部的圆孔流下来，消失在石道的地面之下。

百里和特里斯坦从上层落下来时接住他们的地面消失了，只留下一个幽深的地洞。

原来环形石板正下方的地面也是一块石板，盖住一条管道状的纵深洞，岩浆熔化了两块石板，便顺着这条地下“管道”流入更深的地底。

“理想国”用他们在工程结构学方面的造诣，保护了能在祭坛里找到并打开逃生石道的人。

百里的脑海里掠过一个念头：破解斐波那契数列密码是一道生死考验，“理想国”用这种方式来考验逃生者的智慧。这么看来，文献上的记载至少有一点没有弄错——“理想国”视智慧如珍宝。

可以劫持并杀害德高望重的学者，也可以设计出精妙的机关保护智慧……百里吐出闷在胸口的热气。

这到底会是一个什么样的对手？

环形石板被熔化后留下的圆孔还在不断扩大，更多的岩浆灌下来，有一些溅到了石道的斜坡上，顷刻间把地面熔出许多小坑。

百里鼓足最后一股劲儿，撑住特里斯坦往下走。他要赶在岩浆把石道的顶部化开前找到出口。

漆黑的石道只有一条路通到底，尽管路径曲曲折折，但可以不用担心会碰上让人迷路的岔口。走了大约四十分钟，往下斜的石道变得平直，在直路尽头又出现了向上延伸的缓坡，微弱的光飘浮在斜坡的岩壁上。

上斜坡的地面也长有藓被，稍不留神就会滑倒。百里不敢懈怠，踏着地面的凹坑小心翼翼地往上走。

绕过两道小弯，一个光斑出现在石道尽头，外界的嘈杂声从光斑里隐隐约约地传进来，死里逃生的出口就在前方。

第 13 章

玛尔斯标记

1

如果要把维苏威火山的大爆发比作死神的交响乐章，那么现在就进入了最高潮——沉重的暮色下，火红的岩浆覆盖了火山的半边山体，更多的高温岩浆和碎石在轰鸣的巨响中冲上天际，分散成大小不一的火球从黑云中坠落，狠狠地砸在大地上，火山周围的树林燃起大火。

比火球更可怕的是火山灰，这些细小的矿石颗粒保持着岩浆的高温，它们吸附的物体大都会被熔蚀得面目全非，山腰上的简易活动房和一些不幸的研究员是最先被这些粉尘杀手捕杀的猎物。不只如此，冷却后的火山灰粒飘浮在空气中，能够完全进入人体肺部，一旦吸入，后果就是在剧烈的喘息中窒息而亡，死者临死前的挣扎就像被一双无形的手扼住了喉咙。

在东南角的玛尔斯广场上，坚如城墙的安全门前人头攒动，那些想从别的地方逃走的游客又跑了回来。玛尔斯广场是距离火山口最远的角落，空间距离让这里暂时避开了火球雨和火山灰这两大杀手。安保人员和后来赶到帮助维护秩序的警方人员被黑压压的人潮淹没了，将近三万名惊慌的游客争抢着从安全门上的三个只容一人进出的检票口往外逃，推搡中有些人跌倒了，立时丧命在众多逃生者的脚下。在检票口前又爆发了群殴，两个年轻人为争抢位置大打出手，很快就有几十个人被卷了进去。

在灾难和死亡的威慑下，无论是群体的理智还是个体的独立意识都在分崩离析，每个人都会无意识中模仿他人的行为。失控的情绪很容易在这样的群体中蔓延，疯狂就像中世纪的黑死病，快速感染每个人的内心。

“赶紧把那道该死的铁门打开！”一个警官朝安保人员吼道。

被眼下阵势吓呆的安保员哆嗦着回答：“那种门这里只有总负责人知道怎么打开。”

“总负责人在哪儿？”

“他死了，被踩死了。”安保员哭丧道。

轰隆隆！维苏威火山发出又一记震撼的吼声，当音波传到骚乱的人群中时，又有一道岩浆巨浪从火山口里喷涌出来。

歇斯底里的尖叫声在不远的前方，通向玛尔斯广场的古城石路上跑来几个人，急匆匆地往前赶。其中的两个人抬着一副担架，抬在担架前的年轻男孩穿着嘻哈风格的服饰，胸前花哨的金属坠饰乒乓作响，抬后面的人比他高一头，医师服胡乱套在身上，肩上挂着医药箱，头部被卫生帽、墨镜和口罩遮得严实。在担架旁，一个女护理右手托住一瓶医用氧气，焦虑的眼神看着担架上吸氧的病人。她身后还跟着一个更年少的男孩，棒球帽反扣在脑袋上，戴着茶色镜片的复古眼镜，他慌张的脚步一刻也不远离担架，躺在上面的人肯定是他的好友。

绕过玛尔斯神庙，他们就能踏上广场了。

把东南出口设计在雄伟的玛尔斯神庙正殿门前，目的就是让这座举世闻名的古罗马风格建筑给游人留下最后的惊鸿一瞥。维苏威火山大爆发之前，设计者的目的差不多达到了，很少有人不为玛尔斯神庙古朴恢宏的建筑气势而惊叹，两千年的漫长历史凝固在神庙的一砖一瓦里，凝固在神庙前的千级阶上。它是一棵历经风雨和兴亡的参天老树，用沉淀了时间的目光，淡淡地看着群蚁一般的游人来了又走。

然而在暴怒的火山面前，这棵老树也在瑟瑟发抖。

抬担架的一行人来到神庙背面的石街上，按照路口指示牌的路线往前走，再向左转个弯就到了。

这时候，一组身着警员制服的人从前方的巷子里小跑出来，他们闷声不响地转向玛尔斯广场的方向，背对着担架周围的人。

警队里没人注意到他们身后跟着谁，除了走在最后的年轻警员。他转头朝这边扫了一眼，目光在担架后的男医师那张全副武装的脸上停了片刻。

男医师埋着头，脚步不自然地放慢了。

年轻的警员跟着队伍走了几步，狐疑的目光又转了回来，嘴角挂起颇有深意的笑容。他独自停在路上，等待担架靠近。

“安多里尼，怎么了？”走在警队前头的中年男人回头望过来，所有警员都在等停路中间的安多里尼。

“公事来了，头儿。”他大声回道，话语间已来到担架旁。

抬担架的两个人没有因为警察的巡视而停下，前头的男孩厌烦地瞪视安多里尼，往一侧横走两大步，想避开挡路者继续前进。

“等一下，用不了你们多少时间。”安多里尼伸手拦住男孩。

男孩听不懂意大利语，他毫不示弱地挤开安多里尼，用英语回道：“我的朋友被旧房子上落下的石块砸了脑袋，又犯了哮喘，急着赶到医疗中心去。”

“听着，”安多里尼全身挡在男孩面前，把证件举在男孩能够看清的地方，操起他不熟练的英语，“国际刑警组织授权意大利警局核实每一个形迹可疑者的身份，我现在有权力对你们进行检查。”

“告诉你，我们是有合法身份的美国公民，我朋友的性命安危比你那可笑的授权重要得多，”男孩依旧不退让。但在一众警员的目光围拢过来后，他的气焰就小了许多，最后只是小声嘀咕，“我一定会去投诉你们的。”

“随你的便。”安多里尼讨厌趾高气昂的小毛孩。如果不是处在危急时刻，他一定会好好为难这伙人一番。他先是打量了一眼担架上昏睡的病人，那人脑袋上的绷带缠到了鼻尖，一大摊触目惊心的血迹凝在额角。

“你，把眼镜和口罩摘下来。”安多里尼来到一直站在担架后默不作声的男医师面前。

“我这位同事被浓烟弄伤了眼睛，现在不能……”旁边一头金色卷发，皮肤黝黑的女护理急忙阻止道，安多里尼打断了她的话：“对不起，我只想看看这位先生的容貌。”

安多里尼对三名全球通缉犯印象最深的是那个希腊男青年有一双淡蓝色的眼睛，这名男医师偏偏又戴着一副欲盖弥彰的墨镜，安多里尼很难不对他起疑。

男医师放下担架，求助地看向他的同事——那个卷发护士，他双手不知所措地垂在身侧，不肯摘下眼镜。

“安多里尼，你发现什么了？”中年警官带着疑色走到近前，审视起男医师。

比起赶去增援玛尔斯广场的治安警，这些武装特警更关心的是抓捕全球通缉犯。中年警官的神色也严肃起来，用不容许违抗的口吻说：“先生，你只需要摘下眼镜，我们核对一下就行。”

男医师无奈地耸耸肩，抬起手不情愿地把眼镜摘下。

安多里尼和他的上司没看到料想中的淡蓝色瞳孔，男医师艰难地睁着红肿的眼皮，淡棕色的眼睛不满地与他们对视。

“这……”安多里尼很是尴尬，他又不甘心地道，“你的口罩……”

没等他说完，男医师一把摘下口罩和卫生帽，受伤的嗓子只能发出沙哑的声音道：“你们已经严重影响了我的救援工作，等着去局长办公室领处罚决定书吧。”

男医师面色憔悴，蓬乱的头发盖住了额头，雀斑像胡椒粉一样撒在脸颊上，不可能有如此高超的易容术可以在这么短的时间内把一个人的容貌改变到这个程度。所以，完全能够确定他不是通缉名单照片里的希腊青年。中年警官急忙换上笑脸，连声道歉。

安多里尼又看了看旁边的女护士，从她的肤色以及有些微胖的身形上就能得知她肯定不是那个中国女孩。

“够了吗？你们已经耽搁很多时间了。”等在担架前的男孩不耐烦地叫了起来。

“我代表意大利警方为我们的失误道歉，如果不介意，请用我们的警车送你的朋友去医院。”中年警官诚恳地道。

男医师和男孩都没有耐心听完警官的话，径自往前走了。卷发护士经过警官和安多里尼身边时不无讥讽地道：“如果你们的警车有急救设备，我们不介意在警车上继续接受你们的盘问。”

一行人消失在通往玛尔斯广场的拐弯处。中年警官责备地瞪了安多里尼一眼：“别再让你的疑心和自负坏事儿了。”

特警小队继续向广场进发，安多里尼沮丧地跟在最后。

他们耽误了不少时间，维苏威火山的怒意还没有平息，隆隆声犹如喃喃低语，酝酿着一个伴有巨量岩浆和碎石块的大咆哮。

2

百里停下脚步，停在石道尽头的微光里，杂乱喧闹的声响传进来。不知道外界是哪里，也不知道那儿发生了什么，但至少是有生命的世界，死里逃生者一时间还不敢相信这是真的。

眼前的墙上有一个小开口，大小刚好容得下一张脸，外界的光线透过开口上的竖栅，在百里的脸上留下一片川字形的光斑。他放下挂在肩上的特里斯坦博士，双手握住竖栅用力地摇了摇。

看起来“理想国”没有再给能够解开斐波那契密码的智者留下难题，粗糙的竖栅摸着应该是石质的，只需稍一用力，周围的墙壁就松动了。百里又试着推了推挡在身前的石墙，没想到竟然推出一条长长的裂纹。

他没有犹豫，一脚踹在石墙上，哗啦一声，脆弱的墙壁破了个大窟窿。百里又朝墙上踹了几脚，整面墙轰然倒塌。

外界的嘈杂声在墙倒的瞬间调高了音量，低沉的隆隆声、男人的怒喝、女人的尖叫、汽车发动的引擎响、风的呼啸，一齐在耳膜上交织，百里觉得他的耳朵里第一次装下了这么多声音。

不等尘土散尽，百里抱起特里斯坦穿过他开凿的墙洞，来到外面。

一堵更高的巨墙挡在他们面前，百里抬头望去，发现罩在头顶上的半球形穹顶与火山里的祭坛所在的深洞如出一辙。

眼睛适应了光线，他注意到挡在跟前的不是墙，而是一座方形的石碑，碑顶的弧形边缘距离穹顶的圆形底面还有很远，据此可以想象得出穹顶下的空间有多大。

百里绕过石碑，在他眼前是一座巨大空旷的殿堂。暗弱的天光穿过前殿，透过镂空的窗棂，为这里蒙上一层微弱轻软的细纱，使得这座来自遥远时代的古殿保持着它该有的神秘。

百里的脚在地上生了根，惊叹得他移动不了。

四面高墙笼罩在微光之下，围成一个标准的正方体空间。头顶上，正方形平面的四条等边正好是半球穹顶的圆形底面的切线，四个等腰直角三角形完美地填充了圆与方之间剩余的空白。

不像文艺复兴时期的大教堂，这里找不到一幅壁画或一尊雕像，除了地上的几排石椅外也没有别的摆设，在石墙上直接开凿的窗格是普通的几何图案，似乎多加一笔都会令建造者觉得浪费。站在外面看，古殿的建筑结构只不过是一个半球体垒叠在正方体上，简单得足以叫巴洛克主义①建筑师嗤之

① 巴洛克主义：17世纪起源于意大利的一种建筑和装饰风格，崇尚富丽和复杂之美。

以鼻，可是立身于其中，全身的细胞都能感受到一种苍劲浑厚的美感。剥落的墙壁、残破的地板，甚至布满灰尘的空气都在散发着这种美，仿佛一瓶在创世纪初就开始酿造的葡萄酒，经过亿万年的发酵，这瓶酒最终得以浇洒在这座殿堂之上。

百里深吸了三口气，才告诉自己：在人类社会中，这瓶葡萄酒的名字叫作“数学”。

不管是火山祭坛，还是眼下的殿堂，无一不是建立在坚固的数学根基之上，亘古而来的数学规则在亿万年前是那样，亿万年后还是那样，没有一种文字比数学更适合诠释永恒。

正是这个原因，数学才成为“理想国”最早的信仰源泉。

“理想国”建造了玛尔斯神庙和火山祭坛，用他们的信仰之源当作宣言，正式向全世界宣告：他们回来了。

百里从思绪中回过神来，他很快反应过来，眼下要紧的是，带昏迷中的特里斯坦找到安全的地方。他转过身，准备绕回石碑后。

不经意的，他抬眼看了看石碑正面。

一个刻在碑上的标记，让百里再次愣住了。

依旧是简单至极的线条，组成一支长矛和一个圆盾，矛与盾上下叠在一起，又组成一个符号：“♂”。

象征雄性的符号，火星的天文学符号，同时也是战神玛尔斯的标记，这么说，百里他们是来到了玛尔斯神庙的正殿。

在飞越大西洋的协和式飞机上，百里就把庞贝古城的地图记在脑子里了。地下的工程居然从维苏威火山里直接通到庞贝古城最远的东南角落，这之间至少有十公里的距离，不过百里没有多余的心绪去惊叹地下工程的浩大，他的注意力全放在了石碑的标记上。

自 1885 年挖掘出玛尔斯神庙的那一刻起，考古学家和符号学家就试图揭开石碑上的符号之谜。他们想破了脑袋，最后得出的结论是：同庞贝古城中的朱庇特神庙和阿波罗神庙一样，还处于神话信仰时期的庞贝人建造了这座神庙来祭祀罗马神话中的战神，仅此而已。

历史的答案却远不止于此。百里闭上眼睛，让那座不久前才毁于火山爆发的祭坛回到脑海，祭坛上刻有三头恶犬刻耳柏洛斯的石门也回来了。

他睁开眼，看到火山祭坛里的石门与玛尔斯神庙的石碑合为一体，石门下的门洞与石碑正好契合。

百里恍然大悟，他明白了玛尔斯标记的完整意义。

轰！一声闷响以万钧的力量传来，震颤神庙，这是维苏威火山这次苏醒以来最强劲的咆哮。

穹顶上落下呛人的灰土，百里勉强稳住脚跟才没有跌倒。

维苏威火山的大爆发很快就会把庞贝再次毁灭，要抓紧时间离开这里！百里快速走到特里斯坦身旁，想把他架起来。

可是体力已经完全透支了，特里斯坦沉重的身躯还没有立起来，百里就已撑不住，双腿一软差点儿趴倒。

他把全身快要撕裂的肌肉绷到最紧，勉强半拖起特里斯坦，蹒跚地走向玛尔斯神庙正门。

外界的光线和喧闹一点一点地清晰起来。穿过前殿，百里迈过正门的石槛。

他站在千级阶顶端的宽阔平台上，下意识地眯起双眼，以免太强的天光刺痛瞳孔。带着硫黄和焦炭味的热风猛吹过来，百里身体前倾，与烈风对抗。

光线没有想象中的那么强，他慢慢睁开眼睛。

他也慢慢看清了近在眼前的，毁灭。

失却了阳光的天空里充斥着人间不该有的色泽，火山灰、黑烟和岩浆的火光混杂在一起，仿佛在死尸的皮肤上涂抹了浓墨与污血。黯淡的天空下，庞贝古城依旧是两千年前被同一座火山蹂躏后的模样，残旧的城墙围住一片广场，散落在广场中的石柱是一条条伸向天空的枯瘦手臂，向上天乞求垂怜。在广场上，还有万千个绝望的人，他们扯着嗓子尖叫，争相逃离这片死亡领地，为了活下去甚至不惜踩过他人的血肉身躯。周围的丛林里腾起大火，舞动的火焰冷眼盯着这场毁灭的狂欢。

百里的心被这片末日的画面震碎，他全身发软，连特里斯坦从肩膀上滑落也没有察觉。

文明建立的秩序在广场上崩溃，维苏威火山的每一声怒吼，都把人们往混乱的深渊推进一分。

百里刚刚离开依照数学的美妙规则而建的圣殿，突然面对千级阶下的毁灭之城，翻天覆地的反差感像是一把尖刀，捅进了他的身心，他的胃里一阵剧烈翻腾，胃液顺着食道涌上喉咙，他埋下脑袋吐出不少淡黄色的液体。

全身的力气在这一瞬间被抽空了，他在烈风中飘摇几下，晕倒在特里斯坦身旁。

3

“糟糕!”安多里尼猛地一巴掌拍在额头上，身边的同事讶异地看着他。

“我们被骗了，我们全都被那几只狐狸给骗了。”安多里尼快步绕过队伍走到前头，视线不再受到阻挡，只是在他眼前的石道上早就没了人影。

通缉犯就在一众警员的眼皮子底下溜走了。

“安多里尼，你小子又怎么了?”队长恼火地问道。

安多里尼没有回答上司的问话，他飞奔起来，当先向玛尔斯广场跑去。

担架上的不是什么病号，是用绷带遮住眼睛的通缉犯，他来自希腊，有一双淡蓝色的眼睛！安多里尼的内心在怒吼，这是他职业生涯里最大的失误。

转过弯，玛尔斯广场就在路口尽头。

安多里尼的脚步慢下来，没希望了。

两万名以上的游客聚集在广场上，要在这么乱的人群中找到三个人无异于大海捞针，即使能够动用警方职权逐人排查，身后爆发中的火山也不会让这么多急于逃生的人老老实实地听从安排。

后方的警队赶了过来，现在他们只能在维护人群秩序的过程中试着碰碰运气了。

是的，可以下定论说秦澜的计谋成功了。

在第 32 号便捷医疗室里，她和笛卡尔换上医师服的时候，绝不敢相信能在二十分钟后顺利通过警方的搜查。

他们正准备离开，门上传来“梆梆”的敲门声。

难道警方这么快就发现他们了？秦澜和笛卡尔紧张地对视一眼。

敲门声很急，秦澜硬着头皮拉开医疗室的门，只见三个逃难的游客站在门前，年龄都不超过十九岁，左边那个全身嘻哈服饰的男孩收回敲门的手。

秦澜一眼就认出他们来了，是路上遇到的那三个走错路的年轻人。

“帮帮我们，”右边黑皮肤的女孩面色焦急地说，她有一头引人注目的金色卷发，戴着棒球帽和茶色眼镜，说一口美国东部口音的英语，“我们误闯进了树林，汤姆的眼睛被林子里的浓烟熏伤了，我们折回来好不容易才找到医疗室。”

秦澜看了看站在后面那个名叫汤姆的男孩，他受伤的眼睛肿得跟核桃一样大。

笛卡尔也来到门口，听了卷发女孩的恳求，面有难色地道：“很抱歉，我们不是……”

“先进来上点药，”秦澜侧过身挡住笛卡尔，打断他的话，“可是要想保住他的眼睛，得把他送到医疗中心去才行。”

三个年轻人快步走进一片狼藉的便捷医疗室，在药柜里找寻缓解眼伤的药。

“你准备干什么？”笛卡尔对秦澜怒目而视，责怪她不该耽搁时间。

“他们能帮助我们躲过警方的追捕。”秦澜眨眨眼睛，转身走到药柜前帮着找药。

“医生，我们的意大利语不算好。”卷发女孩面朝一排药瓶发愁，这些外用药只在统一说明书上才有英文释义。

秦澜弓着腰扫过一瓶瓶药，搭讪似的问道：“你们是第一次来意大利？”

“是的。”女孩随口回答。她捡起一盒腹泻药，吃力地读着包装上的字母。

秦澜从柜子里抽出一小盒药膏，递给女孩：“用这个。”

“谢谢。”女孩接过药膏就走回汤姆身旁，用手指把药膏涂抹在他的眼睛周围。

远处的火山发出一阵阵低吼，医疗室的玻璃被震得嗒嗒响，年轻人们的神色更加慌乱了。在汤姆的眼睛上涂完药后，他们急着赶快离开。

秦澜又取下两盒药膏，递给女孩，说：“多备几份，在医疗中心这玩意儿挺贵的。”

“什么，那地方不会给受灾游客提供免费医疗？”说话的是嘻哈男孩。

“在意大利，医疗福利只向灾难中的本国公民提供，当然啦，如果你们有旅游保险那就不用担心了。”秦澜露出“你们怎么连这个都不知道”的表情。

其实，秦澜对意大利的医疗制度并不了解，她只能铤而走险，看能不能唬住这三个初次来意大利的美国孩子，这一步对她的计划至关重要。

三个年轻人来回交换着眼神，最后由女孩嗫嚅地说：“我们是背着学校和家里偷跑出来玩的，我们没有钱买那个什么保险。”

他们站在门前，求助的眼神在秦澜和笛卡尔身上游移。

看样子，他们是相信了。秦澜的心放下一半，她捂着下巴说：“这下就难办了，一千欧元毕竟不是小数目，而且谁知道这么多受伤的人他们会不会涨价呢？”

“可是我们没有那么多。”嘻哈男孩把裤兜全掏出来，他手里只有几十块钱的现钞。

“这样吧，帮我们个忙，我们会付给你们三千欧元。”秦澜转向笛卡尔，“把你的银行卡给我。”

笛卡尔猜不透秦澜的葫芦里卖的什么药，但还是不情愿地把银行卡掏出来递给她。

“你得还我。”笛卡尔小声嘀咕。

“谢谢，我会让‘亲爱的老途’给你报账的。”秦澜白了他一眼，接过银行卡，在年轻人们的眼前晃了晃。

“等一等，不会是要我们做什么违法的事情吧？”卷发女孩警惕地说。

“我们只是需要你们替我俩打个掩护，”秦澜指指笛卡尔和自己，“没遇上警察，三千欧元就当白送给你们，如果遇上了，你们就得想办法把我们带出去。”

“你们是通缉犯？”女孩朝门外后退两步，脑袋里冒出《沉默的羔羊》里的情节。她在想眼前这两人会不会很危险，该怎么向警方举报这里藏着罪犯。

“我们是……”秦澜一时语塞，她不知道怎么说动这三个孩子，如果选择道出实情，光是解释的时间就足够维苏威火山把这里夷平了。

“我们是FBI特工，在欧洲执行秘密任务，”这时，笛卡尔站了出来，他编造了一个在秦澜看来几乎是天方夜谭的可笑谎言，“因为遭到陷害，现在全欧洲的警方都在抓捕我们，所以我们得想办法回到美国。”

听了这话，就连快要睁不开眼的汤姆都抽搐着嘴角做出轻蔑的表情，直到他们看清了笛卡尔拿在手里的黑色封皮证件，笛卡尔的脸在证件照里对他们微笑。

“你们知道的，我们不能向你们透露更多信息了。”笛卡尔把证件收回怀里，诚恳地道，“但我们真的需要帮助。”

年轻人们的脸上立即露出兴奋的表情，他们想不到有朝一日能在现实中碰上《伯恩的身份》里才会有的情节，嘻哈男孩最先靠过来：“告诉我们，该怎么做？”

笛卡尔转过头，拍拍秦澜的肩膀。她回过神，对笛卡尔投去的目光像是在打量一个从来不认识的陌生人。

“你怎么会有特工的证件？”三个年轻人在换装，秦澜给笛卡尔的头上缠绷带时，小声地问。

“我干的工作你又不是不知道。”笛卡尔淡淡地回答，“准备些特别的证件总有用处。”

秦澜若有所思地点点头。

“那么，你为什么确定这三个毛孩子能帮我们？”笛卡尔回问道。

“他们是南加大电影艺术学院①的大学生。”秦澜说着低头看了看刚换好的衣服前襟上那枚钢质徽章，上面的SCA三个大写字母映照出头顶上布满烟尘的天空。她忘了笛卡尔的眼睛被绷带遮住，看不到这枚校徽。

---

① 南加州大学电影艺术学院（SCA）：美国最好的电影学院之一，培养出了乔治·卢卡斯、斯蒂芬·斯皮尔伯格等众多电影大师。

第 14 章

黄金分割

1

无边的夜色，空灵的海涛声。

夜色中的海面上下起伏，一朵朵泛着白沫的微浪把视线的焦距打乱。百里面朝海底，他看见在深海中，那个男人苍白的身躯渐渐下沉，直至被黑暗的海水淹没。

以往这个梦到这里就会结束，可是这一次，潜意识没有叫醒百里，他好像知道这个梦增加了后续的内容。

百里继续被束缚在噩梦里，他眼睁睁地看着男人消失的地方，不知梦里的时间过了多久。

骤然间，海下的黑暗出现了一条裂缝，犹如圣安地列斯断层一样延伸，裂缝中间又透出一缕缕红光，黑暗的帷幕被揭开了。

这场梦是一出荒诞剧，海水里莫名其妙地出现了正在爆发中的维苏威火山，火山脚下的庞贝古城已是一片火海……

比恒星还沉重的眼皮终于睁开了，模糊的视野中能看见锈迹斑斑的天花板，中间有一盏昏暗的顶灯；耳朵里也有了细微的声响，远处的海浪声不比梦里的清晰，隐约中还有雨点敲打在铁皮上的滴答声。两个人在旁边低声交谈，说的都是英语，听音色其中肯定有一个嗓音低哑的女性。

大脑与四肢的连接逐渐启动，缠着绷带的手指上有了知觉，百里摸了摸胸口，感觉到有一层布料粗糙的薄毯盖在身上。

然而没到十秒钟，他就有点责怪自己干吗要醒过来——全身上下的每一块肌肉都疼得像是在燃烧，左膝盖上更是传来阵阵尖锐的痛楚。百里想摸摸膝盖骨有没有碎，可是他再挪动一根手指都难。

到了这时，他才反应过来自己曾经居然是用伤了一条腿的身体，架住一个比自己重了足足三十磅的成年男人逃离一座暴跳如雷的火山的，每个人都会把这称为“成就”。百里真该感谢平时的游泳和攀岩训练，让他的身体没有想象中的那么羸弱。

他吃力地侧过脑袋，眼睛的焦点放在窗边的两个人影上，他们正在小声争执着什么。

“谁知道他什么时候能醒来，”一个男声在说，“如果七天时限过去了，他还没有醒，那剩下的三个学者怎么办？”

“你需要冷静，笛卡尔，没有百里先生告诉我们他在火山里的经历，我们什么都做不了。”低哑的女声说。

男声却不退让：“我相信所有线索都集中在莫先琳凶杀案上。”

一声冷笑后，那个女性做了个摊开双手的动作：“好吧，你还能从那起案件上推导出什么来？”

男声停顿了一下，然后从鼻子里重重地出了一口气。

“秦澜说得对。”百里极力从干涩的嗓子里挤出几个字。

窗户旁的秦澜和笛卡尔惊讶地看向床头，百里偏着脑袋，费力地对他们微笑。

“嘿！伙计，你居然这么快就醒了。”笛卡尔笑着冲到床边，低头凑近百里的眼睛，似乎还不确定他是不是真的恢复了神志。

百里用软绵绵的手臂支起上半身，目光在狭小的房间里环顾一周，他看到地板与墙壁都跟天花板一样是铁皮面的，布满锈迹，一张破渔网和几只水桶堆放在角落。除此之外，就是固定在地板上，既能当桌子又能当长凳的矮台，以及百里躺着的小铁床。

“我们在爱琴海上的一条渔船里，”秦澜走过来，她读出了百里目光中的疑问，“是弗兰姆他们的船，现在停在克里特岛①附近。”

百里想咽下一口唾沫，却发觉嘴里干得难受，秦澜递来一杯温开水，百里接过来把半杯水浇洒在快要着火的嗓子上，不顾粘在水杯底的鱼鳞。

“百里，你在火山里发现了……”笛卡尔不等他喝完水就抢着问。

百里慢慢抬起一只手示意他停止，要告诉笛卡尔和秦澜的东西太多太复杂，不如先让他们解答自己的一些小小的问题，比如说——

“现在是什么时候？”百里的手表还在秦澜那里。

“加州时间是 5 月 22 号 14 点 46 分。”秦澜把手表从口袋里拿出来，交

① 克里特岛：希腊最大的岛屿，位于爱琴海南部。

给百里。

“希腊时间已经到了零点46分，要命的时差，我都快昏头了，这不该是睡觉的时间吗？”笛卡尔接着说，他也想到待会儿百里要说的信息不会少，便按捺住急切的心情。

加州还是5月22号，看来距他们从庞贝古城死里逃生没过多久。百里暗暗吁了一口气，他生怕在玛尔斯神庙前一昏就昏睡一个月，那样的话一切都晚了。

“特里斯坦博士呢？”百里又问。

“在旁边的舱房，我们雇了船上的水手照顾他。”笛卡尔向身后指了指，“我们把你俩从医院折腾到这里来，他都没醒过哪怕一秒钟，我有点怀疑他是不是脑死亡了。”

“不会的，他只是被冻晕了。”百里摇摇头说。在祭坛上可是特里斯坦提醒他逃生暗道的入口所在的，所以百里并不担心他的脑子。

“在火山里，被冻晕了？”笛卡尔认为这个说法有些莫名其妙。

“我们是怎么从庞贝转移到这里来的？”百里不答反问，他还不知道他们被意大利警方围追堵截的情况。

“我来告诉你一个糟糕的消息。”一直在沉默中的秦澜说，“我们被ICPO① 列为全球通缉犯了，你们那个什么心灵会真是神通广大，能让向来保持中立的国际刑警组织把我们提到全球通缉的等级。”

接着，她把庞贝古城里的遭遇简略地对百里说了说。

在三个学电影的大学生的掩护下，他们顺利摆脱了难缠的意大利警察，急匆匆地赶到玛尔斯广场，能听见安全门的外侧传来油气切割机的声响，不得已的意大利警方只能调用切割机来开门。三个大学生急着兑取该付给他们的报酬，拿到银行卡和密码后，他们就跑开了。

“那张卡里可不止三千欧元。”笛卡尔抢着说。

秦澜没有理他，继续说：“我们混在人群里，警方很难找到我们，后来，维护秩序的警员多了起来。为了避开他们，我们转移到玛尔斯神庙前的千级阶附近，那儿的人最多，我也是在那儿注意到千级阶顶上有人昏倒，从远处

① ICPO：International Criminal Police Organization，国际刑警组织。

看身形、相貌都很像你。”

“很像我？”百里笑了一下，“你们先前是不是认为我已经死在火山里了？”

秦澜不好意思地点点头：“所以看到你又出现在千级阶上，我们都不敢确定。笛卡尔当时很想上去看看，我把他拉住了。”

一大批警员都在广场上守着，笛卡尔走上石阶无疑会把自己暴露在他们眼下。百里赞同秦澜的做法。

“最后终于打开了安全门，人群全都向古城外拥去，那些警员没空顾及别的事，我们就趁这个时候爬到千级阶顶上。看到你还活着，我和笛卡尔高兴得差点儿叫出来。”说到这里，秦澜的黑眼珠里还透出喜悦的光彩。

“我才不像你那么沉不住气呢，我早就知道百里先生不会死的。”笛卡尔在一旁耸着肩膀，让自己显得稳重些。

百里很感激这两个同伴，他又问道：“那时候我和特里斯坦博士不省人事，你俩是怎么带着我们逃出来的？”

笛卡尔露出得意的表情，他往身后的矮台一指，上面放了两件挂满污渍的衣服，是白色的医师服。“游客大多往外走，医疗中心的救援人员根本进不来，最后他们只能做出一直不愿做的决定——破坏古迹，就是把一截古城墙撞塌来打开一条救援通道。他们很快就找到了我们，那两件医师服让他们以为我们是困在古城里救人的同事，所以你和博士是最早被搬上救护车的伤员，下午 4 点你们就躺在那不勒斯的医疗中心里了。”

“我们去了医疗中心？”百里不无诧异地疑问道，“那又是怎么找到弗兰姆的？”

笛卡尔低头推了推秦澜的肩，脸上挂着暧昧的笑意。

秦澜长叹口气，说：“那个阿里斯，你记得吗？在鲨鱼号飞机上老是来烦我的那个，昨晚在飞机上，他趁我睡着时往我的衣兜里塞了张纸条，上面写有他的电话号码。”

“还有西尔维娅①的情诗。”笛卡尔嬉笑着补了一句。

秦澜给了笛卡尔一拳，急着把话题从情诗上绕开，说：“通过那个电话，

① 西尔维娅·戴：美国著名情色小说作家。

我们找到了送我们到意大利的那伙人。医疗中心里乱糟糟的，全是在火山爆发中受伤的病号，把你们偷偷转移出来并不难。”

听到“火山爆发”，百里眼前闪过一道黑光，他又看到死尸般的天空，濒临毁灭的庞贝古城，人群在城中尖叫，死伤者遍地。

“维苏威火山那边怎么样了？”百里问道。

刚刚才稍微轻松起来的气氛再次凝重下去，秦澜和笛卡尔又交换了一个不安的眼神，两人都沉默不语。雨点敲打在甲板上的脆响与起起伏伏的海浪声像是某一场悲剧的旁白。

“说吧，都告诉我。”百里在铁床上坐正。

“听听这个你就知道了。”笛卡尔打开身旁的旧收音机。

收音机里传出意大利广播公司循环播报的实时新闻：“维苏威火山大爆发于今日22时趋于平静，截至发稿前，这场持续了将近四个小时的火山爆发已造成189人死亡，1860人受伤，另有31人下落不明。另外，火山附近的名胜古迹庞贝古城在灾难中遭到严重破坏，古城遗址区有一半已被火山灰覆盖，被岩浆和碎石毁坏处更是难以统计。火山灰正向罗马和米兰方向飘散，本台提醒各位市民务必关好门窗，不要外出，吸入火山灰会对人体呼吸系统造成极大的伤害……”

秦澜关掉收音机，垂着嘴角望向百里，她看到了一双燃着怒火的漆黑瞳孔。

先知做到了，他一步一步地引导自己的对手亲历一场毁灭。百里不知道他，或者说他们这么做的目的是什么，可是代价却是明明白白的，这场对决将带来灾难，维苏威火山的爆发不过只是毁灭的开场戏而已。

秦澜轻声咳了咳，说出她压抑在心里已久的问题：“百里先生，你在火山里经历了什么？”

“我发现了一座祭坛，就是在祭坛上找到特里斯坦博士的。”百里站起身，仿佛听见腿上酸疼的肌肉在大声抗议，负伤的左腿刚一着地，剧痛立马让他打了个踉跄，笛卡尔伸手扶住他。

“你，应该休息。”笛卡尔支吾着说，他的语调却暴露了他现在更关心的不是百里休息的事。

火山里有祭坛？笛卡尔心里的疑问在他说话之前就冒出来了，他转头去看秦澜，在她脸上也发现了不敢相信的神色。

“其他失踪者呢？”秦澜直截了当地问道。现在不是伪装好意的时候，况且百里也不需要任何人的关切。

“我们之前想得太简单了，”百里扶住矮台，待痛感缓和，“先知不是把莫先琳教授之外的四个学者都藏在一个地方，而是把他们分别放在地球上的四个角落。这四个藏匿点，都与毁灭有关。”

秦澜和笛卡尔同时怔住了，按照百里的说法，他们必须得在七天之内找到并赶到四个可能相距几万公里的地方，从中救出被绑架的学者。先知给他们设下的是一个不可能完成的对决。

“当然，还有别的收获，”百里慢步走到窗前，面对黑茫茫的窗外，“我可以确定先知是什么人了。”

两个聆听者没有说话，连大气都不敢出一口，只静静地等待下文。

2

加州时间 5 月 22 日 14 点，马林县，赫宁庄园。

教士总会大楼前的草坪上竖有一块小石碑，上面刻了一个德语词汇，“Eckpfeiler der”，译过来是“基石”的意思。比起其他部门的办公大楼，基石殿显得低调质朴，看起来与巴黎街头的普通教堂没有多大区别。不过，就是这么一幢普遍的三层建筑，却是整个塞勒涅心灵会的运转核心，会长办公室、教士议会厅以及机密档案馆全在此处。人们把基石殿比作心灵会的大脑，如果基石殿宣布罢工——当然，这只可能是“如果”——全世界的心灵会机构都会瘫痪。

与一些组织的决策总部不同，在基石殿里看不到繁忙拥挤的工作区域，非司长以上级别的成员在没有授权的情况下是禁止进入基石殿的，因而这里常是空无一人。

让·巴蒂斯昂抹了一把额头上的汗珠，袖口上顿时出现一片湿痕，他快步走过前厅，走过一道又一道厚重的栎木门，越来越急的脚步踩碎了寂静的空气。

自从三年前第一次迈过基石殿正门的黑色“荆棘线”开始，巴蒂斯昂每次行走在这里都是带着一种朝圣的心情。基石殿内的每一道门后都有可能藏着惊人的秘密，随便从这些秘密中挑出一个来都足以困扰人类几个世纪。但是，这一次，紧急的消息让安全部部长忘了他是在心灵会的大脑里，最后他停步在长廊尽头的木门前，气还没喘匀就急着推开了门。

“找到他们了。”巴蒂斯昂对着会长办公室粗声粗气地道。

“你应该先敲门，部长。”道格·阿利多斯从会长办公桌上的档案里抬起眼睛，不满地说。

“是的，教士，”巴蒂斯昂感到尴尬，只能快速吐出他要汇报的情况，“找到百里途他们了，在意大利。”

“意大利？”道格眯起一只眼睛，当他觉得不可思议时都是这副表情，“百里途昨天下午还在加利福尼亚，现在就已经逃到了意大利？”

“事实上，举报人是在当地时间下午4点左右看到他们的，同行的还有那个斯坦福大学的姑娘。”

“意大利和我们这儿的时差是多少？”道格问道。

“比我们早了九个小时，”巴蒂斯昂回答道，“按加州时间算，他们到达意大利应该是今天早晨7点甚至更早。”

道格差点笑出声来：“你是想告诉我，他们几个在全球通缉名单上，还只用了一个凌晨就从美国西海岸跑到了地中海，难道火箭已经成为民用交通工具了？”

巴蒂斯昂双手摊在身前，急切道：“我也不知道这是怎么做到的，可是ICPO给我的消息不会有假，等他们的详细报告传到了，我会叫丹皮尔送一份过来。”

“好好好，”道格表示暂且相信，“他们去了意大利什么地方？”

“他们去了那不勒斯市郊的维苏威火山，在意大利警方开始实施抓捕行动后，他们又逃到了那附近的庞贝古城遗址，最后从古城里逃脱，现已不知去向。”

“维苏威火山？庞贝古城？”道格困惑不解地问，“他们去那里干什么？”

“不知道，他们去欧洲不像是为了逃跑。先去斯坦福，再到那不勒斯，无论怎么看，他们都没有一点隐藏行踪的意图，只是可惜……”巴蒂斯昂欲言又止。

“你想说什么？”道格睁开刚才眯起的眼睛。

“ICPO 传来的简报上说，”巴蒂斯昂确定了道格的意思才继续道，“那三个人中的一个进入维苏威火山口就一直没有出来，逃走的是另外两人，后来维苏威火山就爆发了。”

道格想起午饭时瞟到的即时新闻，维苏威火山大爆发是全世界都在关注的头条，蓦然有一团冰在他的身体里凝结，他急忙问道：“进火山的那个人是谁？”

“是，百里途。”巴蒂斯昂垂着眼睛，不愿去与道格对视。

“百里途，死了？”道格木然地推导出这个显而易见的结论。他全身冰凉，深陷在座椅里，意识像是从头顶钻出来，飘浮在半空中，想抬起手示意巴蒂斯昂先退出去都没有了力气。

“道格·阿利多斯，瞧瞧你都做了什么好事，百里途死了，这个绝对不能死的催眠师死了，在你就任代理会长期间。”

巴蒂斯昂没有看出道格处于神志不清的糟糕状态，仍公事公办地说：“另外，追捕行动组的负责人托我向您请示，对剩下两个被通缉者的抓捕行动是否可以取消安全令。”

道格虚弱地点点头，他没有听清巴蒂斯昂在说什么，此时他只想独自安静一会儿。

巴蒂斯昂得到了答复，只回了一句“好”就返身走出门去。关门时，他的动作很轻。

3

夜色沉沉，雨点敲打在甲板和舷窗上，低如游吟诗人的轻唱，伴着连绵起伏的海浪声，对渔船上的水手来说，这是最好的安眠曲。

有二十个小时没闭眼了，秦澜与笛卡尔却丝毫没有睡意，两人盯着窗前的催眠师，认真地听着他嘴里吐出的每一个词。

“从永恒到毁灭的反差对心灵的冲击太过强烈，我没有足够的抵御能力，就在玛尔斯神庙前昏倒了，幸好最后你们发现了我。”百里平静地讲完他在维苏威火山里的经历，整个过程不到半个小时。他像是在报告一个事件，只求最大限度的精确与完整，他着意保持的平稳语调让那些本来惊心动魄的瞬间失去不少故事色彩。

饶是如此，两个听众还是被这段冒险深深吸引住了。在百里踏上通往火山祭坛暗道的那一刻，一幅巨大且诡秘的画卷就解开了封绳，沿两千年的时空徐徐铺展。通过听百里的讲述，他们才得以窥视到巨画的一角。

操纵活动巨石的机械，岩壁上的斐波那契数列，祭祀死亡的祭坛，玛尔斯标记的意义……疑问多到让人不知道应该先问什么。

“你们没有什么要问的吗？”反倒是百里先提出来，他抬起手指点了点秦澜和笛卡尔，要他们注意，“火山祭坛里的所有谜团都指向我的下一个推论：我们的对手是谁？”

“我想知道，”笛卡尔率先说，“火山爆发的时候，你是怎么找到打开环形石板的机关的？”

百里马上回答：“斐波那契数列就是钥匙。”

“我还是不明白，能说得详细点吗？”笛卡尔回头看向秦澜，在她脸上看到一抹笑意。

“黄金分割。”她提示道。

笛卡尔露出恍然大悟的神色。

古希腊数学家欧多克索斯在公元前 4 世纪提出了黄金分割比例，一百年后，欧几里得把黄金分割理论记载在了他的《几何原本》当中。黄金分割比例并不复杂，即把一条线段分成两段，较长一段与整条线段之比等于较短一段与较长一段之比，或者把一个整体分割成两个部分，较大的部分与整体之比等于较小部分与较大部分之比。这个比值是一个无理数，约等于 0.61803，用希腊字母 Φ[①] 表示。在数学和美学上，黄金比例是最具美感的比例值，无数艺术家、音乐家和建筑大师都是它的拥趸。到了中世纪，人们把这个比例称为

① Φ：读作轻音的“fu”。

“神圣比”，认为这个神秘的无限不循环小数是上帝钟爱的数字。

黄金分割比例在人类文明史上随处可见，金字塔、巴黎圣母院、巴特农神庙、埃菲尔铁塔、玛尔斯神庙都是遵循黄金比例而建造的杰作；米开朗琪罗、达·芬奇、丢勒、巴赫、达利、罗丹都是善于运用黄金比例的高手。“米诺斯的维纳斯”雕像全身比例的美感引人惊叹，原因就在于雕像的腿长与全身的长度之比符合 0.61803 的黄金分割比。

“斐波那契数列与黄金分割比例的联系是浑然天成的，”秦澜接着说，“在这个数列中，随着项数趋近于无限大，前一项与后一项的比值会无限接近于 Φ，所以斐波那契数列又叫黄金分割数列。”

“这么说，在石门立柱上……”笛卡尔的目光转向百里。

“没错，”百里仗义颔首道，“我就是找到了门柱的黄金分割点，机关就在黄金分割点上。”

特里斯坦博士被困在火山祭坛那么久都没有找到打开逃生通道的机关，百里却能在万分紧急的关头破解斐波那契数列与黄金分割的密码，这等思维能力让秦澜和笛卡尔暗自惊叹。

百里仿佛看穿了他们的心思，露出自嘲的笑：“其实，这次脱险全是靠运气，如果先前我没有先入为主地怀疑先知跟‘理想国’有关系，说什么也不可能解开黄金分割的疑团。”

笛卡尔和秦澜带着惊异的神色再次面面相觑，他们都意识到，百里要告诉他们的重要内容来了，然而他们一时间也拿不准“理想国”到底是个什么样的存在。

“你不会在说柏拉图的著作吧？还是那个据说是起源于沉没大陆的神秘学院？”秦澜不确定地问道。记载“理想国”的史料文献虽然不能说丰富，而且绝大多数都是由塞勒涅心灵会收藏，但是心灵会以外的历史学家对这个神秘学院多少有所耳闻，研究历史的秦澜定然曾听说过。

百里摇了一下头，说：“著作和学院都是蒙在‘理想国’头上的面纱，我想告诉你们的是面纱下的神秘组织。”

笼罩着大海的夜色中忽然闪过一道亮光，接着传来沉闷的雷声，压抑的空气中似乎隐藏了一双锐利的眼睛，划破遥远的时间，看到了这里。

第 15 章

理想国

1

塞勒涅心灵会的六边形会徽正中是一片植物叶片，第一次见到会徽的人会说那是梧桐叶或者枫叶，实际上，赫宁·塞勒涅教授选择的是曼陀罗的叶子作为会徽图案。跟“涅槃”一样，曼陀罗在佛教里也有更深层的意义。有人就此认为提出“涅槃”理论并创立心灵会的赫宁·塞勒涅是个虔诚的佛教徒，然而事实是19世纪的催眠师会选用曼陀罗叶作为辅助催眠的安神剂，塞勒涅教授只是用会徽符号凝固了一段历史而已。

除了叶片外，会徽还有其他内容：曼陀罗叶的脉络交织纠缠，在其中构成一只眼睛的形状，眼睛里没有瞳孔，而是一副象征弦月的牛角。作为夜空里最亮的天体，月亮崇拜从远古时期延续到今天，北极圈的爱斯基摩人相信新月代表着新生，印度人把月神作为收获之神，古巴比伦人的生殖崇拜跟他们的月亮女神伊什塔尔联系在一起。弗洛伊德分析过，人们之所以崇拜月亮，是因为它从有到无，又从无到有的反复变化是生死轮回的象征。

“我心里没有月亮，只有一团迷雾。”

教士议会厅里，一脸倦容的道格·阿利多斯站在书橱前，硕大的六边形会徽镶在书橱中间，他的右手食指贴着会徽的边，沿顺时针方向数到第四个角，触碰到角上的凸出。

会徽里的牛角闪了一道绿光，伴着一声轻响，书橱往两边退去，现出一条通往地下的幽深阶梯。

道格拖着疲惫的脚步踏上第一级阶梯，向下缓慢地走了七十三级，停在地下长廊前。

挂在墙上的几盏小灯是这里所有光亮的来源，在昏沉的光线里可以看清长廊的一侧是十三道紧闭的钢质安全门；另一侧挂有几幅人物的全身或半身肖像画，微闪的灯光下，为“涅槃”事业做出杰出贡献的心理学者仿佛在画框里眨着眼睛。

道格在一扇门前停住，冷硬的金属上反射出的灯光异常冰冷。道格抬起左手，放在安全门正中的指纹锁上。

五根手指的指纹依次确认，指纹锁上方的第一颗指示灯亮起，说明通过了指纹验证。道格又把两只眼睛靠近门页正中的小孔，一层绿色的光线从小孔中放射出来，扫过他的瞳孔，第二颗灯随即亮起，安全门边缘发出“嗤”的声响，一股气流扫过纤尘不染的地板。

基石殿的地下藏馆是最高机密档案存放地，它有一个吸引人的名字——图坦卡蒙谷地。那位英年早逝的埃及法老在他的陵墓里放满了珍宝，同样的，基石殿的地下也藏宝无数。

秘密，是最大的宝藏。

从理论部升入教士总会后道格就不怎么来这里了，如果不是百里途身亡的消息，他现在也不会来。或许死亡总是有一种不可言说的力量吧，能让固执的道格改变他的想法，他决定来查查关于那个古代神秘学院的资料，即使在一天之前，他还对所谓的“神秘学院归来”的说法嗤之以鼻。

推开沉重的安全门，走进如大型音乐厅一般宽阔的文物藏馆，柔和的光线从头顶倾泻而下。这里没有灯，整面天花板就是一块覆盖全馆的发光体。

出于保存古文物的需要，馆内温度设置在五摄氏度以下。道格打了个哆嗦，他往右快走几步，进入墙角的单室，在里面披上阅览古卷时必需的无尘服，过了好一会儿才适应室内的低温。

在计算机检索系统里找到那些资料的存放区域，道格走出单室，往角落走去。

百里途不惜付出生命的代价进入维苏威火山，他究竟要找寻什么？还是为了证明那可笑的警示？为了让世人相信那个消失了几千年的学院回来了？

道格沉思着走到了目的区域，目光转向身侧的钢架，与神秘学院有关的古卷原本和古董文物就存放在架子上的恒温箱里。

关于那个神秘学院的第一手史料大都收藏于塞勒涅心灵会，这些古物有的直接产生于神秘学院内部，也有的是后世历史学者的著作原稿，其中最为重要的是学院成员名单，代表哲学王权威的石戒和铭刻了学院法典的“歌珊石板”。

道格只往距离最近的恒温箱内看了一眼，瞬时，愕然的表情聚在他的脸上。他又慌忙地看向旁边的几只小箱，错愕之色越来越深。在检查过这片区域的五十六个恒温箱后，道格脸上的惊色里又多了几丝惶恐。

关于神秘学院“理想国”的古物全都消失了。

2

“要把‘理想国’说明白，我们得谈到很多涉及哲学的内容，因为‘理想国’的历史，几乎就是一部人类文明的哲学史。”百里开始讲了，对于他们的对手，追本溯源的时间是必须花的。

在人类文明的婴儿期，始终有一个疑题困惑着最早的那些智者，这个疑题也催生了人类的第一批哲学家，那就是：这个世界的“本源”是什么？

从古希腊到古中国，再从古中国到古印度，智者们都相信宇宙中的万物都处于变化之中，但一定有一种存在是永恒不变的。这种绝对存在是宇宙的本源，世间万物都来自本源，最后也会回归到本源中去。围绕这样的信念，智者们开始试着找寻并定义本源：中国春秋时期的老子以不可言说的“道”来命名本源，恒河畔的释迦牟尼认为本源即“如来藏”，而第一个有文字记载的哲学家——米利都学派的泰勒斯则相信宇宙本源是水，西西里岛的恩培多克勒把水、火、气、土四种元素列在他的本源理论中……对本源的探索给人类文明带来一场跨越时间和空间的百家争鸣，关于本源的哲学思考也被称为“自然哲学”①。公元前6世纪，一个名为毕达哥拉斯的古希腊数学家站出来提出他的自然哲学理论——万物皆“数”。

“毕达哥拉斯？”笛卡尔插嘴道，“就是那个发现了勾股定理的哥儿们？”

“事实上，最早发现勾股定理的是迦勒底人和中国人，毕达哥拉斯只是证明了它，”秦澜不喜欢自己听得兴致正浓的话题被打断，她不悦地说，“我该为你的数学造诣鼓掌、欢呼吗？”

百里轻声笑笑，接着说：“毕达哥拉斯的故乡是爱琴海上的萨摩斯岛，他年轻时因为提出新异的神学观点而被当地人赶出希腊城邦。这之后的三十

---

① 自然哲学的影响力一直延续到19世纪末，牛顿的代表著作就命名为《自然哲学的数学原理》，他在此书中提出了经典的“牛顿三大定律”。

年，他游历了古埃及和古巴比伦，据说还到过古印度。旅行中，他接触到各个文明古国的智慧，同时也把古希腊的文明光辉带到这些地方，旅行俨然成了一趟游学。到最后毕达哥拉斯定居在克罗托内[①]时，他与他的众多追随者建立了西方历史上极具影响力的‘毕达哥拉斯学派’。

“不同于其他只探讨学术的松散流派，毕达哥拉斯学派是一个组织严密的团体，要加入毕达哥拉斯学派得经过一系列神圣的仪式，学派门徒也要严格遵守派内的戒律，对毕达哥拉斯和他提出的‘万物皆数’‘纯净灵魂’要保持虔诚的信仰。”

“我怎么觉得这像是一个教派？”笛卡尔不管秦澜会不会不高兴，再次打断百里的话。”

“你说得没错，毕达哥拉斯学派的确是一个宗教性的学术团体，甚至可以说在这个学派身上有政教合一的影子，”百里说道，“在入派的秘密仪式上，他们会要求新的门徒必须完成灵魂的净化；他们有一些看起来不可理喻的教规，比如最有名的‘禁食豆子’；学派内所有门徒的目标是通过对几何与数字的思索来让纯净的灵魂脱离肉体的束缚，回到本源中去，这也是他们的教义。怎么样，听起来是不是觉得跟一些追求灵魂苦修的教派很像？”

“我越听越糊涂，这不是一个研究数学和自然哲学的学术流派吗？怎么又成了宗教派别？”笛卡尔嚷起来，“再说，他们崇拜的神是什么？勾股定理吗？”

闷雷频起，雨点声渐响，海风推摇着渔船。笛卡尔压抑住鼻间的呼吸声，他急于想知道这个遥远的历史谜团的答案，静默的每一秒都让他急不可耐。

“我不知道，”没想到百里摊开双手，诚实地说，“没有史料可以研究，我不知道为什么毕达哥拉斯在思考万物本源的过程中会产生‘纯净灵魂’的观念，我也不知道他为什么会把毕生追索的数学当作寻求灵魂回归的工具。”

“我想我可以解答你后一个问题，”秦澜接着说，“笛卡尔，你一定是认为宗教的根基是对神灵的崇拜，但宗教学学家可以告诉你，无论过去还是现

① 克罗托内（Crotone）：位于意大利南部，爱奥尼亚海沿岸的重要城市。

在，没有神灵崇拜表现的宗教是一直存在的，如密苏里的印第安部族和澳大利亚的原住民，他们虽不崇拜任何神，但有明显的宗教痕迹。”

“那他们崇拜什么？”笛卡尔追问道。

“天空、星辰、大地、岩石、河流、人，都是他们崇拜和信仰的对象，”秦澜笑着说，“你可能还真说对了，毕达哥拉斯学派崇拜的真是勾股定理也说不定。”

“好吧，”笛卡尔看起来还不是很信服，他的目光转向百里，“对不起，请继续讲毕达哥拉斯吧。”

3

百里迎着笛卡尔的目光，想在那双淡蓝色的眼睛里找出什么，最后却失败了，笛卡尔的眼睛里除了焦灼和歉意什么也没有。

“再往下，就到了‘万物皆数’这个信念，”百里回过头把视线收回来，“毕达哥拉斯和他的门徒坚信，‘数’是宇宙的本源，宇宙间的事物都包含着数，都能用确定的数来分解、用数学来解释。毕达哥拉斯把数细分为奇数、偶数、质数、平方数、三角数和五角数，又论证了数字与几何图形的关系。在他眼中，数既能反映多与少，又能表现出具体的图形，造物主就是用数与数的规律来打造整个宇宙的，没有什么比数更适合做本源的了。

“‘万物皆数’的信念是毕达哥拉斯学派的信仰基石，在毕达哥拉斯逝世后的半个世纪内，‘数’的信服力达到顶峰，古希腊所有城邦上到贵族下到平民都认为本源这一哲学难题终于有了正确答案。然而谁都没有想到，在不经意间，毕达哥拉斯亲手奠定的基石出现了第一道裂痕，公元前 4 世纪，第一次数学危机发生了。”

又一道晃眼的亮光刺进船舱，紧接着还是隆隆的雷声，厚积的云层似乎捂住了天空的吼啸。

“根据经验，测量任何有长度的物体都能得到一个数字，不是整数的话就在小数点后面多加几位，总之是个可测的有理数，”百里伸出一根手指，说，“今天的测量技术已经发展到可以测出微观粒子的半径，但是测量我的手指得到的结果永远是一个有理数。”

“此外，两千五百年以前的毕达哥拉斯又发现了一些整数的比值是无限小数，例如 2/3 和 5/7，但是在这些比值结果的小数点后，没有尽头的数字都呈现有规律的循环性。最后总结下来，他给数的定义就是‘整数或整数之比’。也就是说，毕达哥拉斯所说的‘数’只是有理数，只有有理数才符合宇宙本源的规律模式。于是在当时人们的世界观里，有理数就是一切，一切都可以用有理数来解释。在这个背景下，无理数的发现是一场可怕的颠覆。”

笛卡尔和秦澜不会不知道什么是无理数，不过百里还是做了一番解释：“回到刚才笛卡尔提过的勾股定理，中学老师就教过，在一个标准直角三角形中，两条直角边边长的平方相加之和等于斜边边长的平方，这是经过毕达哥拉斯证明的定理。毕达哥拉斯学派的门徒希伯索斯从勾股定理出发，提出当直角三角形的两条直角边长度都是 1 时，斜边的长度就是 2 的开平方根。这个数字无限且不循环，毫无规律可言，除了逻辑推算外不可能用任何工具和手段测量出来，也不能写成是任意两个整数之比。”

“$\sqrt{2}$的发现让当时的人们大为惊慌，原来在可用经验感知的有理数之外还有一种无法言明的数，它像一个真实存在的幽灵，看不见也摸不着，但你知道它就明明白白地隐藏在身边，在白纸上随手画一个几何图形，其中就可以推演出无数个无理数。这种对已有世界观的冲击在当时没有带给人们惊喜，反而是深刻的恐惧，根深蒂固的认知面临崩塌所带来的恐惧。”

百里的视线没有焦点，他仿佛看见一个虚无的空间，低沉地说：“想象一下，当你得知眼前的一切都是虚无的，你所谓的现实根本站不住脚，你的心理反应是什么？”

“惧怕。”秦澜说着情不自禁地咬住嘴唇，她发觉皮肤上有一层凉意。

人心的恐惧之源不需要是狰狞的鬼兽或超自然的怪力乱神，当你身边习以为常的东西变得陌生、变得不可把握时，战栗的内心才会体验到什么是冷彻骨髓的恐惧。

“这就是第一次数学危机，希伯索斯被毕达哥拉斯学派处死，但他带来的地震没有平息。数学家们发现了越来越多的无理数，根号像一个魔咒，他们战战兢兢地把数字放到根号之下，得到的结果大都是没有尽头、没有规律的无限小数。随后，毕达哥拉斯学派的另一个门徒欧多克索斯系统研究了黄金分割比例，世人惊叹于黄金分割的美感，然而比例值计算出来得到的还是一个无理数。以‘万物皆数’来解释本源的说法遭到空前的怀疑，毕达哥拉斯学派的信仰根基面临坍塌。”

“我有个疑问，”笛卡尔再次插进话来，“无理数再怎么没有道理，它总归还是一个数学上的问题，毕达哥拉斯学派只要有人站出来把无理数归进数的范畴不就行了？他们不是又可以统治人们的思想了？”

“没那么简单，”百里摇摇头说，“前苏格拉底时代的古希腊，在认知哲学上居于统治地位的思想是：万事万物都是可以依靠人的感官经验来观测和感知的，而无理数却必须通过逻辑计算才能得到，它不是经验性的事物，而是存在于经验之上的逻辑世界里。换句话说，如果人类没有进化出逻辑思维能力，是永远不可能发现无理数的存在的。”

秦澜补了一句：“本质上，这是一场经验可感和逻辑不可感的冲突。”

“这么说，第一次数学危机发生后，毕达哥拉斯学派注定要走向覆灭？”笛卡尔又问道。

百里承认道：“对，宗教性的毕达哥拉斯学派遭遇信仰危机，他们陷入进退两难的境地。无理数，这种经验之外的数是毁灭固有认知的灾难，接受它必将引起众多经验主义者的恐慌，排斥它‘万物皆数’一说又再也不能让人信服。这时候，毕达哥拉斯的基石上出现了第二道裂纹，并且直接给绵延了一百多年的毕达哥拉斯学派画上了句号。”

笛卡尔握紧双手，上半身向前倾斜，屏息等待百里的下文。

“从某个角度上说，第一次数学危机是一场启蒙运动，人们的思想脱离了‘数即是本源’的枷锁，到处都是质疑‘万物皆数’的声音。最后，当‘数并非不可变’的论点出现后，毕达哥拉斯学派再也无力还击。”

“数并非不可变？”这次发问的是秦澜，“难道数学定理是可以改变的？”

“这要回到在当时占统治地位的经验主义哲学上，”百里说，“除了走反向极端的巴门尼德和他的爱利亚学派主张感官是骗人的之外，绝大多数人都相信感觉到的即真实的，在此基础上有人提出设想——如果存在这么一个世界，在这里人们看到的直角三角形满足的勾股定理是：两条直角边长度的平方和等于斜边长度的三次方或四次方；黄金分割比不是 0.1618 打头的无限不循环小数而是 0.7、0.8，那么，‘数’以及‘数’的规律在这个世界里截然不同，怎么又能说‘数’是宇宙中亘古不变的‘本源’呢？”

“等一下，我不太明白。”笛卡尔抓着脑袋，一头雾水。

“我们来做一个想象的模型吧，用现代人掌握的知识可能更好解释一点儿，”百里说，“假设在宇宙里有一颗类地行星，它的附近是一个小小的黑洞，因为黑洞的引力作用会使周围的光发生偏移，在这颗行星上，人们看到的直角三角形与我们在地球上看到的直角三角形必然存在一定的偏差，在他们眼中，斜边长度的几次方才等于两条直角边长度的平方和呢？”

笛卡尔张张嘴，想说点什么，可是什么都说不出来。

百里提出的设想容易让人落入怀疑的陷阱，谁又知道在地球的附近有没有一个尚未被探测到的黑洞？谁又知道我们看到的直角三角形是绝对真实的？谁又知道圆周率、黄金分割比、自然对数、普朗克常量、真空光速……这一切数学与物理常数就是确凿无疑的宇宙真理？

笛卡尔按住眉心用力揉了揉，让自己不再去深究这个问题，否则很难从否定世界真实性的深渊中爬出来。

“请继续说吧。”秦澜一只手扶住笛卡尔的肩膀，想给他些帮助。先前她及时止住了自己的思路，没有往百里那个具有自我催眠效应的假设上深想。

百里面露苦笑，接着说：“这样的设想是致命的，对你们两人尚且如此，对毕达哥拉斯学派这个群体更不用说，只要在其中有一个人染上怀疑信仰的病毒，失去信仰的不治之症就会传播到整个群体，只不过对于毕达哥拉斯学派来说从感染到死亡的时间异常之短。‘数非不变’‘数非本源’的异想提出来没过多久，信仰基石崩坏的毕达哥拉斯学派就解散了，宇宙本源的论题重新成为哲学家们争议的热点。”

“不过，有不少门徒仍然坚持着‘万物皆数’的信念，他们散落在世界各地，流浪在毕达哥拉斯旅行过的地方找寻能够修复信仰的东西，这是一支不能忽视的力量。虽然第一次数学危机和‘数非不变’的提出让他们不得不溃散，但他们的流浪就像一场传教，在全世界聚集了更多、更坚定的信徒，只等有一个能重新竖起基石的人出现，把这支分散的力量聚集起来。公元前 427 年，这个人终于出现了。”

“你说的，是柏拉图？”秦澜抬起敏锐的眼睛问道。

“对，苏格拉底的学生，柏拉图。”百里面沉似水地说，“他也是‘理想国’组织的第一任哲学王。”

4

柏拉图①之于西方文明，相当于孔子之于东方文明，百里不想把时间放在介绍柏拉图的身世和地位上，这颗人类文明史上的北极星不需要他再多言。

“柏拉图从毕达哥拉斯的哲学里继承了宗教的倾向、灵魂不朽的信仰、对数学的遵从，然后用几近完美的方式弥补了毕达哥拉斯的缺漏，并且在毕达哥拉斯学派的废墟上建立起一座新的大厦。”百里说。

“什么方式？”笛卡尔的好奇心大起，秦澜的神色像是预感到了什么。

“柏拉图提出了‘理念世界’。”百里不疾不徐地回答道。

笛卡尔激动地从铁床上站起来：“我听说过这个理论，据柏拉图说，我们的知识都是来源于这个什么世界，是吧？”

百里压压手，示意他听下去：“在讲理念世界之前，我想先说说著名的‘洞穴隐喻’。”

在《理想国》的第七篇，柏拉图做了一个有意思的隐喻：一群囚徒从出生起就被囚禁在一个洞穴里，他们的手脚被捆绑着，头和身体也无法回转，只能背对洞口。在囚徒身后有一堆火，火光会把囚徒与火堆之间的事物

---

① 关于柏拉图（Plato，公元前427—公元前347年），古希腊伟大的哲学家，也是全部西方哲学乃至整个西方文化最伟大的哲学家和思想家之一，他和老师苏格拉底、学生亚里士多德并称“古希腊三贤”。柏拉图是西方客观唯心主义的鼻祖，其哲学体系博大精深，代表作有《理想国》《法律篇》。柏拉图认为世界由“理念世界”和“现象世界”构成。理念的世界是真实的存在，永恒不变，而为人类感官所接触到的这个现实的世界，只不过是理念世界的微弱的影子。它由“现象”所组成，而每种现象会因时空等元素而表现出暂时的变动。由此出发，柏拉图提出了一种理念论和回忆说的认识论，并将它作为其教学理论的哲学基础。

的影子投在囚徒面前的洞壁上。因为囚徒们感知到的世界里只有影子，他们难免会以为影子就是真实的东西。直到有一天，一个囚徒从捆绑中解脱出来，转过身亲眼看到了火，看到了投下影子的物体，起初他感到不自在，觉得困惑，甚至会认为影子比原物还要真实。当他走出洞穴，看到阳光中的世界，看到阳光在万物脚下投出的影子，再抬头看到了太阳本身时，他才发现他们从来接触到的都是虚幻的影子。一直以来，他都被黑暗和只可用眼睛感知的影子蒙蔽着，而真实的太阳却让他过去所有的认知和信仰都崩塌了。

“柏拉图是在讲一个坐井观天的故事吗?”笛卡尔脸上的迷惘很像那个第一次见到火堆的囚徒，秦澜忍不住笑了。

“他讲的是理念世界，”百里也露出淡淡的笑意，“从自然哲学的角度上看，这是一则暗示理念世界的寓言。”

“柏拉图相信，宇宙实际上是两个不同的世界：一个是通过感官和经验感受到的现象世界，就像囚徒们眼前的影子，虽然可以用视觉感受，但终归不是实体；另一个是客观存在的，只能用理性逻辑来触摸而不能用感官来把握的理念世界，就像洞穴外的太阳。宇宙里的一切知识都存在于理念世界里，知识是理念世界独有的东西，它是永恒且真实可靠的。同时，理念世界也是人类灵魂的故乡，灵魂在理念世界的时候就已掌握了所有知识。与美妙的灵魂相比，现象世界的肉体不过是一个粗俗的容器。当灵魂进入肉体，也就是新生儿诞生时，为了避开肉体的污染，灵魂在理念世界里学到的知识便潜藏在某个角落，后天的学习都只不过是回忆理念世界的过程而已。”

一通话说完，百里拿过水杯喝了一口。没有人接他的话，船舱里笼罩着沉寂的空气，只有闷雷声与海浪声远远传来。

理念世界的说法看似荒诞，任何一个现代人听过虽都会说那是一则古代神话，但笛卡尔和秦澜这两个聪明人却深陷其中，许久都退不出来。

是的，理念世界论很好地解答了无理数和“数非不变”的问题，第一，无理数这种纯靠逻辑感受的事物本身就来源于理念世界；第二，无论在哪个星球，无论用眼睛看到的数学定理是什么样子，在理念世界中它们都是亘古而来的原样。也就是说，造物主已经在理念世界里安排好了宇宙的规律，现象世界里的知识仅仅是火光在人们眼前的投影。

“毕达哥拉斯认为是宇宙本源的数也只是理念世界的一角，”秦澜目光迷离地说，显然她还沉浸在思考的旋涡里，“柏拉图建起一座比‘万物皆数’更庞大、更坚固的基石。”

“这一次，人们对万物本源的疑惑有了坚不可摧的解答。毕达哥拉斯的灵魂以柏拉图的身躯复活了，就像耶稣以神的模样复活，”百里转过身，目光投进窗外冰冷的夜色里，“流落于世界各地的毕达哥拉斯门徒带着他们的追随者回到希腊，没过多久，一个新的团体成立了。门徒们以柏拉图的对话录《理想国》为团体命名，推选柏拉图为第一任‘哲学王’，同时摒弃了教派的僵化戒律，在学院的外衣下追求灵魂向理念世界的回归，追求藏在理念世界里的无尽知识。”

关于理想国学院的起源，古卷上的记载到此为止。在柏拉图的学生——第二任“哲学王”亚里士多德逝世后，“理想国”迁移至托勒密一世①统治下的古埃及。从那以后关于学院的所有史料都成了秘密，历史上的“理想国”成了共济会一般的秘密社团。与共济会相同的是，“理想国”的门徒名单上也有很多熠熠生辉的名字，欧几里得、阿基米德、列昂纳多·斐波那契、拉斐尔·桑西、费迪南·麦哲伦、弗朗索瓦·商博良——在东方的中国，屈子礼的创造者必定也位列名单之上——不同的是，“理想国”的活动无声无息，近乎神秘的低调，与之有关的文献、文物除了收藏在图坦卡蒙谷地的之外，再难找到其他，以至于不少历史学家一度认为这个神秘学院已经在中世纪以前就消失了。

---

① 公元前332年马其顿帝国的亚历山大大帝入侵古埃及，仅仅九年后（公元前323年）他在古巴比伦病逝，他的将军托勒密一世在古埃及创建了托勒密王朝，并于公元前305年自立为法老，对古埃及进行了长达275年的统治。

第 16 章

“我就守在这里”

1

追溯“理想国”的起源用了三个小时，此刻已是希腊时间凌晨4点。雨停了，云层上的隆隆声响了一整夜也没有炸出一声惊雷，东边的天际线透出破晓的微亮。渔船上的几个老水手醒得早，正靠在船舷上抽烟，喝装在铁盒里的乌佐酒，不知是谁讲了一个粗鲁的笑话，嘶哑的笑声被海风吹散。

困意让眼皮不自觉地下沉，秦澜的意识里却有一双难缠的手，拽紧她最后一丝精神，她说不清那双手来源于什么，是对神秘“理想国”无尽的探知欲，还是得知历史真相后的满足感。

不，都不是，在秦澜看到笛卡尔脸上凝滞的神情时，她明白了藏在自己内心的感觉是什么。

是毫无希望。

在“理想国”面前，在这个历史跨度与半个人类文明史相等的怪物面前，没有几个人能够高昂着头颅与其进行你来我往的交手，单单想一想它存在的时间就足够让它的对手失却所有希望。

两千五百年，放在中国那可是从东周开始，历经二十个朝代更替变迁直到晚清的时间线，而一个以学院之名的神秘组织却能在斯巴达克起义、西罗马帝国分裂、阿拉伯帝国兴亡、十字军东征、基督教会分裂、文艺复兴、宗教改革、法国大革命、北美独立战争、三次工业革命和两次世界大战的历史风云中延续到现在。跟它较量，无异于泥土里的三只蚂蚁扬着触须，叫嚣着要把太阳赶下天空。

“你确定先知就是‘理想国’的人吗？”笛卡尔总是想否定引起绝望的既成事实。

“斐波那契数列和黄金分割都是‘理想国’的数学发现，不用我多说了吧，”百里的语气里听不出半点情绪，“我还提到过，火山祭坛里操纵巨石的机械装置不是普通的技术水平能够完成的，你考虑一下熔岩的热蚀作用，就会想到那块拿来当石门的巨石在搬进火山的时候一定比现在庞大得多。要在火山里修建如此艰巨的工程，庞贝时代的欧洲只有‘理想国’能够做到。别忘了，机械大师阿基米德曾经可是‘理想国’的门徒。”

笛卡尔丧气地垂下脑袋。

百里又说道：“此外，还有先知给我们设计密码的方式也能让我确信他来自‘理想国’。”

“什么？”轮到秦澜发出一声惊呼。

“先知留在莫先琳尸体和抛尸现场的每一条线索都有明确的指向，他绝不会做没有意义的事，他留下的所有线索全都是推导出庞贝古城的指路标志。”百里说，秦澜若有所思地点了下头。

等笛卡尔也想起他们在秦澜的私人工作室里的推理过程后，百里才往下说：“那么先知为什么要让我们先证明‘金的毁灭之城’呢？”

话音才落，秦澜目瞪口呆，僵硬的舌头只能吐出一个词：“天啊！”

百里替秦澜把后半句话说完：“就像证明几何图形全等一样，先是假设某个事实是真的，然后用尽线索来证明该事实是真的。这样的数学逻辑法，是毕达哥拉斯最先提出来的。”

秦澜捂住微张的嘴，费了很大力气才把惊叹收回声带，笛卡尔倒是没有对证明“理想国”重现的新证据表现出过多的惊讶。

百里转过身，双手支在舷窗前的小台上，视线透过还挂着雨滴的玻璃，与琥珀色的晨光混作一体。兴许是转移了注意力的缘故，左腿膝盖上的痛感稍稍缓和，膝关节可以轻轻地活动了。

尽管不想承认，可是事实却清清楚楚地摆着：刚开始发现先知给自己发来挑战书时内心的那股兴奋劲儿早就不见踪影了，取而代之的是对这场对决结果的迷茫，还有站在理想国这个庞然大物面前的无助。

先知设计的挑战是冲着我来的，他的目的是什么呢？杀了我？消灭塞勒涅心灵会？还是……

百里的背脊猛地绷紧，脑海的某处角落传来一声脆响，啪！

玛尔斯神庙与维苏威火山里的祭坛，两者的相似程度像是美少年纳西索斯①与他在水面的倒影。

神庙里刻有玛尔斯标记的石碑与祭坛里的石门完美的契合……不可能……为什么不可能……

“你们发现了吗？对方一直都把我们当成提线木偶，这不是平等的较量，全是我们照着先知留下的路往前走。”笛卡尔忽然大声嚷道，打断百里的思路。

“是啊。”秦澜面色黯然地附和道，“我们就是在先知设计的迷局里转，我们所做的一切都是先知希望我们做的。”

“他想要得到什么？”笛卡尔最后的问题抛给了站在窗前背对他们的百里。

百里许久都没有说话，他在竭力抓住半分钟前划过脑海的细响。

玛尔斯神庙与火山祭坛，一个象征永恒，一个把死亡当作圣物……还需要线索，还需要更多更确切的线索。

触手可及的线索，此刻就躺在旁边的舱房里昏迷不醒。

特里斯坦博士知道研究画岩的学者们从赫宁庄园出发后经历了什么。下一步棋怎么走，只有等他醒了才能决定，而现在，还有更加要紧的困境不得不面对，那就是找出下一个失踪者的藏身地。

“只有一个办法能知道先知想要得到什么。”百里回道，同时侧过脸，明亮的目光在眼角聚集。

“什么办法？”笛卡尔迫不及待地问。

“顺着先知设计的路走下去，走到终点。”理应是情绪低落的关头，百里竟翘起嘴角，咧出一个笑容，“我们来找出下一座荒城吧。”

经百里一提醒，笛卡尔才想起百里醒来之前，他正在跟秦澜争论怎么找出其他失踪学者的藏匿地点，只不过“理想国”把他所有心思都吸引住了。

“知道了对手是‘理想国’也改变不了什么，还有三个学者在他们手里，我们的确是该想想怎么救人，眼下这才是必须解决的事。”秦澜也赞同道，随手把散落在脸颊旁的几缕头发顺到耳后，露出准备好的劲头。

---

① 纳西索斯（Narcissus）：古希腊神话中最俊美的男子，他爱上了自己在水中的倒影，最终变成了水仙花。“自恋”的英文单词“narcissism”就来源于纳西索斯的名字。

百里往船舱中间移动两步，身上肌肉的酸疼感好了些，他问笛卡尔：“我昏睡的时候，你们俩讨论出什么了吗？”

“没有。”笛卡尔心不在焉地摇摇头，显然还没从“理想国”的话题里退出来。

秦澜见状，代他把话说完：“我跟笛卡尔有一些分歧，他认为莫先琳凶杀案已经给出了所有线索，我觉得你在维苏威火山里发现的东西才能推导出下一座毁灭之城。”

笛卡尔抬起头，迷茫的双眼表明他现在已经不关心谁是对的了。

“我想你们俩都错了，或者说你们俩都对。”百里迎着两人困惑的目光说，“莫先琳的凶杀案里藏着先知给定的模式，秦澜，这是你的结论，还记得吗？”

“嗯，先知的模式我们也证明过了。”秦澜说，想起早在古希腊时期毕达哥拉斯就提出了如此高明的数学逻辑，人们原封不动地沿用至今，她心里的那种无望感又回来了。

百里假装没看到秦澜低沉的目光，继续说：“我们先确定破译密码的密匙就是莫先琳遗言指向的天文学和地理学，又用了很多时间用这套双重密匙证明毁灭之城的模式，最后找出‘火的毁灭之城’花费的时间反而少得多，涉及的线索不过是莫先琳的死亡时间以及根据天文学知识推算出的星盘。”

“你是想说，我们费尽周折证明的‘毁灭之城’模式可以套用在找寻所有失踪学者的推理中？”笛卡尔的注意力收回来一些。

“我们也是套用‘金的毁灭之城’才找到‘火的毁灭之城’的，你忘了吗？”

笛卡尔想起昨天秦澜做出的推理，不敢确定地问道：“接下来，你认为我们跟昨天一样，用时间和星盘就能找出答案了？”

“没错，这一次我们还是要找一座‘毁灭之城’。先知给出的新密码是庞贝古城和火山祭坛，密匙还是天文和地理，”百里回道，“现在我们需要你启动‘土卫六’，制作一个以庞贝古城为观测位置的星盘图。”

“星盘时间是今天吗？”笛卡尔拿出超级计算机，略有些倦怠的语调表明他对百里的想法并不感兴趣。

“不，”百里踱回舷窗前，“我想看看庞贝古城毁灭那天，也就是公元 79

年8月24日的星盘。"

"你疯了？要模拟出两千年前的星盘图，计算量可不小。"笛卡尔的手指停在启动计算机的开关键上。

百里很高兴看到笛卡尔瞪大的眼睛，至少他又重新提起精神来了。

"你大概忘了，'土卫六'是一台超级计算机，它的运算速度不慢。"

"但为什么是庞贝古城的毁灭时间呢？在莫先琳凶杀案里涉及圣安地列斯断层引起过旧金山和洛杉矶的大地震，我们也没用地震时间来做星盘啊。"笛卡尔倔强地问，一心就想弄明白百里是怎么想的。

"现在看来，我们应该庆幸当时我们恰巧就是用莫先琳教授的死亡时间来确定星盘图，"百里耐心地解释道，"你都说了，是旧金山和洛杉矶的大地震，两次地震并不是发生在同一天，所以该以哪座城市的地震日期作为星盘时间呢？换句话讲，如果在秦澜的工作室里我们决定以地震时间为准，那至少会得到两个星盘图，谁也说不准哪个是对的。"

笛卡尔没说话，他停在开关键上的手指也没动。

"从对待无理数的态度上就能看出来，'理想国'不容许模棱两可的东西存在，在他们眼里凡事都得有个确定的答案，就像永恒不变的'数'和理念世界。所以，来自'理想国'的先知在设计迷局时，必然会排斥两个不同的日期，他一定会给我们一个确切的时间，在凶杀案里，死者的死亡时间是可以固定的。但是，到了庞贝古城这里，先知不可能提前知道我们会在哪一天找到特里斯坦博士，因此他手里只有一个不会改变的时间，那就是已经凝固在历史里的，庞贝古城毁灭日。"

笛卡尔湿润一下嘴唇，在沉默中消化百里的说法。甲板上欢笑的老渔夫们散了，他们去储藏室准备打鱼的工具。

当渔船的第一声汽笛穿破晨空时，"土卫六"的屏幕亮了，笛卡尔捏捏手指，轻声道："开工！"

2

代理会长走进安全部大楼时，坐在门厅办公室里的部长助理丹皮尔放下马克杯，把滚烫的咖啡快速咽到肚里。

“巴蒂斯昂先生呢？”道格开门见山地问。

“在楼上，部长办公室。”丹皮尔顾不上发麻的舌头，他从没见过向来慵懒的道格教士如此阴沉的样子。

“叫他赶到会议室，还有你们部门安保司的负责人，我在会议室等他们。”道格吩咐完就走上楼梯，留下一脸茫然的部长助理。

丹皮尔不敢怠慢，咬着舌头飞快地拨通电话。一刻钟后，巴蒂斯昂和他的下属，一个名叫斋藤浩雄的小个子男人在道格对面坐定。

不久前，正是在这间光线暗沉的会议室里，道格最后一次见到百里途和那个叫笛卡尔的技术员，当时他还十分确信在心灵会的监视下，百里途就算长出翅膀也逃不出旧金山。怎么能想到，仅仅 24 个小时之后，百里途和笛卡尔已经跑到了地球另一端，更不幸的是，百里途还死在忽然爆发的维苏威火山里。

死了一个重要的催眠师不说，古代神秘学院的文物史料也失踪了，一想到这里就让道格教士头皮冒汗，等会儿他得开始思量辞呈怎么写了。

“会长，发生了什么事？”有人粗声问，道格的视野里一壮一瘦的两个人影变得清晰。他盯住斋藤浩雄光洁的下巴，想起他们三人坐在会议室里的目的。

“斋藤先生，是你负责赫宁庄园的安保工作吧？”道格没有看发问的安全部部长。

斋藤浩雄目光沉着地点点头，用日本人特有的客套口吻回答：“是的，在下就任保卫司司长已有五年时间。”

“斋藤司长的任期内，庄园没有发生过一起安全事件。”巴蒂斯昂没头没脑地强调了一句。

道格才不管斋藤浩雄是巴蒂斯昂从欧洲还是别的什么地方带到旧金山来的，他现在必须压抑住内心的怒火才能不让自己大声怒吼：“我代表塞勒涅心灵会感谢五年来你的出色工作，从今天起你被解雇了，维尔戈法庭很快就会对你启动审判程序。”

巴蒂斯昂差点儿从椅子上摔下去，他诧异的目光在道格和浩雄之间来回游移。

“可以知道在下犯了什么错吗？”浩雄坐着没动，比他的上司镇定得多。

道格不喜欢这个目光阴鸷的日本探员，好像他已经看穿了一切似的。

“基石殿的一批重要文物失窃了，你得为此负责。”道格简短地说。

浩雄脸上露出不易察觉的笑：“会长说的失窃文物想必是‘理想国’的那批吧？”

这下轮到道格惊慌失措了，他尽量不让自己像巴蒂斯昂那般失态：“哦？看来斋藤先生是知道事情的内幕喽？”

“那批文物是被人借走的。”浩雄不动声色道。他的笑容很奇怪，看上去就是嘴唇周围在笑，脸的其他部分僵硬得像生铁。

“不可能，”道格一挥手，“图坦卡蒙谷地的所有文物都不允许借出，除非‘涅槃’秩序有异常状况，解决手段需要用到文物，并且还要在九大高级教士里获得至少五个人的许可才行。”

“借入者符合条件。”浩雄收起难看的笑容，面无表情地回道。

又是一刻钟后，道格两眼发直地望着桌上的秘密文物借出手续单，黄褐色的羊皮纸上，五个人的签名赫然在目。

莫先琳

霍利·特里斯坦

乔治·索多

多米尼克·约翰逊

克洛斯·塞勒涅

借出理由上只有一个英文单词：Return。

巴蒂斯昂想到的意思是“回归”，道格却想到了“物归原主”。

他们谁都没有问浩雄怎么能让他们以如此简单的理由借走重要文物，心灵会中关涉秘密文物的事件必定是高度机密，在填写借出理由上自然不能泄露过多。

“亚瑟·伊恩斯，是谁？”道格颤巍巍的食指放在“借入者”一栏，问。

“心灵会欧洲分会的侦探员，此人的档案在这里。”浩雄从手续单下抽出一张表格，上面详尽地填录了伊恩斯探员的资料。

右上角模糊的黑白色打印照片里是一个年轻男子的半身像，他平静地望着镜头，神色淡漠。

道格和巴蒂斯昂凝神看去，在认出照片上的男子是什么人时，两人的脸色都变了，四只相对的眼睛里满是惊恐。

“你为什么不阻止他借走‘理想国’的文物？”巴蒂斯昂有气无力地问。

保卫司司长露出不理解的表情：“伊恩斯先生提交的手续完全符合规定，我为什么要阻止。”

道格疲惫地拍拍巴蒂斯昂的肩膀，摇摇头，意思是现在责问他的下属也于事无补了。马林县的天空不知什么时候聚起低压压的阴云，风雨欲来的沉闷空气叫人喘不上气来。

3

屏幕上的数据在快速跳跃，笛卡尔说虽然“土卫六”的运算速度远远超过普通的工作计算机，但他建立的星盘程序要推演出两千年前的星盘图还是得用上不少时间。

“你们先去睡一会儿，我守着就行。”百里对满眼血丝的笛卡尔和秦澜说。

“早就在等你这句话了。”笛卡尔打着哈欠，做出一套漂亮的计算程序让他稍稍摆脱了“理想国”的困扰，他起身正要朝先前百里睡的铁床走去。

“让我睡这里吧。”秦澜拦住了笛卡尔，红着脸说。

笛卡尔一愣，看了看端坐在计算机前的百里，又看了看身前绞着双手的秦澜，最后露出一抹坏笑，说：“哈，我懂了，你是想对百里先生……”

“你瞎说什么！”秦澜怒道，她狠狠拍了拍笛卡尔的脑袋，右手指向舷窗，一个金头发的脑袋在窗外探头探脑。

笛卡尔这才真正明白过来，阿里斯和渔船上的几个年轻水手自打看到秦澜的第一眼起就没抱好心思，出于自我保护的本能，秦澜当然希望能有一个清醒的人守着自己。

“好了，笛卡尔，要么你就在台子上睡吧。”百里指指放置“土卫六”的矮台。

笛卡尔厌恶地看着台上堆放的鱼筐和水壶：“算了，我去特里斯坦博士那边睡，好歹那儿还有一张躺椅。”

说完，他走出船舱，朝躲在窗外的阿里斯骂了一句脏话。

“那……我就先睡一会儿了。”秦澜站在铁床边吞吞吐吐地说。

尽管秦澜知道有百里在不用担心阿里斯那伙人，但单独和一个男性共处一室难免让她感觉尴尬。她刚要坐到床上，又慢慢站起来，因为发觉百里所坐的位置能用眼角余光看到躺在床上的自己。

百里看也不看她一眼，把“土卫六”往旁边移了移，同时转过身，背对着铁床，淡淡地说：“唔，快睡吧，我就守在这里。”

我就守在这里。无意中说出的简单几个字分外耳熟。

清晨的天光从舱门外照进来，坐在门前的人让暗弱的光线修剪成一圈模糊的轮廓。短短一刹那，秦澜恍惚间心生错觉：她不是在地中海的一条小渔船上，而是回到了遥远的中国南方，那个潮湿多雨的城市；回到了阴森的孤儿院里，哥哥板着稚气未脱的脸，站在上不了锁的房门前，像个男人一样坚毅地告诉她：“安心睡吧，我就守在这里。”

眼眶有些湿润，哥哥的背影与背对铁床而坐的催眠师先是重叠在一起，然后又缓缓分离，一个深藏在记忆中，另一个近在眼前触手可及。这一刻，秦澜有点相信柏拉图说的理念世界了，眼前和脑海中的两个人就是理念世界里的同一个灵魂均匀裂成的两个部分，在不同的身躯中给了她同样的温暖。

“怎么，还不睡吗？”百里侧过脸问愣愣地站在床前的秦澜。

“就睡了。”秦澜仰面躺在铁床上，盖上薄毯，毯子上汗水和泥土混合的味道若有若无。疲惫的秦澜想起孤儿院的夏天，哥哥和那些欺负她的男孩子打完架，带着一身泥泞回到她身边，把她揽在怀里告诉她：“不怕，有我在，没人敢欺负我秦澈的妹妹。”

我终于明白为什么哥哥从小就立志要做警察，因为在他看来，那是最能保护妹妹的职业。秦澜合上潮湿的眼睛，在微笑中沉沉睡去。

百里当然不知道身后女孩的心中起了多大的波澜，不过，即使知道了也不会改变什么。百里途是守护“涅槃”的苦行者，自从他进入心灵会的那一刻开始，就注定要冰封内心的某些角落。

太阳在东边的海天相接处抹上一道金色的重彩，雨云飘远了，澄澈的天空里有几只海鸥在空中盘旋啼叫，带着海腥味的海风越过甲板吹进房间，吹过百里深锁的眉头。

他只顾盯着快速运算中的星盘程序，全然没有在意这个舒适的海上清晨。

笛卡尔做的模拟程序是以美国国家航空航天局公布的星体运动数据为基础的，因为航空航天局愿意公开的数据仅仅是以 1958 年 1 月 1 日，也就是他们成立的元年为起点，所以星盘程序最大的问题是不能直接计算出 1958 年以前某一天的星盘图，而是必须在星体运动的数学模型上往前逆向推演。与 1958 年相近的日期还好，而要往前逆推将近两千年，计算到庞贝古城毁灭日，就算是有超级计算机也得等上不少时间。

百里抬起手腕，看了一眼以加州时间计时的手表，上面显示着 18 点 06 分，日期栏上是 5 月 22 日。

第二天就要结束了，先知给的七天时限还剩下五天。

他放下手表，十指交叉在一起，支撑着下巴，继续盯住计算机屏幕上每半分钟变换一次的简图。

意想不到的状况在突然间发生。

航行中的渔船如同受惊的幼兽，猛地打了个抖，船舱里的震动使得矮台上的杂物有不少掉落到地板上，幸好百里反应迅速，双手稳住“土卫六”的机身。舱门外的甲板上跑过几个惊慌失措的年轻水手，他们一边往船首跑，一边发出恐惧的呼吼。

船身大幅度地颤动持续了至少有一分钟，一些年长的有经验的水手也按捺不住，聚在船舷边向海里张望。

“怎么了？”惊醒的秦澜从铁床上坐起来，沉重的睡眼带着询问看向门外。

百里稳住工作中的“土卫六”，冲她摆摆手，没有说话。

顷刻间，突如其来的事故撞开了百里内心的一扇门，一条黏腻的触手从门后的世界里悄悄地伸出来。

“土卫六”屏幕里的星盘图又变换了三四次，渔船才渐渐趋于平静，围在船舷边的水手们收回脑袋，相互取笑，原来不过是遇到了漩涡群，没出过几次海的小水手把气氛弄得跟撞上了暗礁，即将船毁人亡似的。

一场风波散得跟发生得一样快，全部水手都回到自己的位置忙各自的活儿去了，只有一个人除外。

百里的双手从计算机上收回来，捧住脑袋，两眼紧紧地锁着，嘴巴大张，想吸入更多的空气，也想发出一声吼叫来打断脑子里不断闪现的幻觉。

他做不到，也叫不出声，毁灭的幻觉主宰了他的意识世界。

门后的触手把整扇门都推开了，百里没有看见触手的主人，他只看见一片崩溃中的世界。不，确切地说，他身处一个正在灭亡的末世之城。

依旧在颤动的不是木质甲板，而是裂开的大地，船舱的天花板破了道大口子，透过燃烧的裂口往外望去，漫天火球从布满血红色火焰的天空坠落，远方的城市高楼在腾空而起的烟尘里崩塌，四处奔逃的人们发出绝望的尖叫，不知逃往何处，死神冷漠的眼睛在云层间静静地打量着毁灭中的人世，倾听濒死万物的哀号，无力的呼号听起来同刚才那几个年轻水手的声音很像。

百里听见一个女人的声音在遥远的地方呼唤自己的名字，他想往声音传来的方向逃，但虚弱的双腿却不听使唤，他无能为力，只能定在原地等待死亡降临。

一股寒流骤然从头顶淋下来，像一把利剑划破眼里的画面，百里又回到渔船上的窄小舱室了，身前是东倒西歪的杂物和快速运算的计算机。

秦澜站在身侧，手里拿了一个空杯子，歉意而焦灼地看着百里。

“对不起，我一直叫你，你却醒不过来。”秦澜放下杯子，原来装在杯里的冷水这会儿顺着百里的下巴滴落在他的裤子上。

“谢谢。”百里抹了一把脸，呼吸还不顺畅，“谢谢你把我弄醒。”

“你是做噩梦了吗?”秦澜蹲下来，流露出关切的眼神。

“我说不清。”百里摇摇头，几滴水甩到秦澜脸上。她没有躲开，仍是直视百里煞白的脸。

“从看到摆在断层线上的尸体时就开始了，”百里双手用力揉着额角，断断续续地说，“时不时就有幻觉出现，全是世界毁灭的场景。”

“你需要休息，你太累了。”秦澜不是心理学家，她不知道这种症状该怎么办，她只是伸出手，覆盖在百里冰凉的手背上。

“嘿，伙计们，你们怎么……”门外传来笛卡尔的声音，随后一个健壮的身影挡在舱门前。

“噢，对不起，我只是路过，嗯，我是要去洗手间。”笛卡尔看到了房内的一幕，闪身要往回走。

“笛卡尔，百里先生他很糟糕。”秦澜没有急着解释什么，站起身平静地说，“你扶他躺下，我来守着计算机吧。”

百里放下揉弄额角的手，想说他还能坚持，却没有一丝说话的力气。

“原来是这样，”笛卡尔慢吞吞地走回来，“我还以为……”

他伸手去扶百里，眼睛不经意间扫过“土卫六”的屏幕，看到一幅静止的星盘图，“咦？运算结果不是都出来了吗？”

百里一听到笛卡尔的话，急忙抬起头，仿佛幻觉带来的不适都消失了，他聚起目光凑近那副凝固了庞贝末日的星盘。

屏幕里，十一个天体符号分散在黄道十二宫中，似乎与亿万年来的任何一天都没多大差别。受上次的影响，笛卡尔惯性地去找火星符号，然而在星盘中只见火星独自落在双鱼宫，它附近没有别的天体符号，不仅如此，金星所在的室女宫内也没有第二颗行星。

看来还要再花些时间破解隐藏在星盘图里的密码了，笛卡尔的目光转向身旁，刚想说点什么，就看到秦澜十分肯定地点着下巴。

“你看出什么来了？”笛卡尔期待地问。百里的注意力也离开屏幕，抬头看向秦澜。

“有一颗星冲日，”秦澜三言两语就解释清楚了，“你们看，这颗星与地球同处于一个黄道宫内，而它和太阳之间的夹角是180°，没有别的结论，这就是冲日的星象图。”

地球、地球公转轨道外侧的某颗行星、太阳三颗星体刚好能连成一条直线，且地球位于太阳和那颗行星之间，这样的天文现象称为“冲日”。

庞贝古城毁灭日是哪颗行星处在冲日的位置呢？百里和笛卡尔一同看向秦澜所指的行星，看到一个像是字母“P”和“L”相结合的符号——“♇”

“普鲁托（Pluto），冥王星。”秦澜没等笛卡尔发问就先给出了回答，“下一座荒城，是‘冥王的毁灭之城’。”

第 15 章

理想国

1

古希腊神话里没有天堂和地狱之分，冥界是死者唯一的归属，万物的灵魂在肉体死亡后都将进入冥界，三头恶犬刻耳柏洛斯镇守在冥界门前，森然的目光盯着这片黑暗大地上的万千亡灵，除非是身怀异能的勇士，没人能从冥界里逃出来。据古希腊诗人赫西俄德①在《神谱》中的记载，持续了十年的提坦大战结束后，获得胜利的三兄弟用抽签的方式决定他们统治的领域，宙斯抽到了天界，波塞冬抽到海界，哈迪斯抽到冥界，成为管理亡灵的幽冥之王。古罗马神话中哈迪斯又叫普鲁托（Pluto）。1930 年，位于美国亚利桑那州的罗威尔天文台以“普鲁托”来命名他们发现的第九大行星。76 年后，国际天文学会又把位于太阳系外围边界的“普鲁托”从行星的行列里除去。

“跟维纳斯（Venus）、玛尔斯（Mars）又叫作金星和火星一样，亚洲文化圈更喜欢管‘普鲁托’叫‘冥王星’。”秦澜说完冥王星的神话典故，发现百里走到船舱外，迎着海风停在船舷边。

“百里？”笛卡尔转身要跟上去，秦澜拉住了他。

“让他一个人想想吧。”秦澜说。

双重密匙给出了结果，天文密匙指向“冥王星”，地理密匙得出“与祭坛有关的荒城”。毫无疑问，下一座城市的指路牌上写的是“冥王的毁灭之城”，祭坛和冥王星背后的意义都是“死亡”，他们要找一座象征死亡的荒城，可是从看到符号“♇”的那一秒开始，秦澜就知道这不是一处容易找到的地方。

一座城市无论是什么原因而被毁灭，都必将伴随着千万条生命的殒灭，人类文明史上每一座遭遇灭顶之灾的城市都可以被称为死亡之城，藏匿着下一个学者的荒城究竟是哪一座呢？

咸湿的海风吹得眼睛难受，百里闭上眼，他想把思路向“冥王之城”

① 赫西俄德（Hesiod）：公元前 8 世纪的古希腊诗人，被后世文学家誉为“希腊训谕诗之父”。

上引导，却还是忍不住偏往别的方向。

他又看见屹立在火山祭坛正中的石门了，门梁上刻耳柏洛斯的三颗犬头活了过来，朝他发出嘶哑的咆哮。

那是通往幽冥的石门，维苏威火山里的祭坛是祭祀死亡的圣地，在冥王星冲日的时候火山爆发，毁灭了他们称之为“火的毁灭之城”的庞贝，而下一座荒城，指向的是“冥王的毁灭之城”。

依然是无懈可击的密码链，百里禁不住责怪自己怎么早没想到应该关注象征死亡的冥王星。

秦澜坐在铁床上，空洞的目光投向百里的背影；笛卡尔摆弄着“土卫六”，不时抱怨这鬼地方没有网络，不然还可以借助互联网的海量信息。

在一条与世隔绝的渔船上，图书馆和网络是遥不可及的存在，他们能依靠的只有自己的大脑，习惯了在书本和信息数据中寻求答案的同伴一时间手足无措。无奈的百里把眼睛闭得更紧，东方天际线上冒出半个脑袋的太阳的光照在他拧成一团的眉头上，思考的焦点还是难以往“冥王之城”上靠近。

刻耳柏洛斯的三张血盆大口在百里眼前肆意撕咬着企图逃离冥界的亡灵。

脑袋像针扎似的疼起来，百里强忍着不睁眼，只让意识往更加幽深的黑暗里坠落。

火山祭坛里刻有三颗犬头的石门，冥王哈迪斯阴冷的目光藏在门后，等待祭坛下顶礼膜拜的信徒为他献上祭品。

在那个奴隶时代，祭品不是牲畜，而是活生生的人。他们是精壮的少年和婀娜的少女，是从万千个奴隶中挑选出来的极品，能成为献给冥王的祭品是他们毕生的荣耀，仿佛他们就是为了这个目的来到人间的。

冷汗滚下百里的额头，他双手紧握住船舷，指节因为大力而泛白。

沦为死亡之城的原因，是破解下一座荒城的重要节点。他就要看到了，真相隐藏在历史的血河之下。

被鲜血染成暗红色的大理石祭坛上，献给冥王的祭品在石门前走到生命的尽头，锐利的骨刀刺进他们的心脏，砍下他们的脑袋，割开他们的喉咙，或是把剧毒物灌进他们的血管，让烈火在他们的身躯上熊熊燃烧……只要能进入冥界怎样都行。

站在冥界与人间的分界线上，往冥界看，脱离肉体的灵魂回到了他们的归宿；往人间看，灵魂的容器一个接一个地倒在屠戮之刃下。

天灾可以令一座城市成为死亡之城，而人祸同样可以。屠杀，是城市文明毁灭的另一个原因。

百里缓缓睁开眼，朝霞在蔷薇色的天空中妩媚地飘舞，像是“冥王的毁灭之城”里那些血染的废墟。

2

“秦澜，说到大屠杀，你会想到什么?”百里站在门前问道。坐在床边的秦澜抬起头，逆着光看不清百里的脸。

“你说的是哪一起屠杀事件?”虽然不明所以，秦澜也没多问，她相信百里会做出解释。

“发生在庞贝毁灭日以后的每一起。”百里从船舱外走进来，房间里立时亮堂了许多。

“大屠杀往往是战争犯罪和种族灭绝的黑影，可以说，只要有战争，差不多都会发生屠杀事件，也就是人们常说的屠城。”研究灾难史的秦澜可以细数出人类史上每一起死亡人数在十万以上的屠城惨案，只是要一一细说的话花费的时间不会少。

百里打了个冷战，不是因为急迫的时限，而是人类残酷的天性让他感觉像是跌入无底深渊般恐惧。

百里不是坚定的有神论者，但有些时候，他还是会把自然看作一位仁慈的神：在宇宙这座巨大的森林里，自然之神无处不在，它拟定了“弱肉强食，适者生存”的无上法则，脆弱的生命会因为跟不上它的脚步而遭到法则的淘汰，沦为地层里僵硬的化石。对于最终存留下来的强者，自然之神会把经千万年进化成形的宝贵基因镶嵌在他们的每一个细胞里，让他们顽强而高贵地延续下去。

如果能隔着时空同柏拉图对话，百里一定会告诉他：“来自理念世界的灵魂是高贵的，装载灵魂的容器又何曾不是呢？”

柏拉图嘲讽地笑了，回答说：“那么，人类呢？”

“人类”二字，让百里无言以对。

是的，原本只有自然之神和他的法则能够决定一种生命的去留，然而一个叫作“人类”的物种却举起他们的屠刀，指着自然之神张狂地笑道：“哈哈，我才是宇宙里至高无上的神！”

血腥的屠戮轰然而至，人类在自然界所向披靡，数不清的物种接受了自然之神的加冕却在人类的刀下灭亡。当人类终于走上神殿，触摸到自然之神的宝座后，他们不再满足于杀尽其他物种，转而把刀尖朝向彼此。

贪婪、欲望、仇恨，甚至仅仅是为了成全杀戮的快意，人类酿造了一个又一个屠城惨案，就像死亡的信徒在火山祭坛上给冥界之门献祭一般。每一场暴力争端都有万千无辜者死在利刃的寒光下，每一次屠城都会让一座城市变成亡灵游荡的冥界。

曾经的尸山血海，就是百里他们要找的毁灭之城。

人类，是自己的冥王。

3

听完百里的讲述，秦澜和笛卡尔脸上交织着复杂的神色，说不清那是生而为人的惭愧，还是跟百里一样的恐惧。先知的下一步将让他们直接面对人类文明史上最丑恶的一面。

“好吧，我按死亡人数来把屠杀事件排个序吧。”秦澜竭力让内心里与情感有关的东西放到一旁，只当作要进行一场灾难史探讨会，“第一是蒙古帝国大屠杀，死亡平民达到两亿人以上。”

13 世纪的蒙古帝国横行于亚欧大陆，征服了南宋、金、西夏、俄罗斯、中亚和东欧的多个国家，蒙古人的征途中一旦遇到抵抗当即屠城，不知有多少城市在他们的马蹄和屠刀下血流成河。

“请停一下，”百里打断秦澜道，“你还记得之前我告诉笛卡尔怎么选择星盘时间的吧？不管是时间还是史实，先知留给我们的密码都是明确且独一无二的。遭到蒙古帝国屠城的城市太多了，不知道哪座才是我们要找的‘冥王之城’，先知肯定不会以无法确定一座城市的历史事件为线索的。”

“我明白了，你是想要我找出只发生在一座城市里的屠杀史吧？”秦澜回道。

“没错，你试着把范围缩小在这个框架内，”百里又说，“从‘火的毁灭之城’的选择上看，先知更可能把目光放在规模宏大的城市毁灭事件上，所以，我们以死亡人数来做筛选标准，你就只说死亡人数达到十万以上的屠城史实吧。”

“这样倒是过滤掉不少无用信息，”秦澜边想边说，“那么，我想到了奥斯维辛、基加利、耶路撒冷，嗯，还有南京。”

四座城市，对应的是四场惨绝人寰的屠杀血案，百里下意识地屏住呼吸，预感到意识里与毁灭有关的幻觉在此之后必定会多出一层血色。

“在这些地方都发生了什么事呢？”坐在“土卫六”前的笛卡尔问道。

秦澜停顿了一会儿才道：“我从奥斯维辛开始说吧。”

1939 年，纳粹德国掀起第二次世界大战，并在第一时间入侵它的邻国波兰。仅一个月，德国就占领了波兰全境。1940 年 4 月 27 日，希特勒的副手希姆莱下令在波兰南部小城奥斯维辛建造集中营，从那一天开始一直到 1945 年战争结束，共计一百多万名犹太人在奥斯维辛集中营里惨遭杀害。

“好了，足够了，”百里止住秦澜的叙述，不想再听下去，他转向笛卡尔，“把 1940 年 4 月 27 日输入你的星盘程序，给我们看看当天奥斯维辛的星盘图。”

笛卡尔照做了，之前已经从 1952 年往前逆推演算了两千年，现在只需要调出一个完成运算的结果，再加上庞贝和奥斯维辛两座城市的地理位置相差不远，运算量大不了多少。没过多大一会儿，一幅星盘图就出现在“土卫六”的屏幕上。

百里只看太阳、地球和冥王星的符号位置，三者分列在三个星座宫内，显然不是冥王星冲日的星象。

秦澜理解了百里的思路：冥王星绕太阳公转一圈的周期是 248 个地球年，站在地球上以地球为参照物来看，冥王星每年都会有一个时间点与地球和太阳形成冲日之势。庞贝古城毁灭当天正好是冥王星冲日，由此推理出先知留下的“冥王之城”密码，既然“冥王之城”象征着发生过屠杀惨案的城市，那么现在就以那些震撼世人的屠城事件的起始时间来做出星盘图，如果屠城开始时在那座城市观测到的星象也是冥王星冲日，先知的“冥王之城”就找到了。

“第二个，是卢旺达首都，基加利。”秦澜接着说。

卢旺达位于非洲中东部，其主要民族是胡图族和图西族，两个民族间冲突不断。1994 年 4 月 6 日，当时的卢旺达总统，胡图族人哈比亚利马纳乘坐的飞机在基加利机场附近被击落，胡图族执意认定这是图西族所为，从而引起他们对图西族的疯狂报复。从 7 日开始，一百天内卢旺达全境有近一百万名图西族平民以及不愿参与报复行动的胡图族人被杀死。卢旺达大屠杀是世界历史上杀人速度最快的种族灭绝事件，在首都基加利，平均每五分钟就有一人死在屠刀或枪口下。

“一百天杀一百万人，”笛卡尔两眼发直，“就是平均一天杀一万人，上帝啊！”

他不知道用什么言语来评价残酷的人类，他不知道当屠杀者挥下屠刀时有没有想过那个喷溅出鲜血的躯体是自己的同类；他也不知道上帝按照自己的模样造出了人，又为什么要把魔鬼的触角放进人的灵魂里。

“计算 1994 年 4 月 7 日的星盘图吧。”百里嗓音粗哑地说。

笛卡尔的手指放在键盘上，这一次他的动作失去了先前的灵敏。过了几分钟，又一张星盘图出现了。

百里只看了一眼就摇摇头，同时心里一沉，在没找到冲日的冥王星之前就意味着他们还要面对更多鲜血淋漓的历史。

“说说耶路撒冷。”百里转脸看向秦澜。

“耶路撒冷大屠杀发生在 11 世纪，死亡人数达到十五万。”秦澜机械地说，只有这样才能让自己不受讲述内容的影响。

作为《圣经》里记载的耶稣受难地，耶路撒冷历来都是罗马天主教的圣地。公元 7 世纪，伊斯兰教在阿拉伯半岛兴起，快速壮大的穆斯林侵占了耶路撒冷。为了夺回圣地，罗马天主教组织起军队向东进发，军队里的士兵都佩戴了十字徽章，所以他们被称为“十字军”。公元 1099 年 7 月 15

日，第一支攻破耶路撒冷的十字军在圣城里大开杀戒，无论是平民还是军人，只要他们认为是异教徒的都难逃一死，破城的第一天就有七千多人死去。

这次笛卡尔不需要百里提醒，秦澜还没讲完他就把1099年7月15日输入程序，百里的目光转过来，计算机屏幕上已经停着当天耶路撒冷的星盘了。

“圣城也不是我们要找的地方。”笛卡尔望着与太阳形成锐角的冥王星符号说。

“那么，只剩下最后一座了。”百里和笛卡尔一同看向秦澜。

秦澜不自在地动了动身子，这一次她停顿得更久，似乎不愿提及那座城市历经的血光之灾。

“说吧。”百里轻声道，漆黑深邃的瞳孔里都是柔和的目光。

“在斯坦福，有一段时间我一直没去上战争史课，一整天都窝在工作室里，不是病了，而是那段时间教授们在讲南京大屠杀，我不愿也不敢去听课，尤其是在课堂上听着别人用研究报告式的语气去讲一桩我的祖国遭遇的惨案。”秦澜说这番话时能听见她拼命抑制的悲怆。

有些带血的历史并不只是封存在博物馆里供人研究回顾的文物史料，而是永远横在一个民族心口上的伤痕，不容忘记，也不容用冰凉的指尖去触碰。

1937年12月13日，侵华日军攻破南京，从当天开始往后的四十天内，他们烧杀抢掠无所不为，至少有三十四万来不及撤走的南京平民及战俘遭到残暴的屠杀。其间，丧失人性的日军想出各种花样来杀人，日本军官甚至举办“杀人比赛”，比拼谁能杀死更多手无寸铁的平民，日本的官方报纸《东京日日新闻》居然对比赛获胜者进行夸赞性的报道。

“当我的教授平静地说那两个日本军官在不到两个小时内就杀了超过四百个南京平民时，我当即丢下书本离开教室，从此再没去上过南京大屠杀的课，”秦澜的声音低哑，双肩控制不住地颤抖，“我从来不敢去看南京大屠杀的历史照片，那些泛黄的照片里死去的都是我的同胞，他们的皮肤、眼眸、头发和我都是一样的，可是那些屠杀者却能提着他们的头颅大笑着拍照。说真的，我从没后悔过选择灾难史作为研究课题，但南京大屠杀却让我动摇了。"

秦澜埋下脑袋，温热的泪水滴在手背上。笛卡尔想靠过去，最终还是止住了，他自知体会不到秦澜的哀楚，任何安慰都苍白无力。

百里没有说话，只是绕到笛卡尔身后，弓身俯在计算机前，伴着敲击键盘的"嗒嗒"声把"1937 年 12 月 13 日"输入星盘程序里，按下确认键。

运算程序跳跃起来，南京与前面几座城市在空间位置上相隔较远，等待结果的时间也被拉长了。

秦澜等眼眶里不再涌出泪水才抬起头，看向站在计算机前沉默的催眠师。

那三十四万死在南京大屠杀里的不幸者也是他的同胞啊，为什么他没有丝毫触动呢？

百里能觉察定在背后的目光，他却没有回头，没有要做出解释或慰藉的意思。

出色的催眠师往往是冰冷的机器，他们不容许外界的事物过多地左右内心的悲喜，在意识的战场上，过大的情绪波动有可能直接导致他们功亏一篑。曾经的惨痛经历让百里学会了无论何时都要把心理情绪的绝对控制权牢牢掌握在自己手里。

跳动的程序停住了，"土卫六"现出它的结果。船舱里三双眼睛同时定格在那张昭示着"冥王之城"的星盘图上。

"什么都没有……"笛卡尔适时地发出一声轻叹。

1937 年 12 月 13 日，以南京为观测地点的星盘上，冥王星与地球处于不同的星座宫内，加上太阳，在三颗星体之间连上虚线就形成了一个钝角三角形。

什么都没有，在大屠杀开始的黑暗日子，阴森的冥王星避开了地球，直直地瞪着太阳。先知设下的路标，依然隐藏在迷雾深处。

第 18 章

反催眠

1

加州时间5月22日20点52分（当地时间是次日早晨6点52分），一条名为“福克号”的渔船停在克里特岛附近。

沉默的气氛笼罩在渔船上的一间窄小船舱里。

四座发生过大规模屠杀事件的城市都不是答案，百里的推理在此时看起来就像一个可笑的错误，先知设下如此完美的密码链，怎么可能仅仅找到相同的星象就能轻易破解冥王密码呢？

百里目光黯淡，紧盯着“土卫六”屏幕上的四张星盘图，笛卡尔和秦澜交换了一个不知所措的眼神。

人类亲手犯下的屠杀罪孽绝对不是冥冥之中注定会发生的灾难，我却把屠杀开始之日的星象跟两千年前的一场天灾发生日的星象联系起来，真是太蠢了，白白浪费这么多时间。百里自责地揉了揉前额。

不过，这次失败的尝试并不是一无所获，至少能够肯定：“冥王的毁灭之城”指向的一定是一座发生过大屠杀的城市。

“秦澜，请你再想一想，”百里抬起头，道，“庞贝古城毁灭以后，只在一座城市里发生的，死亡人数在十万人以上的屠杀事件，就只有你刚才说的这四起吗？”

秦澜暗自以为百里对他的推理还不死心，想再试试别的城市。她认真地思考了好一会儿，坚决地回道：“是的，我可以肯定。”

百里点点头，目光移回到面前的四张图上，再次陷入沉思。

不可能把这四座城市都搜索一遍，只有用最快的速度破解先知的密码，找到“冥王之城”，第三个失踪学者才有生还的希望。可是，通往答案的关键线索在哪儿呢？究竟漏掉了什么呢？百里的眉头紧紧地锁住了。

这时，船舱外传来由远及近的脚步声，阿里斯从外面急匆匆地跑进来，大声叫道：“你们带上船的那个男的，那个什么博士，他醒了。”

2

特里斯坦博士仰躺在窄小的铁床上，无神的双眼直盯着锈迹斑斑的船舱顶，许久都不眨一下。百里坐在床边，和博士一起保持沉默。

秦澜和笛卡尔留在隔壁舱房，他们听到特里斯坦醒来的消息时也急着要过来，亲耳听听学者们离开旧金山之后都发生了什么，百里不留余地地拦住了他们。

“听着，”百里挡在门口说，“他的精神还很脆弱，我们三个一起去只会让事情变得更糟，你们俩留在这儿。”

“刚才我就睡在他旁边的躺椅上，没见他有多糟啊！”笛卡尔往前推搡着，想突破百里的阻拦，后者有力的手臂把他挡了回去。

“我保证，你们会一字不落地知道特里斯坦博士告诉我的任何东西。”经百里这么一说，笛卡尔才安静下来。

他悻悻地坐回到“土卫六”前，咕哝道：“我可记着你的保证。”

稳住了两个同伴，百里才走向特里斯坦的房间，他轻手轻脚地推开门，就看到床上的人半睁着眼睛，表情呆滞。百里走到床边，在躺椅上坐下。

面对刚从沉睡中醒来的精神分析学大师，百里反倒不急于去弄清楚他和其他学者失踪后的遭遇。从铁床对面的舷窗看出去，透过脏得发黄的玻璃能看到一条快艇飞速掠过平静的海面。百里的思绪又习惯性地转到别处，他想到了冥王密码的难题，又看了看躺在眼前萎靡不振的学者，心里忽然腾起一丝希望：或许，特里斯坦博士知道些什么。

思绪绕回来，特里斯坦还是直挺挺地躺着，如果不是因为呼吸而起伏的胸口，几乎就要让人以为这是一具没闭上眼的尸体了。

就像横在圣安地列斯断层线上的莫先琳一样。

心脏微微地抽了一下，肺里的空气蹿上百里的喉咙，又缓慢地穿过鼻腔，留下一声轻不可闻的叹息。

特里斯坦捕捉到了这一声微弱的声响，脑袋在靠枕上动了动，僵硬的瞳孔移向声响的源头。

“她死了，是吗？”嘶哑的嗓音，不像是人类的声带发出来的。

他说的“她”是谁，不言自明。

百里点点头：“是的，临死前她给我留下了线索，引导我和我的同伴找到了你。”

特里斯坦艰难地别过脸去，对着脏舷窗重重地抽了抽鼻子，再转过脸来时他恢复了刚才那张僵如岩石的脸，除了眼眶里多出几道红血丝。

“她是第一个离开的，我是第二个。”特里斯坦没来由地说。

“离开？”百里没有掩饰自己的惊异，也没有往下追问，只是等待着特里斯坦把话说完。

没想到特里斯坦用与他的眼神一样枯干的语气反问道：“你还想知道什么？”

既然说破了最难以接受的噩耗，也就到了开门见山的时候，百里一口气抛出三个问题：“你和其他的学者在中国发生了什么？是谁劫持了你们？是谁杀了她，又把你丢到了维苏威火山里？”

“我不知道。”特里斯坦低声说。

百里紧盯住他的目光，他也不逃避，停滞在眼眶正中的瞳孔没有半分神采。忽然，百里看到有两条枯藤从他无神的瞳孔里爬出来，沿着地板蔓到自己脚边，又顺着小腿、腰背、脖颈，爬上脑袋，缠住它们能抓到的每一块血肉。出于求生的本能，慌乱的百里试着抬起双手捂住脖子，可是他动弹不得。全身的氧气都快要被越缠越紧的枯藤挤出来，下一刻他就要窒息而亡。

“我不知道，”特里斯坦闭上眼，重复他的回答，说话的语气里带了些人类的温度，“确切地说，是我没有那一段的记忆。”

幻觉里的干枯藤蔓消失了，百里的呼吸顺畅了一点。

“你看起来不太舒服。”关切的暖光从特里斯坦的眼睛里透出来，全然不像刚才那双可怕的枯藤窝。

“我没事。”百里深吸了几口气平复狂跳的心脏，半晌才找回说话的力气。那些突如其来的幻觉他并不陌生，昨天在斯坦福大学的校园里第一次见到秦澜时，他也曾坠入死亡的虚影。

见百里苍白的脸恢复了些血色，特里斯坦才说：“我应该感谢你救了我，百里途先生，没让我死在那可怕的地方。”

百里无力地摆摆手，撑着不省人事的特里斯坦逃离维苏威火山都没让他像现在这么难受。

“看来你比我更需要休息。”特里斯坦说着就要从床上坐起来，百里伸手按住他的肩膀。

“我真的需要你的记忆，我必须知道你进入维苏威火山之前的经历。”还在喘气的百里半垂着脸，漆黑的双眸里是不可动摇的坚毅。

就连身为心灵会高级教士的特里斯坦都在这双眼睛的注视下退缩了，他躺回铁床上，诚恳地回道：“请相信我，我真的失去了那一段你认为很重要的记忆。”

是潜抑吗？百里在心里问，嘴上没说出来。以特里斯坦这样的潜意识学大师，不会没有考虑到潜抑这一层，他既然一直声称自己是“失去记忆”，那就一定有其他因素等待百里去发掘。

“如果可以，我想试试催眠。”百里亮出最后的底牌。

特里斯坦眼角的皮肤跳了一下，像是听说了一件难以置信的事儿，显然是没想到百里会提出催眠。

研究精神分析学的特里斯坦博士本身也是个技艺高超的催眠师，百里不会不知道，要对催眠师进行催眠可比催眠普通人困难得多——从业多年的催眠师常常作为他人意识的主导者，从自己的角度出发去引导受试者的意识几乎已是他们的本能行为，在轮到他们成为受试者，把自己的意识引导权交到别人手里时，必然会受到来自他们潜意识的强硬抵抗。由于催眠是与潜意识的直接交流，所以无论受试者的显意识多么想顺从催眠指令都没用，甚至在催眠过程中，习惯了催眠师角色的潜意识还会驱使他们反客为主，对当前的催眠师发出反催眠暗示，把他带进自己控制的梦行①轨道里。可以说，让一个催眠师进入催眠状态更像是跟他来一场激烈的较量，比拼的是自我信念的强度、控制意识的能力和催眠技术，胜利者才能赢得对方的潜意识世界。

“你知道‘催眠冲突现象’吧？”特里斯坦想确认百里的计划。

“我知道，”百里没有丝毫犹疑，“我们俩都是催眠师，想找回你失去的

---

① 梦行：详见《催眠师 1：楚辞密码》。

记忆，还得看我能不能战胜你的潜意识。”

“百里途，整个心灵会都知道你的潜意识状态非常脆弱……”特里斯坦的话故意只说一半。

“这我也知道，”百里不以为意地说，“不过就算我的潜意识很不稳定，我也有办法找回你的记忆。”

“好，”特里斯坦受到百里那股倔劲儿的感染，不再多说什么，他鼓足力气撑起上半身，靠坐在床头，“你准备好，就可以开始了。”

“进入催眠状态会耗费很多精神能量，你能坚持住吗？”百里担心地看向虚弱的受试者。

“你都不怕，我还怕什么？”特里斯坦笑着说，“事实上，如果有充沛的精神能量，你就更难对付我了。”

百里回以波澜不惊的微笑，拖着躺椅往前移近铁床：“那好，我们开始吧。”

3

在前辈面前，百里选择了他拿手的“凝视催眠”。得益于天生的漆黑深邃的瞳孔，百里把这套由赫宁·塞勒涅首创的催眠法驾驭得炉火纯青。

“请看着我的眼睛，”百里低沉地说，“把你的注意力集中到我的眼睛里来。”

“我早就想领教催眠师百里途的‘宇宙之眼’了。”特里斯坦放松地说，转过眼与百里对视。

百里没有要求受试者配合催眠，他深知特里斯坦博士自我意识控制力很强，其显意识是不会那么容易退让的。

为了降低催眠冲突现象的干扰，成功完成催眠，百里不得不下一步险棋。

“望着我的眼睛，催眠师特里斯坦，请让我进入催眠状态。”百里发出轻柔的指令，两只瞳孔时而深远迷蒙，时而清晰明亮。

微仰着头的特里斯坦一愣，当即明白过来。

既然特里斯坦控制意识的能力要强得多，而百里自己的潜意识状态又极易受到暗示信息的影响，因而，百里便反过来把催眠师的身份交到特里斯坦手里，让后者亲自把握催眠过程。重新成为催眠师以后，特里斯坦的潜意识对自我的保护会放松许多，这时百里的反催眠指令才有攻入特里斯坦内心的可乘之机。

以退为进的木马计，关键在于百里能不能让自己的一部分显意识保持清醒，用以发出反催眠暗示，如果他的全部显意识都在特里斯坦的催眠下沉没，催眠计划也将以失败告终。

领悟了百里的意图后，作为配合的一方，特里斯坦立即说出催眠语："现在我是你的催眠师，由我来带你主导你的意识，让你进入催眠。"

百里接收到特里斯坦的暗示信号，呼吸开始放缓，做好接受催眠的准备。

"你感觉非常困倦……非常疲惫……"特里斯坦用缓慢沉厚的声音诱导百里。

百里深邃的双眸坚持与特里斯坦对视，同时原封不动地重复他的催眠指令："你感觉非常困倦……非常疲惫……"

语调更加低沉，像一瓶高纯度的白兰地直接灌进意识深处，特里斯坦觉得眼前仿佛起了一层朦胧的白雾。

他仍盯着百里的瞳孔，继续说："闭上眼……放松身体的同时放空你的意识。"

"闭上眼……放松身体的同时放空你的意识。"百里什么也不做，只是把特里斯坦的话返还回去。他的眼睑慢慢地闭合，又慢慢地睁开。

在特里斯坦眼里，百里的眼睛成了两颗以极慢的速度闪动的恒星，缓闭缓开的眼睑后那一双瞳孔依然深不可测，遥远无边的黑暗恍如没有星光的宇宙，正在侵蚀自己的大脑。

"你即将进入催眠状态……听我数到三……"特里斯坦含糊不清地说，他的显意识已经走到百里的瞳孔边缘，再往前踏一步就要坠落其中了。

"你即将进入催眠状态……听我数到三……"百里跟着说，眼睑不再闭合，漆黑的瞳孔是未知的黑洞。

“一。”黑洞的巨大引力聚集在特里斯坦的眼眶处，让他的眼睑难以抬起。

“一……”

“二。”特里斯坦快要睁不开眼，声音低如呢喃。

“二……”

“三。”终于到了这一步，特里斯坦心里满是解脱的轻松感，他准备在黑洞里一睡不醒。

“三……”百里跟着说出最后一个字。

“你睡着了……来到内心的世界。”说完，特里斯坦掉入等待已久的黑洞，他的显意识消散在浩瀚的宇宙荒漠里。

进入催眠的不只是被反催眠的催眠师，作为受试者的百里在步入梦态①之前用最后一丝清醒的显意识发出他自己的暗示：“你来到内心的世界，在这里，你记得三个月以来的所有经历……都说出来……都告诉我。”

强撑了很久的双眼终于闭上，受试者百里途的显意识与催眠师特里斯坦的同时退去，他们在意识的大海里越潜越深，隐藏在海面下的潜意识冰山在他们眼前现出巨大的山体。

---

① 梦态：详见《催眠师 1：楚辞密码》。

第19章

特里斯坦的回忆

1

百里在低速旋转，像一颗自转的行星。

身周是空茫无际的黑暗空间，没有一丝光亮，一如下潜到几万里深的海底。百里不能以周围的可视物作为参照物来感受自身的运动，只有大脑深处传来的眩晕感使他觉得自己正在以脚跟为轴原地打转。

这是刚进入催眠的正常现象——当潜意识将要主宰整个心理结构时，人类的意识器官还需要一点时间来为迎接它的新主人做好准备；而位于内耳，负责感受空间和维持平衡的三条半规管会对突然出现的空无感到措手不及，它们紧张得发抖，刺激着周围的神经细胞，把紊乱的生物电流传遍大脑的神经网络，旋转感由此而来。

潜意识绝不会主动向接近它的人展示它深藏的秘密，如果引导梦行的外界指令不再传给接受催眠的百里，他虽然会慢慢地静止下来，但是漫无边际的黑暗不会改变，他只能在黑暗里默默地等待着，等待催眠师运用潜意识材料构筑一个有光的世界。

此时，百里面对的催眠师，是同样被催眠的特里斯坦博士，他们是两张站在一起的多米诺骨牌，一张不倒，另一张也会永远静立。

推动特里斯坦那张骨牌的力量，就藏在百里沉睡前的最后一个指令里。

“你来到内心的世界，在这里，你记得三个月以来的所有经历……都说出来……都告诉我。”

半规管安静下来，旋转停止了，百里冻结在浩瀚的黑暗中，极力捕捉某一点预示骨牌倒下的光辉。

过了很久——梦行于潜意识世界的时间感和现实的时间感是不同的，因此更确切的说法是，百里的生物钟感觉过了很久，周遭的无声黑暗没有什么变化，只有收藏了无数秘密的潜意识冷漠地凝视着唐突的闯入者。

百里停留在黑暗的海底，耐心地等待另一个同在梦态意识之中的人吐露他内心的记忆。

眼角捕捉到一缕微光，轻闪在遥不可及的角落，犹如在黑夜里点燃一支蜡烛。百里并没有过于雀跃，他知道这一刻迟早会来。

远在角落的光晕笼罩的范围快速扩大，没过多久，最开始绿豆大小的光点已扩散成一面光墙，不过光并不明亮，而是呈一种极深的暗蓝色，仿佛冬夜的晴朗天空。

转眼间，一只巨手拨开所有黑暗，幽邃的海底直接幻化成深夜的天际。百里悬在夜空中，脑袋又开始发晕，他勉强稳住心神，等待四周的场景出现新的变化。

他没有等多久，仿佛一股清泉稀释了夜空，暗蓝色逐层淡去，催眠引出的潜意识记忆有了实际的内容。

这是一个宽阔的大厅，温度不高，来访者打了个哆嗦。昏暗浑浊的光线从足有三层楼高的天花板上落下来，抬头仔细看，会看到整面天花板就是一块发光的平面。数不清的巨大钢质架子整齐地排列在大厅里，一眼望不到尽头。

百里诧异地发现这个地方很眼熟。

有人声从两排书架间的走道传来，百里顺着声源的方向找去，在一条走道里找到了他们。

五个人聚在一座放满恒温箱的钢架前，百里认得那五十六个价格高昂的恒温箱，那种内部空间恒温恒湿的设备是专门用来保存重要古籍文物的。

“你来晚了两分钟，霍利。”一个男人的声音冲百里嚷道。

“对不起，亲爱的，”回答从百里的嘴里自然而然地钻出来，“去实验室取资料的路上耽搁了。”

我在特里斯坦的身躯里？奇怪的感觉占据百里的内心。

荒城迷局事件结束以后，百里途在第一时间仔细总结了发生在希腊渔船上的这场催眠师与催眠师之间的双向催眠，并把这种能为后世的催眠学家提供不少研究论题的催眠手段命名为“镜像催眠”。

“镜像催眠”纯粹是个误打误撞的发现，百里运用催眠与反催眠，在现实中创造出阿不思·邓布利多的冥想盆①。

---

① 冥想盆：“哈利·波特”系列小说中的魔法道具，能在其中看到别人的记忆场景。

要把“镜像催眠”解释清楚，需要从催眠的基本法则讲起。

根据赫宁·塞勒涅在《催眠论》一书中提出的法则：催眠是催眠师与受试者潜意识之间的直接交流，催眠师只能引导或组织对方潜意识内储存的信息材料。若受试者的潜意识世界不存在某种信息，再高明的催眠师也不能在其中凭空创造出该信息。《催眠论》里列举了一个“大象不可知定理”：有一个从没见过大象的受试者，催眠师可以通过语言描述，引导存在于受试者潜意识的“长鼻”“大耳”“粗腿”等一系列碎片信息，堆砌出大象的粗略形象，把一头模糊的、类似于抽象化的大象放进受试者的潜意识。

但是，纵使催眠师把大象的每个细节都描述得极尽详细，也仅仅是调用了潜意识内已有的材料来组成一个新形象，催眠永远不可能脱离潜意识的基础创造出一座空中花园。试想，没见过大象的受试者如果连“长的”“鼻子”“大的”“耳朵”这些碎片概念都没有，催眠师又怎么能创造出“大象”呢？

在中国，有一句更易懂的古话解释了“大象不可知定理”——百闻不如一见。

回到“镜像催眠”上来，为了降低“催眠冲突现象”的影响，百里想出了反催眠的主意，具体过程是特里斯坦催眠了百里，百里又通过反催眠让特里斯坦进入催眠状态，他们都是催眠师，同时也都是受试者，就像两面相对而立的镜子，两人都映照在对方的镜像空间里。在他们都被催眠后，百里的最后一句暗示起了作用，特里斯坦把自己深埋在潜意识的记忆用语言表述出来，引起百里的潜意识变化，以百里的潜意识碎片信息为材料建构成特里斯坦的回忆情景，催眠状态下的百里站在特里斯坦的人格角度上，“回顾”其三个月来的经历。

一个人的身躯里有了另一个人的人格，是不是很熟悉？

2

放满恒温箱的钢架前，五个人随意地或立或坐，特里斯坦的双腿带着百里的眼睛向他们走去，近了，可是百里却看不清他们的容貌。

所有人都是一团模糊的黑影，像是被一块毛玻璃挡住了，无法辨别出他们的脸庞和身形。

“好了，莫，让你的霍利休息一下吧。”靠坐在钢架脚的一个人影说。

莫？那人在跟活着的莫先琳说话？可是莫先琳怎么会发出男人的声音？

百里试着通过话语的音色分辨打圆场的人是谁，竟发现他的嗓音很熟悉，不久前自己肯定在哪里听到过。

“好了，大家都到齐了，让我们开始吧。”站在正中间的人影说，声音同莫先琳，还有坐在地上的那个人一模一样。

百里反应过来，记忆里的所有人都用的是特里斯坦的音色说话交流。

看不清身形容貌、分不清嗓音，百里彻底打消了认出他们的念头，现在只能抓紧时间看看他们要干什么。

“我们是在歌珊之地，这才是真正的秘密会议啊！”站在最远处的一个人影赞叹道。

秘密会议？百里心头一紧。

五个人保持着刚才的姿势没动，加上新加入的特里斯坦，六道目光一同转向钢架上的某个恒温箱。

“以魂灵的理性宣誓，我们将守护秘密，直到应该开启之时。逾越即是苦楚。”

神圣誓言的最后一句话引起百里心头的巨震。

“逾越即是苦楚。”

六个人随性的动作和各自的喃喃低语，使他们的宣誓不像一场庄严的仪式。待每个人都说完誓言，立于正中的主持者回过头，不带有丝毫感情地吩咐道：“亚瑟，由你来把基石放在法典下。”

后面的一个人影走上前，双手虔诚地托着一个精致的铁盒，俯身打开恒温箱门，把铁盒压在箱内的一块石板之下。

“奠基完成了，我们已开启法典的坦途，”主持者淡淡地说，“接下来，我们为了理念世界所做的一切都将得到《歌珊法典》的认可。”

“我是第一个。”属于莫先琳的人影站出来说。

“是的，莫。”主持者点点头，回答道。

莫先琳走到特里斯坦面前，即使靠得如此近也看不清她的脸，躲在特里斯坦身体里的百里感到侧脸上传来一阵温热。

“我会想念你的。”莫先琳轻声说。

“弗兰克实验室为你感到骄傲。”特里斯坦望着他的女友，却只能看到一团乌黑的浓雾，百里能想象两人对视的深情目光。

莫先琳发出轻不可闻的笑声，离开钢架之间的过道走远了，被唤作亚瑟的人影跟在她身后，像黑夜里驱之不散的幽灵。

“如果没有莫和她的弗兰克实验室，我们永远找不到释放知识的钥匙。”主持者定在原地，静如死水的语气终于有了些波澜。

话说完，眼前腾起白色的薄雾，周围的场景迅速淡退，但是最初的黑暗虚空并没有浮出来，等身周的空间重新组合成形，百里意识到是特里斯坦的记忆切换了。

他们在一架私人飞机上，从圆形舷窗看出去，只见银色的机翼掠过厚重的云层，炫目的日光偶尔会穿过云层照进机舱，落在圆桌对面那个黑影上。

那是一个没有身躯和脸庞的灵魂，用特里斯坦的嗓音说话：“你的论证很精彩，博士。”

在特里斯坦的身躯里，百里也感到一丝渗入心底的悲苦，他说：“整个弗兰克实验室用了半个世纪的时间证明这个理论，我们确信那就是开启理念世界的钥匙。”

黑影从小牛皮沙发上站起来，缓步踱到舷窗前，有一道阳光穿透云层，笼罩在黑影身上，在他身后投下巨大的影子。

“这次实验会告诉我们的一切，早晨，即将来临。”

“是的，”特里斯坦低下头，“人类文明早该迎来一个新的早晨了。”

白雾弥漫，机舱也消失了，第三次出现的记忆场景是一个半球形的洞窟内部，湿冷的空气包裹住全身，冷得刺骨，岩壁上爬满发出冷暗荧光的藻类，正方形的地面上有一座圆形石台，风格古怪的石门立在圆台正中。

在火山爆发中毁灭的祭坛，百里熟悉这个差点要了他的命的地方。

把死亡的祭品放在象征冥界的石门前真是再合适不过，特里斯坦想道。

他盘腿坐在石门下，赤裸的上身因寒气的侵袭而布满鸡皮疙瘩。没有食物、没有饮水，人在这样的环境中不可能活着撑过三十六个小时。

我是第二个，那个催眠师很快就会来，前提是我们没有高估他。特里斯坦平静地想。

他冻僵了，却执意不肯往火山口方向走几十分钟的路，去让滚热的空气烘烤一下身体。

在催眠师赶到之前，他得参悟藏在石门中的秘密，只有破解秘密得到的答案才能确保他们活下来。

柏拉图的神秘学院习惯了隐瞒一切，即使是对学院门徒也不会什么都坦白。

“知识深藏于心，逾越即是苦楚。”特里斯坦微微睁眼，望着空无一物的石门说。

怀里忽然感到一阵震动感。

特里斯坦摸出放在胸口的黑色金属方盒，长条形小屏上显示着一串代码，不用心灵会的那三台便携超算机他也知道是谁打来的。

“我在。”特里斯坦按下接听键。

“在石门内已安置好火药，”听筒里传出特里斯坦的说话声，“石门机械地自毁系统也已开启，引爆器是您的‘黑火柴盒’，请您按住拨号键盘上的确认钮，一旦确认钮感应不到压力，自毁系统就会立刻启动。”

“好。”特里斯坦回道。自己和自己打电话，藏在他身体内的百里感到一丝异样。

“依先知的意思，即使他们没有准时赶到，毁灭最终还是会降临，”特里斯坦的声音在电话那头又说，“希望您明白。”

“我明白，我是祭品。”特里斯坦坦然地说。

“祝您好运，博士。”对方说完就收了线。

特里斯坦放下手中的机密电话，小屏幕上的代码在挂断电话时就变成一个飞快倒数的秒表，他按住确认钮，秒表才回到正常的速度。

“精巧的设计，先知为你感到骄傲，亚瑟。”特里斯坦随手拿起一块碎裂的大理石板压住“黑火柴盒”。

他又抬眼看向屹立在面前的石门，冥王阴森的眼睛在石门后面回望着他。

“游览结束了，是时候醒来了。”冥王以特里斯坦的嗓音低语道，“盲眼诗人亲眼见过我的冥府，去找他吧，他会带你回到这里。”

3

一声撕心裂肺的惨叫，忽然从一墙之隔的舱房里传来，整条渔船上的人都被吓住了。

笛卡尔紧张地与秦澜对视一眼，两人脸上写满惶恐。

他们都听得出来，那是百里的声音。

船上的水手纷纷往舱房门口聚来，房间里的惨叫仍在持续，像是有谁在里面忍受酷刑的折磨。

笛卡尔率先冲出去，秦澜跟在后头。隔壁的舱房门前已经聚了不少人，笛卡尔大声喊着“借过”，费劲地拨开人群。

终于闯到门前，他猛地往下扳动把手，房门纹丝不动。

门锁上了。

秦澜来到笛卡尔身旁，从门上的小窗往里探视，看到一个人影蜷缩在地板上，捂着脑袋止不住地抽搐。

笛卡尔两手使劲地摇晃着门把，坚固的房门没有给他想要的回应。“快，把钥匙找来。”他回头朝身周的人群呼喝道。

那些水手面面相觑，无奈地摇摇头，他们没一个人是钥匙保管员。这条老旧的渔船上没有井然有序的管理制度，谁也不知道钥匙放在哪儿，被哪个喝醉的机械维护工随手扔到海里了也说不定。

“啊——”又是一声凄厉的喊叫，穿透门板刺到人们耳朵里，痛苦的声音能把每个人的耳膜都撕碎。

“让开！你们这些蠢货！”人群后响起怒火冲天的叫骂声，一个强壮的身影扛着一把太平斧快步走上前，堵在门口的水手见他来了，自动往两边退开，让出一条道。

扛着斧头的男人身形像一座巨塔，他走到锁死的舱房门前，眼角鄙夷地瞥了笛卡尔一眼，高举起太平斧砸掉门锁，一脚踹开房门。

门敞开了，百里的惨叫更加震慑人心，急得满头热汗的笛卡尔当先冲进去，秦澜回头向前来帮助他们开门的强壮男人恳求道："拜托，请把船上的医生找来好吗？"

"都给老子滚回你们的位置上去，"男人在门口拦住想进去看热闹的水手，又朝拼命想往秦澜身边挤的阿里斯吼道，"听到这小妞说的了吗？去找考夫曼过来。"

"好的，福克船长，我这就去。"阿里斯一边回头对秦澜傻笑，一边跑向底层的船舱，医生的房间就在那边。

在船长的威慑下，众人恋恋不舍地散了。秦澜转身走进门，就看见笛卡尔背靠铁床坐在地板上，百里的脑袋枕在他的臂弯里。

"他怎么样？"秦澜在百里身边蹲下来，才意识到她刚刚问了一个傻问题。

不用笛卡尔回答，长眼睛的人都能看出百里的情况很糟，糟透了。

他的嘴唇呈恐怖的紫色，从头到脚都在发抖，冷汗像泉水一样从头皮上流下来，浸湿了苍白的脸庞，双眼微微撑开一条小缝，其中看不见瞳孔，全是布满血丝的眼白。

"怎么办？怎么办？"秦澜求助地看向笛卡尔，她很少会让自己处于惊慌失措的境地，这绝对是最煎熬的一次。

向来都是问别人怎么办的笛卡尔这时反而表现得异常镇定，身为心灵会会长的学生，他看出百里的精神深陷在危险的催眠世界里，有人在其中对他做了致命的暗示，如果不快点把他唤醒，他们就只能带着一具能呼吸的尸体回旧金山了。

"听着，你去守在门口，不能让别人进来，我试着把百里从催眠里拽出来。"笛卡尔吩咐秦澜道，他固定不住百里的双手，脸上又挨了几下打。

"你一个人可以吗？"秦澜并不明白笛卡尔提到的催眠是怎么回事，她蹲着没动，"有人已经去叫船上的医生了。"

"医生搞不定这事儿，百里需要的是催眠师。"笛卡尔索性张开双臂，把百里箍在怀里。

笛卡尔是催眠师？秦澜带着一肚子的疑问退出房间，就碰上阿里斯跑回来，考夫曼医生拎着医药箱跟在后面。

满身酒气的黑胡子老头搓着手，胆怯地向舱房里张望，躺在地上的那个人身上没见有什么伤口，可他痛苦的叫喊一直没停过，像是有一把隐形的剔骨刀在刮他的头盖骨。考夫曼不算短的职业生涯里还没见过如此怪异的患者。

“那位先生是不小心听了海妖的歌声吗？我能为他做点什么？”考夫曼支支吾吾地问，心里犹豫着是不是要回去把《圣经》和驱魔用的圣水拿来。

“给我一瓶安定片，帮我在这里守着，别让任何人靠近。”秦澜心急火燎地往周围扫了一圈，想找到船长让他尽快靠岸，把百里送到催眠师的躺椅上去，可是那个肩扛太平斧的大个子却不见了踪影。

“救——救我——”百里的嘶吼吓得考夫曼两腿发软，他把安定片药瓶塞到秦澜手里，喊了句“是恶魔附身，恶魔要从他身体里出来了”，抱着头一瘸一拐地往回跑远了。

恶魔早已出现，它就在百里的意识里。

笛卡尔使出浑身力气才固定住百里的双手，然而百里的脑袋还在他怀里挣扎，因痛苦而扭曲的神色覆盖在那张没有一丝血色的脸上。

“听着，伙计，你能听见我的话，”笛卡尔在百里的耳边说，极力把诱导指令传进他混乱的潜意识里去，“你眼前有一道门，就在前面，走上前去打开它，去打开门……”

4

“盲眼诗人亲眼见过我的冥府，去找他吧，他会带你回到这里。”隐藏在石门里的冥王说。

百里从特里斯坦的身躯里剥离出来，以他自己的双脚站立在祭坛上。特里斯坦抬起疲惫的双眼，对百里惨然一笑。

周遭的空气骤然翻涌起来，轰隆声在不远处响起，脚下的祭坛随着半球形洞穴大幅颤动。

石门门梁上的三个犬头出现裂痕，顷刻间，裂痕自上而下遍及整座石门。

灾难的前兆来得太突然，百里没有半点准备。

前兆之后紧跟着就是毁灭的终章。轰！地底传来熟悉的巨响，百里空白的脑袋终于意识到发生了什么。

“糟了！”他的第一反应只有短短两个字。

祭坛上的石门在大地的怒吼中垮塌，犹如撕掉最后的封印，灾难的恶兽推开牢笼的门，露着獠牙，喷着血腥的鼻息降临人间。

发生大地震的同一瞬间，亿万吨高温熔岩从地底喷涌而出，火山祭坛被恶兽撕成碎片，坐在面前的特里斯坦博士在半秒钟内被上千度的高温气化成一缕水汽。

百里以为自己会跟特里斯坦一样死在催眠世界里，可是汹涌的岩浆滚过他的身体，他却安然无恙。

出于求生的本能，百里想逃到远离火山口的地方，就在他转身的刹那，他知道为什么让他的意识存活下来了。

为了让他亲眼看到人间末日。

根本没有什么火山口，岩浆直接从地底喷出来，地球成了一颗悬在烈火中的泥球，高温岩浆在每一寸土地上流淌，每一座城市都在烈焰中毁灭。血红色的天空里有一道触目惊心的裂口，其中的太阳像一颗发光的瞳孔，漠然地注视着苍穹下的临死万物。

这一次，死亡的气息比以往幻觉里的末世之景都要强烈。人类在死神面前只剩下绝望和疯狂，他们困在燃烧的城市里，为了争夺暂时安全的空间自相残杀，尸体铺满街道，血水流过高温的地面很快就蒸发成血雾。

百里想挡住眼睛，不让毁灭的场景再侵蚀自己的神经，然而末日的画卷像是镂刻在瞳孔上，无论是双眼紧闭还是抬手蒙在眼前，他都能看见被烈焰焚毁的城市废墟，还有在废墟中相互屠戮的人群。

撕裂精神比伤害身体要痛苦万倍，此时百里情愿是真的火焰在灼烧他的身躯。

“快醒来，快离开这儿！”他不断给自己传输唤醒指令。

催眠的程度太深，一股无形的能量把百里禁锢在其中，普通的自我唤醒催眠起不了什么作用。现在除了尝试用尖叫唤醒自己，百里别无他法。

潜意识的精神能量眼看要降到危机线以下，如果再不出去，微弱的精神能量就不足以支撑他脱离催眠的束缚，他将成为游荡在潜意识世界里的亡灵。

“快醒来！”百里想怒吼，却吼不出声。

只有集中起剩余的所有精神能量，给自己更强大的唤醒暗示才有逃出去的机会！

城市坍塌的巨响，人们临死前发出的惨叫不断地冲击耳膜、扰乱思绪，是冥想修炼发挥了作用，百里慢慢稳住心神，将所有精神内驱力集中成门形的显像。

一道门，在他身前勾勒出来。

深红色的木门立在火焰里，只要打开它，就能踏上返回现实世界的通道。

百里咬住后槽牙，往下扳动门把，推开门。

没有通道、没有现实，毁灭的画面没有改变，百里的意识仍然停留在催眠状态里，他出不去，那股无处不在的能量不允许他提前离开这场盛大的毁灭演出。

地震、烈火、屠杀……人类文明史上的大灾难，所有箭头都指向一个确凿无疑的靶心。百里可以确定那股束缚他的能量是什么，他在痛苦的精神折磨下再次验证了早就出现在心底的预感。

能量来自人类最阴暗的本能，它是比潜意识沼泽更可怕的心理黑洞。

百里决定做最后一搏。

第 20 章

盲眼诗人

1

“那扇木门是深红色的，你看得见，你走上去把门打开。”笛卡尔克制住心里的焦躁，一遍又一遍地重复。

他没有得到回应。

百里的脸完全皱起来，白得像纸，双手一直企图挣脱笛卡尔的控制。他全身都浸泡在汗水里，身体里的水分还在争先恐后地钻出毛孔，再这样下去，他早晚会因大量脱水而休克。

秦澜拿来一瓶淡水，可是饮水吸管没法放到百里的嘴里，他的上下两排牙齿紧咬在一起，除非用凿子来凿，否则不可能打开他的嘴，秦澜真担心会在百里的牙齿上看到碎裂的痕迹。

“要不要给他注射点盐水什么的？”阿里斯躲在门边问，这诡异的突发症也给了他不小的惊吓。

秦澜摇摇头，百里挣扎得越发激烈，很难把注射器的针头准确地扎进他的血管再完好地拔出来。

只能寄希望于笛卡尔尽快唤醒他，秦澜忧心忡忡地退回到门边。

笛卡尔的状况也好不到哪儿去，他抬起肩膀抹了一把挂在眼角的汗珠，回过头来靠近百里耳边继续做无谓的唤醒催眠。

“深红色的木门就在你身前，走上前去，打开门。”

催眠语言的内容需要保证前后一致，既然选用了“门”来构建返回现实的入口就不能换成别的什么形象，不然会使催眠状态里的受试者感到迷惑。

笛卡尔深谙此原理，他不断地往百里的潜意识里传导“门”的意象，只要穿过那道门，就能回来。

前提是，百里能够战胜那股强大到足以毁灭一切的黑暗能量。

2

百里坐在地上，火焰带着呼呼的低啸从他的身体里穿过。如同灾难刚降临的瞬间，他没有感到皮肉上的痛楚，所有的苦痛都越过肉体，直达灵魂。

既然闭上眼还是能看到发生大灾难的世界，他索性就凝视着让他不堪忍受的场景。

放空意识、抽空思绪，让所有精神能量都归为虚无，像在冥想中无数次做到的那样。

百里双眼的焦点涣散了，似乎有一层薄雾蒙在他的眼前。

火海仍然在千万座城市上肆虐，焦黑的尸体堆积成山，此起彼伏的惨叫比刚才还要凄厉。

你做得不错，百里自我鼓励道。他盘腿坐在火焰上，脑袋里只剩下一个点。

那是存在于宇宙大爆炸之前的奇点，无限大又无限小的奇点，万物从这个点开始从无到有。

百里感觉到自己轻盈的身体浮在奇点周围，围绕着奇点转动。

他空洞的双眼重新聚起光芒，同一时间，零维的奇点延伸成一维的直线，一维直线又扩展成二维的平面。

那是一个绝对光滑的镜面，其中只映照出百里席地而坐的身躯，除此之外没有别的映象，在镜前看去百里像是悬在一片水银汇集成的海面上。

他凝起漆黑的瞳孔，在眼眶深处现出一面黑色的镜子，与身前的镜面相向而视。

两块镜面一相对，无限遥远的空间立时出现在两个镜像世界里。

镜子里的瞳孔黑镜有无限大的引力，百里屏住呼吸，全身靠近黑镜。就在他感觉到镜中引力作用于自己的身躯的一瞬间，他化成一束光，直坠入黑镜内的无垠世界。

横行的岩浆、碎裂的大地，天空的裂痕和倾倒的摩天大厦都消失了，

"涅槃"空间干净得像一朵雪白的莲花。

一千个人可能有一千把开启"涅槃"的钥匙，屈原的"涅槃"钥匙是《天问》，聂尚和他的妻子，还有秦澈都曾用这把钥匙成功推开了"涅槃"的大门。但是，《天问》对百里途来说作用不大，他有一把独属于自己的钥匙，那就是深度催眠。

同特里斯坦的"镜像催眠"就已经把他推进潜意识的世界里，为了克服那股黑暗能量，唤醒自己，他必须借用隐藏在"涅槃"空间的精神内驱力，因此已经梦行在潜意识之内的他再度自我催眠，以更深一度的催眠来进入"涅槃"。

用文字描述百里途进入"涅槃"的过程跟低维生物描述高维空间一样困难，如果有人亲身经历，他一定会以为自己掉进了一部荒诞的科幻电影。

至于能让百里途不惜代价开启"涅槃"的黑暗能量是什么，那就是放在后面来说的内容了。

3

纯净的"涅槃"空间在潜意识的最深层，百里曾经来过这里，回到现实的途径对他并不陌生。

从常理上说，唤醒位于"涅槃"的受试者要比唤醒在上层潜意识中的受试者困难得多。可是今天不一样，那股黑暗能量组织起百里的潜意识材料，构建出一颗面临毁灭的地球，他难以从中逃出生天，相较之下，"涅槃"反而是台风圈的平静风眼。

当然，百里也仅仅是在"涅槃"空间的前门玄关，他不能再往里间深入，不然会比禁锢在表现大灾难的上层潜意识更加危险。

一阵喃喃低语，从四个方向传进脑海。

"深红色的木门就在你眼前，走上前，去打开门。"

百里当即领悟，那是从现实空间传来的唤醒指令，他决定接受指令的暗示，让"涅槃"内的精神能量跟随指令的引导。

又一扇深红色的木门出现在他的前方，精致的雕花门饰，银白的门环把手，每一个细节都异常清晰。

百里往前走，来到门前。

门后，是什么在等待揭晓？百里没有迟疑，打开木门。

门后是幽黑漫长的隧道，尽头处有一点微光，让百里想起那条连接维苏威火山和庞贝古城的地下暗道。

他穿过木门，沿着通往现实的隧道走向尽头。

在隧道另一端的现实世界里，看到百里紧皱的脸庞松弛下来，笛卡尔和秦澜高悬到喉咙口的心脏才往回落下一点。

随后，百里的身体也止住了抽搐，紧咬的牙关缓缓松开，眼睑轻微颤抖，似乎还没有足够的力气睁开。

笛卡尔抬手示意门边的秦澜去弄点水，秦澜急匆匆地拿来一瓶盐水。这回吸管刚放进百里的嘴里，他就像一个饥饿的婴儿吮住母亲的乳头，一口气喝干了整瓶水。

眼皮动了动，百里睁开眼睛，黑夜一般的深邃双瞳里只剩下疲惫。

“你终于醒了！”秦澜欣喜地看着百里说。

百里没有回答的力气，只能抬起手，指向铁床的一端。

顺着他的指尖，秦澜和笛卡尔看到僵坐在床头一动不动的特里斯坦博士。

从内心冒出的寒气滚过全身，秦澜脖颈后的汗毛倒竖，她转头看了看笛卡尔，在后者眼里发现了同样的惊惶。

“我去看看。”笛卡尔说着就要放下还枕在他手臂上的百里。

“我来。”秦澜拦住笛卡尔，站起身走到铁床边。

特里斯坦的身体带着温度，保养得当的皮肤虽然惨白，但已经有了一些血色，看上去像是一个大病初愈的中年男人静坐在病床上闭目养神。

秦澜的右手食指放在那只挺拔的鹰钩鼻底下停了两分钟，又移动到心口和脉搏上，最后翻了翻他闭合的眼皮。

“他死了。”秦澜盯着那双失去神采的眼睛说。

百里根本听不清秦澜在说什么，强烈的困倦感侵袭着他的大脑，让他随时都可能跌入沉睡的深渊。可是他知道，特里斯坦临死前给他留下了解开第三座荒城的关键线索，没有时间可以浪费了，必须立马掀开蒙住“冥王之城”的黑纱。

笛卡尔听到怀中的百里发出一阵低喃，同时，百里的手指轻轻拽着他的袖口。

“叫，叫医生，过来。”百里费劲地吐出几个单词。

惊魂未定的秦澜还站在铁床边，恐惧的目光愣愣地看过来。笛卡尔抬起脸冲她大声道：“别傻站着，快去把医生找回来。”

秦澜僵硬的身躯随之一震，回过神来，急忙对“无意中”走过船舱门口的阿里斯喊道：“快，带我去找医生。”

考夫曼医生几乎是被阿里斯和秦澜拖回来的，他一见到百里就闭紧双眼、捂住耳朵，“不，别唱给我听，别勾走我的灵魂”。

百里迟钝的耳朵已经快要听不到外界的声响了，他见一个黑色胡子的邋遢男人进来，竭力提高嗓门道：“给我，提神药剂，什么都行，只要别让我睡着。”

“按他说的做！快！”笛卡尔也急了，要不是百里还躺在他怀里，他一定会冲上去抢过考夫曼的医药包，亲手翻找百里需要的药剂。

“好的，我都给你，”医生扔下一些注射器和玻璃药瓶，苦着脸恳求道，“快让我离开这儿。”

紧张的考夫曼挣脱阿里斯的手，跑了出去。百里指着散落在地上的药瓶，秦澜会意地点点头，蹲下身用注射器从瓶中抽出液体药剂，带着担忧的神色把药剂注射进百里的血管里。

百里终于闭上眼皮了，等待刺激神经的药物发挥作用。不多时，他感到一阵热流在身体里横冲直撞，困意随之消散，沉重的身体也轻盈了许多。

做了几个深呼吸，百里搭着笛卡尔的肩膀，从地上慢慢地站起身来。“走吧，回我们的房间去。”他喘着粗气，又对站在一旁的阿里斯说，“对不起，希望你能找几个人过来，处理一下床上的尸体。”

阿里斯怔住了，显然没有想到那个刚醒来没多久的病号现在已经死了。

百里当先朝隔壁的舱房走去，没有回头。霍利·特里斯坦博士半坐在他身后的铁床上，灵魂已去往冥府。

4

一回到隔壁的舱房，百里立即把催眠中听到的最后一句话告诉了秦澜和笛卡尔。

“盲眼诗人亲眼见过我的冥府，去找他吧，他会带你回到这里。”秦澜靠在门边，低着头，右手摩挲着下巴，细细地琢磨。

“要找到下一个学者的藏身地，必须先找到什么盲眼诗人，”笛卡尔急躁地说，“我们又得花很多时间去找盲眼诗人了，是这样吗？”

“我不认为‘盲眼诗人’是我们能找到的一个具体的人。”百里摇摇头。

“那是什么？”

“先知是摆弄象征和密码的设局高手，我相信，盲眼诗人还是一种象征。”百里的眼睛转向站在舱门旁的秦澜。

在我身体里的兴奋药剂失去效用之前，一定要找到答案。百里在心里催促自己。

秦澜没有让他失望，没过几分钟，她的嘴边现出一丝微笑，只有破解出谜团的快意才能让她露出这样的表情。

“百里先生，这次你说错了一半，”秦澜道，“我们的确再也不能跟盲眼诗人见面了，但他是一个具体的人，而且他在历史上很有名。”

“哦？”笛卡尔急忙问道，“他是谁？”

“创作了《伊利亚特》和《奥德修斯》的诗人，”秦澜满怀信心地回答道，“荷马。”

百里恍然大悟，同时也领会了秦澜的信心从何而来——除了荷马之外，先知所谓的“亲眼见过冥府的盲眼诗人”不可能是别人。

能用一个人的名字来命名一段历史时期，这是文明史上绝无仅有的殊荣。从人类文明出现至今的数千年来，获此殊荣的不超过十人，荷马，就是这其中的明珠——公元前 12 世纪到公元前 9 世纪，从多利亚人创立斯巴达古国并且开始南下侵略希腊城邦，到古希腊迈锡尼文明灭亡，这漫长而动荡的三百年以“荷马时代”为名，因为是这位失去双眼的诗人用他笔下的不朽史诗，记录了文明灭亡的波澜。如果没有《荷马史诗》，为西方文明奠基的古希腊神话就无法以一个权威的系统流传至今，而会像古代中国神话一样，零散的见于各类文献。直到今天，人们时常听说的“特洛伊木马计”“阿喀琉斯之踵”“勾魂的海妖歌声”，就是《荷马史诗》中的故事。

“最重要的是，荷马在他的史诗中，无数次提到了‘哈迪斯的冥府’。”秦澜最后总结道。

“冥王之城，在希腊？”笛卡尔兴奋地叫了起来。

“多利亚人毁灭迈锡尼文明比庞贝古城灭亡早了一千多年，”秦澜瞪了笛卡尔一眼，“你忘了吗？第三座荒城发生灾难的时间必须在庞贝毁灭以后，所以不可能在希腊。”

“盲眼诗人亲眼见过我的冥府。”

“先知让我们找的，是荷马描述冥府的诗句！”百里笃定地说，转头向秦澜询问道，“你能把《荷马史诗》全文背下来吗？”

秦澜露出不可思议的表情，道：“《伊利亚特》和《奥德修斯》加起来接近三万行，要全背下来，也太难为我了吧。”

“看来，我们真的需要互联网的帮助了。”百里扭头看向早已息屏的“土卫六”。

“你们等我一下。”秦澜说完，打开门走了出去。

“她去干什么？”笛卡尔从舱房里探出头去，往甲板上看，秦澜却不见踪影。

这时，隔壁安置特里斯坦的房间传来阿里斯的声音，只听到他说了一个词，“当然”。

没过多久，秦澜回来了，刚一进门，就得意地扬了扬手里的黑莓手机，道：“不用‘土卫六’，我们也能查到《荷马史诗》。”

第 21 章

弗兰姆兄弟的赠礼

1

《荷马史诗》分为《伊利亚特》和《奥德修斯》两部分，前作叙述了特洛伊战争的最后阶段，希腊联军设下木马计攻陷特洛伊城。《奥德修斯》延续前作的情节，讲述战将奥德修斯经过十年的海上历险，终于返回家乡的故事。作为西方文学史上目前已知的最古老的文学作品，《荷马史诗》的全文很容易就能在网络上搜索到。

“把整部史诗都下载下来吧。”百里建议道。

秦澜在黑莓手机的小键盘上摁了几下，抬起头回道：“我已经存下来了，现在我们直接以‘冥府’作为关键词来搜索，找出详细描写冥府的句子，对不对？”

百里点点头，从先知留在特里斯坦潜意识里的线索来看，这已是唯一行得通的办法。

秦澜对着手机屏幕开始搜索，笛卡尔也凑过头去，两个人的脑袋挤在黑莓手机小小的屏幕前。

焦灼的等待。百里闭上眼睛，开始祈祷药剂在自己的血管里多停留几分钟。

“都是在说什么人去往哈迪斯的冥府，并没说冥府是什么样的啊！”笛卡尔的脸色越来越凝重，秦澜沉默地摁着按键。

又过了五分钟，秦澜抬起头，失望地道：“翻完《伊利亚特》了，没有找到我们需要的内容。”

“在《奥德修斯》里面能找到。”百里面不改色地说。

秦澜的注意力回到手机上，再次往下翻找。

“等一等！”笛卡尔猛地伸手挡住往下翻页的秦澜，“读读这几句。”

秦澜微眯起眼睛，把笛卡尔指出的几行诗句轻声读了出来。

“这是属于佩尔塞福涅的圣林。

在那里，你下船，步入哈迪斯幽暗的冥府。
还有火河和斯提克斯支流哀河，
奔腾汹涌地绕着一块岩石，
轰声隆隆地汇合流入冥府的深渊阿克戎。
英雄啊！你要听从我的吩咐，
在那里挖一个深坑，一肘尺见方，
然后在坑旁为所有死去的人献祭。”

读到最后，秦澜的声音开始发抖。

这是史诗《奥德修斯》的第十卷，奥德修斯恳求女神基尔克帮助他们回到久别的家乡。基尔克告诉他，他们必须先去冥王哈迪斯和冥后佩尔塞福涅居住的冥府，找寻预言师特瑞西阿斯的灵魂。随后，基尔克详尽地告诉了奥德修斯冥府是什么样子。

荷马用短短八行诗句，将阴森的冥府记录下来。

接着，就看看先知用哪座遭遇大屠杀灾难的城市来象征冥府了。

“秦澜，在 Google 上搜索奥斯维辛、基加利、耶路撒冷和南京的卫星地图。”百里的声音平静如常。

秦澜隐约预感到了什么，默不作声地完成搜索。在四张地图一一出现时，她抬起手捂住嘴唇，但还是没止住那声低沉的惊叹。

“什么?”笛卡尔忙不迭把手机抢过来，看清屏幕上的地图后，也跟着倒吸了一口气。

百里伸出手，从笛卡尔手上接过已经发热的黑莓手机，目光在四张地图上都扫了一遍。

奥斯维辛位于波兰南部的内陆平原上；基加利的位置在卢旺达中部，是一座地势很高的山地城市；地中海和死海之间的圣城耶路撒冷同样坐落于山地。这三座城市无论是历史文化还是地理人文定然各有各的不同，可是在百里的眼里，它们却有一个十分显眼的共同点——在城市的周围，没有河流围绕。

百里盯住了南京。

中国江苏省的省会——南京。

世界第三长河，长江从南京的西面汹涌而过，在南京的西南面，长江沿着建邺区分出了一条名为“秦淮河”的支流，秦淮河环绕了南京一圈，在潜州岛附近与长江重新汇合。

从地图上看，长江和秦淮河犹如一枚指环，把南京紧扣于其中。

火河和斯提克斯支流哀河，奔腾汹涌地绕着一块岩石，轰声隆隆地汇合流入冥府的深渊阿克戎。

百里放下黑莓手机，脸上没有神色，旁人不知道他在想什么。他站起身，迈开轻如飘絮的双腿，缓缓地走出沉闷的船舱，来到甲板上，咸腥味的海风吹不开他紧闭的双眼。

冥王的毁灭之城，最终还是指向了在古老东方阅尽风雨的“六朝古都”啊！

2

定义南京为“冥王的毁灭之城”，这一次，先知带来的更多是对百里和秦澜内心的震动。

先知让他们面对的下一座荒城，是祖国大地上的城市。

棘手感随之而来：马上就要进入第三天，此时百里他们是在地中海，水陆交通的速度不足以在短时间内把他们送到亚欧大陆的另一头，除了飞机之外不可能考虑别的工具。然而，他们是全球通缉犯，航空公司的柜台早就对他们关闭了，要用非法途径从地中海飞往南京可不比从美国西海岸飞到欧洲，穿过中美洲那些国家的领空尚能靠发送假身份信息蒙混过去，而横跨亚欧大陆的航线至少得经过三个时局敏感地区，地面上隐藏的数不清的防空武器是他们无法逾越的天堑。

笛卡尔又打起协和式飞机的主意：“让那架超音速民航飞机送我们到中国去应该不难吧？”

他走出船舱，叫来一直在舱门附近徘徊的阿里斯："你们的生意来了，请用协和飞机送我们去南京。"

"南京？你说的不会是中国大陆东岸的那座城市吧？"

"是的，离上海很近。"笛卡尔以为阿里斯拿不准南京的具体位置，就把世界金融重镇上海搬了出来。

"我知道南京在哪儿，世界地理我比你熟得多，"进入船舱后，阿里斯斜着眼睛，第一次把目光从秦澜身上移开，他用看疯子的眼神打量笛卡尔，"我只是不敢相信，你们竟然试图从中国大陆东部非法入境，那等于是把脖子伸到断头台上。"

笛卡尔急了："我们加钱，加钱雇你们……"

"不是钱的问题，"阿里斯连连摇头，抢着拒绝道，"中国人在他们的国土东岸投入的警备是军队级别的，南京还是中国大陆的战略要地之一，就算是弗兰姆那不要命的家伙都不敢在那儿搞移民，更别说其他人了。"

"把我们从中国的其他边境线弄进去怎么样？"固执的笛卡尔不肯放弃。

"没意义的，"秦澜抹了抹眼睛，说，"他们送我们到云南或西藏边境又能怎么样？中国的国土面积可不是意大利能比得上的，不乘飞机的话，从中国南部或西部边境赶到位于东部沿海的南京至少要花掉半个月的时间。"

笛卡尔捂住脸颓丧地坐下，恨得牙痒："该死的道格，该死的全球通缉！"

"保持风度，笛卡尔。"一个沉稳的话音响起，透着不可思议的沉着。

百里倚在舱门旁，深不见底的瞳孔直盯着阿里斯，催促道："把弗兰姆先生找来吧，时间交易的赠品他还欠我几样呢。"

阿里斯让百里漆黑的眼睛看得发怵，又不想再次在秦澜面前折了面子，硬着头皮说："找弗兰姆来也没用，他打死也不会做中国东岸的生意的，不相信，你可以问问船上的福克船长，他们俩是兄弟，福克不接的活儿，弗兰姆也不会接。"

有秦澜在，阿里斯像一只扬起尾羽的雄性孔雀，急于表现自己，所以如果不是偷入南京的交易真的做不了，阿里斯断然不会承认他们的无能为力。百里由此相信他没像克罗兹岛的弗兰姆一样，留着提高价码的后手。

"能告诉我们你有什么计划吗？"笛卡尔问道。

"我们搭国际航班去中国。"百里轻松地回答，屠杀惨案带来的阴影在他脸上已散去了许多。

国际航班？笛卡尔确定自己没听错，他和秦澜面面相觑，不知道百里的葫芦里卖的什么药。

运气不错，弗兰姆正在克里特岛上做一单偷渡西欧的生意，接到阿里斯的电话就开着小艇匆匆赶了过来。或许是从阿里斯口中得知百里下一步的计划，登上渔船，他就开门见山道：“我能送你们上火星，但不要想让我把你们偷偷送到南京去，你这单付多少钱我都不接。”

百里讪笑道：“我还以为跟杰克打交道的人都和他一样无所畏惧呢，看来我想错了。”

弗兰姆不吃这一套，冷冷地回道：“别说杰克了，你可以把全世界的偷渡者都叫到这儿来，看看有几个人敢挑战中国放在南京的警备。”

百里朝身旁的笛卡尔和秦澜扁扁嘴说：“你们看，非法手段没法让我们进入南京，现在我们只好选择合法的方式。”

“你说的搭国际航班就是这个意思？”笛卡尔露出惧意。

百里回头对弗兰姆道：“你们给弄个中国入境签证需要多久？”

“真的半个月，假的两个小时。”弗兰姆面无表情地回道，面前这三个人为什么要急着赶去中国、用何种方式进入中国都不是他关心的，他只惦记着该付多少钱的问题。

“好，两个小时后，我希望能拿到三本印有中国签证章的护照和三张飞往中国的机票，随便哪家航空公司的票都可以，”百里直视着弗兰姆阴冷的眼睛说，“这算是八十万美元买下的售后服务，可以吗？”

“你很会做生意，先生，”弗兰姆凝固的脸松动了，露出一丝带着怒火的笑意，“这种小事你认为有必要让我亲自前来吗？你耽搁了我的其他事儿该怎么算？”

弗兰姆凶狠的目光没让百里退缩，他用理所当然的口吻道：“你不来怎么行？还得请你用最快的速度送我们到这附近的哪座城市去，当然，那里得有飞南京的航班。”

“这也算是售后服务？”弗兰姆握紧拳头，站在一旁的笛卡尔真担心他会一拳砸在百里的鼻尖上。

“不，”百里若无其事地看了看手表，淡淡地说，“如果能在三个小时之内让我们赶到机场，我会按你那笔交易的双倍价格付给你钱的。”

弗兰姆的拳头松开了，嘴角立马挂起满意的笑容，他转身走到甲板上去打了个电话，五分钟后回来对百里说：“三个小时后，拉纳卡国际机场有人和你们碰头，送来你要的货物，我现在开船送你们过去。”

“等等，”笛卡尔拦住了走向驾驶舱的弗兰姆，“你们做的假护照能通过入境检查吗？”

弗兰姆脑袋朝身后一偏：“真护照能通过，可是你们的老大不需要。”

说完，他迎着南地中海早晨的阳光走远了，留下一脸迷惑的笛卡尔。

“你忘了我们是通缉犯吗？”笛卡尔不敢相信这是向来考虑周全的百里想出的办法，“你难道不担心我们走出南京机场时就看见满大街的警车吗？”

秦澜也费解地看向百里。

“我猜你一定是最近才获得‘土卫六’的保管权限，”百里轻轻拂去计算机键盘上的灰尘，“‘土卫六’除了高速运算外还有一个重要功能，它装有黑客干扰器，不仅能影响附近的电子设备，还能自建强制共享局域网，黑进十米范围内的其他电脑。”

笛卡尔半张的嘴巴僵住了，紧张地回道：“可是黑客干扰器建立共享局域网的同时，会向心灵会总部的中枢计算机回传卫星定位信息，道格马上就能知道我们在哪儿了。”

“那就让他来找我们吧。”百里从容地回道，“比起我们正在挑战的对手，道格和心灵会根本不值一提。”

用“土卫六”黑进入境检查的计算机，这绝对是个疯狂的计划。笛卡尔还想再反驳什么，见到百里无所畏惧的眼神，他只好把到嘴边的话又咽了回去。

3

加州时间 5 月 23 日 10 点 13 分，阿联酋航空公司的空客 A380 大型客机上。

雅斯敏·沙德·盖尔走回休息区，把温水瓶放回置物架，她的同事，那个好奇心很重的阿布扎比姑娘帮她拉好不透明的门帘，凑近过来遮着嘴低声说：“那位乘客是第四次要水了。”

雅斯敏知道同事说的是谁，是那个坐在经济舱后排座位的东亚女孩，戴了副黑框眼镜，跟空乘人员说话不用英语，而是用流利的阿拉伯语。

“可能只是口渴吧。”雅斯敏不以为意地回道。

“从迪拜起飞到现在，才过了两个小时，怎么能喝那么多水？”同事没有停下的意思。

雅斯敏静默地摇摇头，表示不想谈论乘客的私事，从小受到的严格教育使她习惯性与陌生人保持距离，躲在背后把陌生人作为谈资更是惹恼真主的行为。

同事讨了个没趣，悻悻地走开了。

其实不用同事提起，雅斯敏早就开始留意那个女孩。从拉纳卡起飞到迪拜的九个小时航程中，她至少呼叫了五次空中服务，每次都是要饮用水，从迪拜起飞后要水的频率更加频繁。要不是飞行条例不允许，她肯定会要求把整支装满水的水瓶都握在手上。

她要的水不是给自己喝，雅斯敏还注意到她的两个旅伴，一个是有一双淡蓝色眼睛的白人男子，另一个是面无血色、嘴唇干得仿佛两块枯木的黄皮肤男人，应该跟女孩来自同一个国家，送到女孩手里的饮用水全喝进他的肚子里了。

不知道什么缘故，飞机从塞浦路斯的拉纳卡机场起飞时，黄皮肤男人吐了，雅斯敏赶过去帮忙打理，发现他吐出不少掺有胆汁的水。更奇怪的是，飞行过程中除了喝水外，这个男人一直紧闭双眼斜靠在座椅上，从头到尾都没变换过姿势。要不是在迪拜经停时亲眼见到他穿过飞机舱门向候机大厅走去，雅斯敏差点儿就要以为他是一尊人形的蜡像了。

看他病恹恹的样子，比蜡像也好不到哪儿去。雅斯敏在心里默念，愿至慈至仁的真主保佑他。

笛卡尔不无焦虑地注视着前来倒水的空姐，直到她沿座位中间的走道返回机组人员休息区，这途中她不止一次侧过脸来看坐在笛卡尔左手边的百里。

“如果空姐叫来飞机上的医疗人员，我们的身份会不会露馅？”笛卡尔靠向右边的秦澜说。

秦澜以耸肩回应他。

“如果他们发现了我们的假身份，我敢说在新疆转机的时候马上就有人上来抓我们。”笛卡尔出了满手心的汗，这让秦澜禁不住怀疑半天以前，百里困在催眠中出不来时那个处乱不惊的笛卡尔是不是身边这个胆怯的男人。

让时间回到九个小时以前，等待弗兰姆兄弟安排机票和假护照的时间，百里试着睡一觉，刺激神经的药剂没有让他睡个好觉，当他决定放弃和兴奋的神经做斗争时，弗兰姆驾驶的渔船就稳稳地停在塞浦路斯的拉纳卡区海面。

安排好上岸的快艇，弗兰姆走进舱门来大声吩咐道：“我弟弟在岸上等你们，坐他的车去机场。”然后他又转向坐在躺椅上喘息的百里说：“你的黑卡在我手里，我不会多取一分钱的，不用担心。”

百里从床上站起身，费劲地露出微笑：“看在你帮了我们这么大忙的份儿上，我不介意你搬空花旗银行的地下钱库。”

弗兰姆扯起嘴角，做了个难看的微笑。这个叫百里途的中国男人是少有的能让他觉得有意思的家伙，哪怕不知道他带着两个同伴急匆匆地满世界跑是为了什么，弗兰姆自己也没兴趣过问。但军人出身的弗兰姆能在他身上嗅出一种坚毅的味道，一往无前的人都带有这个味道。

他的灵魂比躯体要强壮得多，和他打交道每个人都会感觉很值，如果还能从他身上赚到丰厚的酬金，那简直是比抢劫还划算的交易了。

“最后有两件事得拜托你。”百里摇摇晃晃地站起身，脸上没有商量和请求的神色。

弗兰姆轻叹口气：“噢，又来了。”

百里装作对方已经欣然接受：“第一件，船舱的尸体先寄放在你这儿，我们会回来取。”

弗兰姆对床上忽然死去的人感到些许惊讶，不过他什么也没问，在法律之外讨生计，他早就学会了克制没意义的好奇心。

“第二件，给我一个开通国际通话业务的手机。”百里指了指弗兰姆的胸前口袋，欧特玛黑卡装在里面，“这两件事的费用，你也从我的账户里扣除吧。”

“我按市价给你打个五折，”弗兰姆从裤兜里摸出自己的手机，放在百里手上，“算我们交易的最后两件赠礼。”

说完，他返身回到驾驶舱去指挥渔船掉转方向，直到百里一行人登上快艇，他的笑容才淡去。

“祝你们好运。”弗兰姆走到船尾，远眺驶近拉纳卡海岸的快艇，由衷地说。

塞浦路斯是毗邻西亚的地中海岛国，岛上的美丽风光让它成为火热的度假天堂，笛卡尔上中学的时候曾跟着家人来塞浦路斯度春假。十年过去了，他再次踏上这片土地，立马就知道弗兰姆为什么会选择这里作为前往中国的出发点。

国际刑警组织没有在塞浦路斯境内设置分支机构，只要不靠近位于海岛南端的两个英军基地，没有人会怀疑一辆从海岸开往拉纳卡国际机场的冰淇淋车上载有三个全球通缉犯。

“这个国家是真正的自由国度！”一路通畅地来到拉纳卡国际机场，笛卡尔感叹道。

一个售卖旅游纪念品的小贩坐在机场门口打盹儿，身上穿着花里胡哨的衣裤，怀里抱了一只袋子。送百里他们来机场的福克船长靠近过去踢了他一脚，他猛地惊跳起来。

“先生，买点什么吧，瞧这手工制作的沙滩拖鞋，只卖三塞镑。”小贩睡眼惺忪地吆喝道。

“弗兰姆要的东西。”福克横了他一眼。

小贩顿时清醒不少，把怀里的袋子递给司机，接着快速收拾好简陋的货摊离开了。

笛卡尔从福克手里接过袋子，往里看了看，里面躺着三本护照和三张机票确认单。

“能确保我们登上飞机吗？”笛卡尔疑问道，抬起眼睛发现一言不发的船长已经发动冰淇淋车，倒出机场停车带。

“走吧。”秦澜敦促道，眼下木已成舟，也没有更好的办法了。

“我不喜欢哈尔德斯这个名字，”在机场大厅换机票时笛卡尔低声对秦澜说，“让我想起涂在我脸上的傻乎乎的油脂。”

秦澜没作答，她把目光都放在身旁的百里身上。

从下了弗兰姆的渔船开始，他就显得极其虚弱，本就算不上健壮的身躯这时单薄得像一根随时都可能绷断的细线，没走多远，脖颈后的发梢都浸满了汗，秦澜真担心他会一头栽倒在地上。

“百里能处理好的，他曾经碰到过比眼前更糟的状况，”笛卡尔看出了秦澜的焦虑，拍拍她的肩，“我更担心的是会不会有人识破我们的身份。”

“半年前我来过这里，如果我记得没错的话，拉纳卡机场的安检很松。”秦澜心不在焉地回道，目光没有从百里身上移开。

她所言不假，富有的塞浦路斯能成为世界上犯罪率最低的国家之一，不是靠严格的管控。拉纳卡机场的安检员只是用眼睛过一眼乘机人的证件，确定证件照片上的人和持证人一致就会放行，除了笛卡尔那只装电脑的皮包外，他们没带什么行李，在安检处的停留没超过十分钟。

“通过安检了，真幸运。”走出安检通道，笛卡尔拍着胸口说。

“百里先生呢?”秦澜忽然惊呼起来，引来不少路人的注目。

她身边空无一人，回过头就看见百里定在安检通道口，胸口快速起伏，每一口喘息都费了很大的劲儿。

提神药剂的效用撑了几个小时后，终于到了消散殆尽的边缘，弥漫在身体每一个角落的疲倦感卷土重来。

秦澜来到百里身边：“你还好吗?”

百里紧闭着眼，虚弱得说不出一个字，只能摆摆手作为回答，秦澜拿不准他是表示“不用担心”还是“很不好”。

“我们先扶他找个地方坐一会儿吧。”跟过来的笛卡尔说，他终于意识到这一回的处境不是百里能够轻易应付的了的。

“镜像催眠”结束后，潜意识内出现的末日灾难几乎摧毁了百里的精神世界。在心理的影响下，他的身体也遭到严重的损伤，此时的百里途俨然是一个身患重度癔症的病人——虽然从生理医学角度上查不出任何物理或化学性伤害，但身体的每个部位都明明白白地出现了衰竭的迹象。如果不是靠药物支撑，百里早就昏倒在特里斯坦的尸体前了。

他没有时间停下来修理自己的精神和身体，从地中海飞到南京，算上经停转机的时间至少得花费二十五个小时，等到达南京，七天时限就差不多要过去一半了，还剩下三个失踪者生死未卜。

在候机大厅的座位上坐了很久，百里渐渐调匀呼吸，才找到一丝说话的力气。

“水，给我一点水。”他说，秦澜和笛卡尔要靠得很近才能听清。

接过笛卡尔递来的饮用水，百里仰起头喝得一滴不剩，干涩的嗓子仍然不见好转，“镜像催眠”使他严重脱水，现在他像一个在热带沙漠跋涉了十年的旅行者，每一个细胞都张大了嘴等待饮水。

“你撑得住吗？”秦澜关切地问。

“再给我些水就好。”百里把杯子递给笛卡尔。

等待登机前，他足足喝了半升水才感到舒服一些，飞机起飞时，超重带来的眩晕感却让他控制不住，猛地把没来得及吸收的水全吐了出来，随之而来的是更加难以忍受的干渴。

第 22 章

意识锁

1

五个小时后，从拉纳卡飞来的空客A380将要降落在乌鲁木齐的地窝堡机场。当地时间是早晨6点，雅斯敏和其他空姐沿着过道叫醒尚在沉睡中的乘客，便于他们提前做好下机准备。

她来到后排座位区，眼睛瞟向坐在里侧的百里，见他盖着保温毯一动不动，双眼仍然紧闭着，脑袋虚弱地斜倚在座椅靠背上。

笛卡尔不自然地望向雅斯敏，上半身往百里那一侧移了移，似乎想要挡住不省人事的同伴。

“我们很快就要降落，”雅斯敏脸带训练有素的微笑，说，“你们将换乘中国南方航空公司的飞机前往目的地。”她伸出交叠在腹前的手指了指百里的位置，“我看这位先生不太舒服，是否需要机场的医疗服务？本次航班的医疗组可以提前给地面的医护人员打个招呼。”

刚要说话的秦澜语塞，侧过眼睛，目光放在那张苍白无神的脸上。

上一次百里醒来拿水杯是三个小时前的事儿，在此之后他的呼吸弱得几乎听不见，笛卡尔有一阵子怀疑他是不是悄无声息地告别这个世界了。

百里迫切地需要医生，秦澜回头对雅斯敏道：“如果你们方便，那就……”

“我没事。”百里睁开眼，低声说。

秦澜和笛卡尔惊诧的神色像是刚才开口说话的是一具木乃伊。

“别那么看着我，”百里困难地扯动嘴角，露出微笑，“我还没死呢。”

“看你的样子，真是差不多了。”笛卡尔用肩膀撞了下百里，“我们都以为你撑不到中国。”

百里冲站在眼前的空姐点点头，说：“谢谢你们的服务，我很好，不用麻烦你们的医疗组了。”

让人担心的旅客没事，雅斯敏也暗自舒了口气。感谢真主，她在心里默诵三遍。

目送空姐走出休息区，秦澜压着嗓子说："我看了乘机手册，我们在乌鲁木齐的机场至少得待上六个小时，完全有时间去一趟机场的医务室。"

"我刚才用三个小时做冥想，已经恢复些体力了，"百里喝光剩下的半杯水，"六个小时太短了，我不知道我们能不能在这么点时间内弄清楚弗兰克心理实验室的秘密。"

怎么又跟弗兰克实验室扯上关系了？百里的思路往前推进得太快，秦澜气喘吁吁地跟在后面，想先弄明白一个更容易把握的问题。

"能先告诉我特里斯坦博士为什么忽然就死了吗？"秦澜实在不情愿问出下一句，"百里先生，是你对他做了什么吗？"

百里在座椅上调整了一下姿势，飞机下降的失重感涌来，他可不想再吐得身前一团糟。

静默了好一会儿，在身边等待回答的两个人耐着性子没有催促他。

"除了《荷马史诗》的线索，我在催眠里发现了更多有意思的东西，"等到感觉好受一点儿，百里才淡淡地说，"特里斯坦和莫先琳的死都是早就被安排好的，他们都是死亡的祭品。"

"安排好的死亡，祭品？"除了重复外，秦澜不知道怎么把话题往下继续。如果说藏匿在火山祭坛上的特里斯坦是祭品的说法还算容易接受，那么圣安地列斯断层线上的莫先琳为什么会是祭品就真不知道如何解释了。

飞机降落到低空，眼看就要着陆了。百里的脑袋贴在靠背上，双手紧紧地抓住扶手，克制住在嗓子眼翻滚的恶心感。

"我记得你先前说过，维苏威火山里的祭坛是祭拜死亡的圣地，"笛卡尔搭上话，说道，"那么特里斯坦博士是祭坛上的祭品，我们能理解。"

百里不动声色。

"可是放在断层线上的尸体呢，也是祭品？"听笛卡尔道出自己的疑问，秦澜热切地看过来。

伴随着明显的颠簸，大型客机落在地窝堡国际机场的跑道上，百里看着快速闪过窗外的停机场，叹道："所有失踪的学者，都是'理想国'献给死亡的祭品。"

这是他用三个小时的冥想得到的结论，从找到莫先琳的尸体开始到脱离催眠的围困，从破译双重密码到玛尔斯标记前的顿悟，六十三个小时内发生的一切在他脑海里铸成一根环环相扣的铁索，现在只差最后一环。只要再扣住最后一环，这根铁索就能紧紧缚住荒城迷局背后的真相。

“走吧，路上告诉你们我在特里斯坦的潜意识里看到了什么，”百里扶住前排座椅的靠背站起身，排在等待下机的队伍最后，对同伴说道，“待会儿我们还得借用候机大厅的网络，六个小时的时间，希望够用。”

走下飞机，穿过廊桥到达候机大厅那不到十分钟的路程上，百里简单明快地描述了“镜像催眠”的全过程。在特里斯坦的潜意识内见到的末日灾难还是会引起他的不适，他极力不让思绪掉入那些混乱的场景。

“这么说，他们从来没有去过中国？”笛卡尔惊诧地问。

“确切地说，是莫先琳教授没有去，在图坦卡蒙谷地她是第一个离开的，”百里回想起那张近在眼前的模糊的脸，“至于其他人，我不能下定论。”

笛卡尔仰头长叹道：“可是我真的不敢相信，塞勒涅心灵会的五个高级教士，包括我的老师都是‘理想国’的门徒。”

百里的视线定在脚下，虽然三个小时的冥想让他恢复了一些体力，但虚脱感却没有完全消失，此时他觉得脚底发飘，像踏在没有实体的云层上。

“如果我是你，我不会急着绝望，笛卡尔，”走在一旁的秦澜说道，“百里先生刚才说了，他只能确定莫先琳和特里斯坦，还有一个叫‘亚瑟’的男人出现在图坦卡蒙谷地的秘密仪式上，其他人的身形相貌都是一团黑雾，连说话的音色也都是假的。”

秦澜的话让笛卡尔似乎看到了希望，他转而又想到了其他的蹊跷，紧走两步赶到百里面前。“对了，刚才你还说只看到了特里斯坦的三个回忆，可是从所有人失踪到我们找到特里斯坦，这期间应该有很多回忆吧？”

“嗯，你说得对，”百里干脆停下脚步，等脚底的飘忽感退去，他回答道，“‘理想国’早就料到我们会对特里斯坦做催眠，我所看到的东西，全是‘理想国’想给我看的。”

“他们是怎么做到的？”秦澜不无好奇地问。

“意识锁。”百里回答道，脚下恢复了些力气才继续往前走。

在精英催眠师面前，人类的意识是藏不住秘密的，催眠能让保密者把一切秘密和盘托出。这时，就需要另一个同样高明的催眠师，来为保密者的潜意识加一把锁。

最简单的意识锁是“满足愿望”：想要遮蔽秘密，催眠师利用催眠满足保密者的某个迫切愿望，使得与秘密相联系的回忆在他的潜意识内产生偏差。这跟梦的原理相似，人们通常无法在梦境里完全准确地回忆起一段往事。同样地，如果其他催眠师想要窥探保密者的潜意识，摆在他们面前的只是一个错误的梦境，先前道格·阿利多斯教士放在安德鲁警长心里的意识锁就是“满足愿望”。

接下来是“潜抑”，使用潜抑制造意识锁与“满足愿意”恰好相反，催眠师通过诱导，令保密者一想起秘密，就会联想到痛苦的事物，潜意识的保护机制就会发挥作用，把秘密深埋在保密者心底。制造“潜抑”意识锁比“满足愿望”困难得多，保密者得反复忍受痛苦联想的折磨，才能触发潜意识的保护机制。百里有十足的把握，在“镜像催眠”的最后出现的人间末日，就是特里斯坦为了保密而做的痛苦联想。

最后也是最复杂的意识锁，当属“魔盒（vessel）”。创造魔盒意识锁需要催眠师和保密者的默契合作，由催眠师引导保密者潜意识内的材料来埋藏、曲解甚至是修改回忆。如果有必要，技艺超群的催眠师还可以把秘密信息碎片化，其他人想要获取秘密，必须重组所有的碎片信息，这无疑是一项浩大的工程。1913 年，赫宁·塞勒涅先生首次提出魔盒意识锁的构想，他还论述道：魔盒不仅能保护潜意识的秘密，还能选择性地让盗秘者看到制作魔盒的催眠师想让他们看到的东西，实现反催眠。不顾风险逾越禁区的盗密者就像打开了封锁灾祸的魔盒，因此，赫宁·塞勒涅用古希腊神话典故“潘多拉魔盒”为这种诡谲的保密术命名。

“我听明白了，有人给特里斯坦博士用上了魔盒，不，博士还说自己失忆了，而且你也只看到三个回忆的场景，说明还用上了潜抑。”秦澜对心理学和催眠学涉足不深，竟然只听一遍就能领会“意识锁”的概念，百里不得不承认她的智力惊人。

和她那个参悟了《天问》之谜的哥哥一样。

“模糊的脸，人们用特里斯坦的声音说话，全是魔盒意识锁的作用，”笛卡尔捏着下巴，看他的神色还没有从震惊中缓过劲来，“我想说的是，特里斯坦的潜意识呈现的内容会不会都是虚构出来的呢？催眠师完全可以用潜意识的碎片材料，构建出实际上并不存在的，只是专门给你看的三个梦境。”

笛卡尔说的虽有道理，但他忽略了一个关键因素——精神能量。

作为一切精神现象的内驱力，精神能量是人类心理活动的基础。催眠师能够引导潜意识的碎片信息，构建一个受试者从未见过的怪物形象、一幅简单的静止画面、一段短暂的动态场景，但要虚构三段流畅的长梦，精神能量的巨量耗费足以令催眠受试者的整个心理系统受到不可逆转的损伤。所以，赫宁·塞勒涅提出魔盒意识锁的构想，至今还没有出现一例百分之百的虚构魔盒。敢于挑战魔盒意识锁的精英催眠师也只能是剪辑、拼接受试者潜意识内已有的记忆场景，在此基础上制作魔盒而已。

听了百里的解释，笛卡尔不再怀疑。他们来到候机大厅，找到个角落的位置坐下。乌鲁木齐的夏天很热，早晨的阳光都让人感觉炽烈，透过玻璃幕墙照在百里身上，仍然赶不走蛰伏在他心里的森冷。

“他为什么要给特里斯坦博士设计意识锁？为什么要让你看到那三个场景？”面色灰白的秦澜轻声问道。她始终不愿意提及先知和“理想国”，百里再清楚不过，秦澜在“理想国”这头历史的巨兽面前只有恐惧和无望。

但已成定局的事实就像宿命一般无法挣脱，从百里用特里斯坦的双眼看到书架之间那些或坐或立的人影时，他就可以下定论了——在图坦卡蒙谷地举行秘密会议的六个人，包括莫先琳和霍利·特里斯坦在内，都是“理想国”的门徒。

从第一任“哲学王”柏拉图决议将“理想国”隐藏在历史的背面开始，披在这头庞然巨兽身上的外衣就不止一件。公元前335年，柏拉图的学生，亚里士多德在阿波罗神庙附近创建了一所学院，历史学家将其称为吕克昂学院。大片茂密的树林环绕着吕克昂学院，随和的亚里士多德院长便将学生们带到林荫道上边散步边授课，他的学生们可以在林间随意躺卧，自由漫谈。因此，亚里士多德和他的学生组成的学派又叫“逍遥学派”。

实质上，研究“理想国”起源史的学者都知道，逍遥学派是亚里士多德为“理想国”织就的一件外衣。逍遥学派的绝大多数学生都是“理想国”的门徒。亚里士多德逝世后，“理想国”迁移到古埃及，留在希腊的吕克昂学院成了“理想国”设在爱琴海岸边的“办事处”，希腊和罗马的信徒要加入“理想国”，必须要经过逍遥学派的历练。此外，逍遥学派带给了“理想国”随性的仪式感。在学派的深刻影响下，“理想国”不追求僵硬的繁文缛节，他们相信只要灵魂至诚，理念世界的知识圣光就会降临。

当百里看到那场散漫的秘密仪式时，他似乎穿梭时空，回到亚里士多德的时代，看到了在树林里漫步的门徒们。

2

“先知想让我们提前关注到某些秘密。”对秦澜的提问，百里直截了当地回答道。

在飞机上，百里就已经厘清了先知留下三个潜意识场景的目的所在。

图坦卡蒙谷地的仪式，揭开了两个已死的心理学者的身份，也使得百里知道，他们是循着“理想国”门徒留下的线索走进这座荒城的迷宫。维苏威火山里的祭坛上，特里斯坦与神秘人物亚瑟的电话内容，告诉了百里，特里斯坦博士和莫先琳教授是自愿成为献给死亡的祭品；最为关键的是第二个场景，飞机上特里斯坦跟那团黑影的对话，把弗兰克心理实验室摆在百里的眼前。

“整个弗兰克实验室用了半个世纪的时间证明这个理论，我们确信那就是开启理念世界的钥匙。”特里斯坦说。

他们用半个世纪证明了什么？

没有通往别处的岔路口，荒城迷局的下一条路只指向一个目标：弗兰克心理实验室。

听完百里的说法，笛卡尔皱起眉头问：“如果，我是说如果，所有被绑架的学者都跟先知是一伙的，是那个神秘学院的人，难道他们就不怕我们知道了这个情况就马上退出吗？”

五位世界心理学界的巨擘，心灵会九个高级教士中的五个都是“理想国”的成员，这无疑是最糟的状况。百里没有像秦澜那样，说他不能确定其他的失踪者跟“理想国”有关系，因为，他自己早就想到了这个最坏的结果。

“如果我们不去救人，剩下的失踪学者还是会死。”百里苦笑着摇摇头。

在火山祭坛，亚瑟用机密电话告诉特里斯坦，无论百里他们能不能赶到，他安置的定时炸弹都会爆炸。

“而且，我们完全不知道‘理想国’为什么要以门徒的生命为代价给我设计这场捉迷藏游戏，”百里叹息道，“只有玩到最后，我们才能知道真相。”

从踏进迷宫的那一秒开始就不可能再回头了，他们必须走下去，亲手揭开谜底。

3

弗兰克·道森心理实验室坐落于纽约，在休斯敦、温哥华、慕尼黑、伦敦和大阪五个地方设有分支。1943 年，塞勒涅心灵会决定接受时任美国总统富兰克林·罗斯福的建议，在高级教士弗兰克·道森先生的主持下创建专门为参战士兵和军官进行心理治疗的精神诊所。“二战”结束后，美国军队从欧洲战场和太平洋战场回国，随后，集中暴发的战后精神创伤问题犹如丢在广岛的原子弹，极大地震动了美国社会。据统计，战争结束后五年，有超过十分之一的参战军人自杀而死，罹患严重精神病症的军人和平民更是多到令人难以置信，当时全美的精神病院走廊上都挤满了等待治疗的患者。

这个时候，人们钦佩罗斯福总统和塞勒涅心灵会的先知先觉，他们早就预想到这场精神创伤的大潮。1946 年，“轴心国”投降后的第一年，弗兰克·道森负责的精神诊所改为心理实验室，在全世界收集战后心理疾病的第一手资料，以此为基础提出许多临床治疗方案，帮助被战争噩梦折磨的人们摆脱梦魇。半个世纪后，弗兰克心理实验室已成为北美最具权威的心理科学实验室。心理学界有一句众所周知的名言：“弗洛伊德是每个心理学研究者的灯塔，弗兰克实验室是设在这座灯塔附近的值班室。”

百里凝视着放在笛卡尔膝上的超级计算机，愣愣出神。

他向来对弗兰克实验室心怀崇敬，绝对想不到会有这么一天，他不得不在实验室里挖掘出有可能致他于死地的秘密。

“你的黑客技术怎么样?”百里问笛卡尔。

“马马虎虎。”笛卡尔含糊地回答。看着挂在百里脸上的严峻神色，他难免有些紧张。

“黑进弗兰克心理实验室的内部网，需要多久?”百里没有问他能不能黑进去，这是毋庸置疑的：没有超级黑客的两把刷子，是不可能做“土卫六”的保管员的。

“我试试吧。”笛卡尔道。

事实证明笛卡尔所说的“马马虎虎”真的是因为紧张，因为不到半小时，他就推开了弗兰克实验室的内部网闸门。为了便于筛选信息，他还顺便做了个搜索器。

“我们要在弗兰克先生的老窝里找什么?”笛卡尔抬起头看向百里。

电脑屏幕里的光标停在输入搜索关键词一栏，百里当即明白笛卡尔的意思，他是需要几个关键词。

“涅槃，”百里说道，“英文和梵文都试一下。”

笛卡尔回过眼睛，手指快速地跳跃几下，输入搜索指令。

机场的网络速度当然比不了斯坦福大学的“光速”级网络，弗兰克实验室的数据库储存的资料又浩如烟海，他们等了不少时间，搜索结果才跳出来。

百里接过计算机，只看了头几个结果就摇摇脑袋。

都是些与佛学或印度学有关的原始资料，跟他们要找的东西没有太大联系。潜意识深处的涅槃空间作为塞勒涅心灵会守护的最重要的秘密，在弗兰克实验室的内部网上搜索不到并不奇怪。百里把“土卫六”递还给笛卡尔，说：“我需要你尽快编写一个汇集搜索程序，我想看看弗兰克实验室成立以来都在研究些什么心理学项目。”

“给我点时间。”笛卡尔专注的目光放在屏幕上，双手已经开始工作。在计算机面前他总能快速地进入忘我的状态。

敲击键盘的清脆响声持续了二十分钟，周围有不少等待登机的旅客，没人注意到坐在角落的这三个面色焦急的人。

突然，笛卡尔的手指僵住不动了，他死死地盯住屏幕，牙齿紧咬着颤抖的下嘴唇。

百里和秦澜急忙凑过去，他们看到了程序搜索出的结果。

页面上的内容很多，有详尽的历史文献、实验数据、项目报告，还有容量大得惊人的实验日志视频。所有目录前都有项目课题名称，其中有一个词组出现的频率最高。

看得出，从成立至今，尤其是最近十年以来，弗兰克实验室对与该词有关的研究几乎投入了所有精力。

望着那个词组前的红色标注，百里的心在往下沉，沉入深海。

“绝密：死亡本能。”秦澜轻声念道。

弗兰克心理实验室研究的对象，正是在“镜像催眠”里困住百里的黑暗能量，来自人类内心阴暗面的黑暗能量。

死亡本能。

第 23 章

逾越即是苦楚

1

空旷的圆形房间，不透光的窗帘紧紧地遮挡住接通外界的窗口，只点亮了墙壁上的一盏老旧风灯，昏黄似烛火的灯光让房间里更显得幽黑。

他静坐在木桌前，屏息凝神，仔细地捕捉手腕处传来的“嗒嗒”声。

劳力士手表以精细度极高的机械组合而闻名于世，要用人的耳朵听到手表内部齿轮咬合的声响，难度与用肉眼观察细菌差不多。

但是，他能做到，从来到这处隐蔽的居所起，他就开始尝试用耳朵来发掘各种轻不可闻的响动。对他来说这并不难，只需要简单的自我催眠，释放深层意识的能量，他就可以像一台精准的仪器般抓住任何微弱的振动。

这不过是人类潜能的冰山一角。

每个人都能够超乎凡人，他们却甘为蝼蚁。

放在桌上的方形显示器忽然亮起光，照在他紧闭的眼睑之上，他敏锐的耳朵甚至可以抓住电子穿过等离子管的呼啸声。

恋恋不舍地离开催眠状态，他回到现实，目光投向右手边的屏幕。

当他看到上面那条警示箴言时，干枯的脸上再次露出淡淡的笑意。

桌上这台与弗兰克实验室内部网络相连的计算机是他特意让亚瑟·伊恩斯为他安置的，当有人试图开启弗兰克实验室的秘密档案时，他这里立马就能接收到有人入侵的信号。

不，这么做并不是为了防范谁，而是为了在第一时间得知那个催眠师在毁灭之城的迷宫里行进到哪一步了。

表盘里时针和分针的指向告诉他起源之地现在是18点48分，第三天还剩下五个小时。

他收起笑容，微微有些兴奋的神经重新冷静下来，抬起手，关闭显示器。

屏幕关闭，那句警示在他的视网膜上停留了半秒钟，很快就消失在漫无止境的黑暗里。

他用宣誓者的庄严语调，吟诵道：“逾越即是苦楚。”

2

对于“死亡本能”这个精神分析学概念，百里没有解释什么，秦澜和笛卡尔也知道此时不是对这个新发现做解释的时候，下一步更为重要的是弄清楚弗兰克实验室隐藏的绝密。

“这是什么?”笛卡尔忽然往后一缩脑袋，下意识地远离计算机屏幕。

坐在他身旁的两人沿着他的目光看去，只看到一个漆黑的页面，正中间有一行诡异到极点的图形，像是某种未知的符号。

“这到底是什么鬼玩意儿?”笛卡尔盯住那一长串闪烁着暗红色的小符号，又问了一遍。

“怎么出现这个页面的?”百里问道，同时看见笛卡尔直哆嗦的嘴唇。

“我一点击标有‘绝密’和‘死亡本能’的文件就出来了。”

说着，他又试了几次，发现在弗兰克实验室内部网络里点开任何一个“绝密：死亡本能”的文件，无论是视频还是文档、图片，都会使计算机现出一片黑暗，过不了多久，那行图符便从黑暗里浮现出来，像是从夜幕中浮出的一只血色独眼。

“秦澜，你来看看，这是什么文字?”不祥的直觉从百里心底冒出来。

秦澜靠近黑色页面里的符号，仔细看了几处细节后断然道：“是古埃及象形文。”

“你能肯定吗?”百里别过脸，对着下定论的秦澜。

“我很肯定，”秦澜指着屏幕，笃定地说，“你们看，象形图符的形状并不复杂，说明已经有了文字的简化处理迹象。我还能确定，这是托勒密王朝时期的晚埃及象形文字，距今有两千三百年的历史。”

“你试着翻译一下。”听到是来自古埃及的文字，百里虽然没有过多的意外，但是心脏还是一阵颤抖。

“斯坦福图书馆网站上有各种古文字的翻译对照表，”秦澜从笛卡尔手里接过电脑，“交给我吧。”

搜索到斯坦福大学的官方网站，秦澜很快就找出埃及象形文翻译表，又取出纸和笔，对着那些来自千年以前的图符忙碌起来。

百里背上的肌肉绷成硬邦邦的一块，笛卡尔大气都不敢出，嘈杂的候机大厅仿佛被周围的一层死寂的无形膜隔绝在外，他们的耳朵只听得见秦澜低声念出的咒语般的音节。

“我译出来了。”

秦澜的效率从未让人失望，没过多久，她把手里的纸张举到眼前，上面画满了译写的符号组合，说道：“意思是：越过是苦。”

果然是“歌珊警示”！

“逾越即是苦楚。”百里说出这句由埃及象形文字写就的警告在历史上的权威翻译。

笛卡尔和秦澜都愣了一会儿，他们在回忆什么时候听到过这句耳熟的话。

“我告诉过你们的，”百里提醒道，“在镜像催眠里，图坦卡蒙谷地举行的秘密仪式，门徒的誓言。”

“对！”笛卡尔的眼睛亮了，“我想起来了，他们说的就是这一句。”

“这是什么意思？”秦澜问道。

“我给你们看一些史料吧。”百里拿过“土卫六”，在搜索栏中输入两个关键词：狮身人面像，密室。

按下确认键，立刻出现十万条以上的搜索结果，他点开第一条链接，是《考古学》公开发表的论文，研究内容是18世纪末的一场埃及考古活动。

《考古学》是北美地区最权威的历史学术期刊。紧张的电流从屏幕上传入秦澜的神经。

电子论文里附有不少图片，其中一张让笛卡尔低声惊呼：“这是，拿破仑？”

“是的，”百里让鼠标箭头停留在法兰西第一帝国皇帝的肖像画上，“狮身人面像的密室，是拿破仑的随军学者发现的。”

1798年，法国的拿破仑率兵出征埃及，随军同行的有一支拿破仑亲自组织的历史科考队伍。到达吉萨金字塔群后，对神秘的埃及文明很感兴趣的拿破仑派出他的科考队，先行考察金字塔和狮身人面像。他们没有找到因死神诅咒而闻名的法老陵墓，却发现了更重要的遗迹。

在狮身人面像的双爪之下，拿破仑的考古学家们找到了一间地下密室。当外界的第一缕光投入那间呈标准圆形的密室时，考古现场的人们第一眼就看到墙壁上保存完好的古壁画。

虽然 18 世纪的欧洲历史学界早就知道埃及与希腊在古王国时期就已存在文化的交融，但是地下密室墙壁上的希腊风格壁画还是震惊了在场的所有学者，那是尚未受到北方蛮族文明侵染的纯粹的古希腊艺术，只有在荷马时代的雄伟宫殿里才能看到。

在壁画中间，考古学家又找到一行埃及象形文字。现代埃及学创立之前，埃及象形文的译解还没有一套统一的依据，没有人说得清那些来自远古的图案代表着什么。

不过，考古学家的目光很快又被另一样东西吸引了，与堆满金银珠宝的墓室不同，宽大的地下密室里只放置了一件实物，摆在地面的圆心处。

那是一块墓碑大小的方形石板，上面刻满了古希腊文。

石板上的铭文很快被翻译出来，仅仅看了开头几个字，没有一个学者的上下嘴唇还挨在一块儿。

“知识赐予我们《歌珊法典》，逾越即是苦楚……”

歌珊（Goshen）是《圣经》里提到的埃及地名，根据《旧约 · 创世纪》记载，古希伯来人在歌珊之地居住了四个世纪，埃及人把他们当成奴隶，直到后来的先知摩西带领他们走出埃及。

“拿破仑的考察团在埃及找到了希腊壁画和用希腊文雕刻的法典，法典以一个《圣经》里的地名来命名，”笛卡尔的视线从报告书上收回来，两手按住两边太阳穴，“《圣经》是希伯来文明的经典，我没说错吧？”

百里点点头，说：“古希伯来人，也就是后来的犹太人。”

“对不起，我理解不了，”笛卡尔露出要崩溃的样子，“古埃及、古希腊、古希伯来，三种文明都出现在狮身人面像的地下密室里？”

“这也是让拿破仑和他的随同学者们惊得合不拢嘴的地方，”百里说，“那间除了壁画和石板以外就空无一物的古老密室，竟然融会了三大文明。如果把现代西方文明世界比作一只巨兽，那么密室里的三大文明就是它的基础基因。”

生物学早已证实，某种动物是冷血还是温血，食草还是食肉，昼行还是夜出，全都是由基因决定的。

“密室和《歌珊法典》，是从希腊迁到埃及的古代神秘学院的杰作，对不对？”敏锐的秦澜发现了问题的根结。

百里再次点点头。

笛卡尔将探询的目光朝向秦澜，后者解释道：“我记得百里先生告诉过我们，毕达哥拉斯学派的成员在学派解散后散布到世界各地，直到柏拉图提出‘理念世界’后才回到希腊，世界各地的其他文明必定也会渗入刚刚诞生的‘理想国’。从希腊迁到埃及，为了突出‘理想国’的神圣性，他们宣称自己是住在歌珊之地的希伯来人，最后，自然而然的，他们的法典得到了‘歌珊’的名字。”

秦澜说完，眼角不自觉地瞟着百里，急切地想要得到他的肯定。

却只见百里轻摇一下头，沉重地说：“谢谢你精彩的分析，可是你都说错了。”

“怎么错了？”对自己的学识颇为自负的秦澜脸上当即蒙上一层冷霜。

“不是希伯来的《圣经》影响了‘理想国’，而是‘理想国’影响了整个基督世界的《圣经》。”

不等百里说完，秦澜就质疑道：“不可能，《圣经》的旧约部分起源于公元前1600年的犹太地区，而创立于柏拉图时期的‘理想国’要比《旧约》的起源时间晚了一千多年，难道‘理想国’可以穿越时空去对《旧约》的创作者施加影响？”

“你忘了，《圣经》的正典。”百里短短地回道。

秦澜窒住了，想再说什么却又说不出来，脸颊上憋出两朵红晕。

是的，她忘记考虑最关键的问题：《圣经》的正典版本。

从第一位先知开始记叙上帝创世的篇章到《新旧约全书》正典的最终确定，其间历经近二十个世纪，组成《圣经》的每一卷文献在两千多年的漫长历史上都有多种不同的版本，直到公元4世纪的迦太基会议才最终把《圣经》正典确定下来，不然今天某位基督徒想去教堂购买一本《圣经》，他可能得在上百册名叫《圣经》的成书里做一个选择了。

“《旧约·创世纪》的版本比《圣经》还要多，古希伯来人在埃及的居住地也有许多不同的名字，”笛卡尔若有所思地说，“迦太基会议的主教却偏偏选择了‘歌珊之地’……”

“他们正是从《歌珊法典》中取出两个字，”百里接着说，“别忘了，迦太基会议的举行地点是在非洲北海岸，与埃及只隔了一个小小的海湾。”

秦澜感到头皮一阵阵发麻，原来自己从来没有注意到这一条汹涌的历史暗流。

“‘理想国’绝对不会刻意凸显自己的神圣性，他们永远是躲在暗处的影子，”百里说道，“《圣经》正典以‘理想国’的法典名给希伯来先祖的居住地定名，这还只是他们力量的一点微末的展示。”

“好了，好了，对于那个古代学院我是服了，”笛卡尔摊开双手，“可是你所说的这些跟我们现在碰上的这几个象形文字有什么联系呢？仅仅是《歌珊法典》的开篇提到了同一句话吗？”

“还有别的，”百里面无表情地回答，“藏在密室壁画中间的那些埃及象形文一直没有人给出正确的译解，直到一百年后，法国的弗朗索瓦·商博良博士在破解埃及文字的基础上建立了现代埃及学，才终于翻译出密室里的神秘象形文。”

“弗兰克实验室给我们留下的警示语，就是拿破仑的学者在地下密室中找到的象形文字吧？”秦澜无法抑制内心源源涌出的恐惧，竟然在炽烈的阳光下微微颤抖。

百里没吭声，而是快速把电子论文拉到最后，网页上现出一张在暗光环境下拍摄的照片。

照片大部分都是阴沉的深黑色，只在正中能看清拍摄的内容是一面镶嵌着古怪符号的石壁，仔细一看，壁上的符号跟刚才让笛卡尔惊惧不已的图符完全一样。

“这是‘理想国’的‘歌珊警示’，”百里轻声道，背上的肌肉绷得生疼，“逾越即是苦楚。”

静默无声的太阳光狠狠地照在他身上，森寒却如同怪物的触角，伸入他的骨髓中去。

3

再过一个星期，唐雨在南京禄口机场的入境处就工作满六个月了，这意味着她终于可以摘掉实习生的帽子，成为一名正式的入境检查官了。这一天她期盼了很久。

抬头看了看贴在更衣室门上的执勤表，自己的小组今天总共负责四班降落在禄口机场的境外班机，其中有三班是上午或深夜到达，而唐雨要负责执勤的是即将降落的从塞浦路斯飞来的航班。

简单的工作，她对着镜子里的自己笑了笑。

唐雨是一个对工作极为认真的苏北女孩，半年的实习期没有出过半点差池。去年年末，她敏锐的观察力还帮助海关缉私员锁定了一名从韩国走私电子产品的外籍男子。比起复杂的缉私，大厅执勤对她来说是一项轻松的任务，除了给那些晕头转向的旅客指一下路以外就没什么可做的了。

可是一个小时后，面对着那两个日本人和一个淡蓝色瞳孔的希腊男青年，唐雨不再这么想。

刚开始还没有什么值得关注的异常状况，从地中海来的旅客在到达大厅里井然有序地排队，用各种语言自顾自地聊着天，打发时间等待完成各项入境手续，看起来这不过是一个平常的下午。

队伍缓缓地走到一半，排在后面的一个健壮的男青年忽然惊叫起来，把周围所有人都吓了一跳。

唐雨没太在意，只朝那边瞥了一眼，只看到那名男青年满脸焦急，嚷嚷着一口鼻音很重的英语，他的两个看起来像是东亚人的同伴在旁边低声安抚他。

有一对老夫妇过来询问他们的入境申请表填得对不对，唐雨再也顾不上那个一惊一乍的男青年。

没过多久，又传来一声叫嚷，唐雨皱了皱眉头，加快了检查申请表的速度。

确认没有出错，她还了申请表，朝护照检查口前面的队伍走去。

“有什么需要帮助的吗？”唐雨礼貌地问喋喋不休的男青年。

“哈尔德斯先生说……”短头发、戴粗框眼镜的女孩先用日语说，稍作停顿后改用英语说道，“哈尔德斯先生说他现在必须使用他的便携电脑，发一封很重要的电子邮件。”

在入境之前，笔记本电脑一类的电子物品都得先行从另一个通道过检，这位哈尔德斯先生的意思是要先拿回他的电脑。唐雨说她可以提供机场的电脑供哈尔德斯先生发送邮件。

“不行，”哈尔德斯一听这话就大摇其头，他的英语口语听起来像重度鼻炎症患者在说话，“我要发的邮件已经编辑好了放在我自己的电脑里，这是关系到我们公司前途的重要报告，我必须马上发出去。”

唐雨露出不可理解的困惑神色：“您马上就办完入境手续了，拿回您的过检物品后再发可以吗？”

这番话差点让心急如焚的哈尔德斯跳起来，他说话的鼻音也更重了：“你知道吗？那封邮件应该在两个小时前就躺在总裁的邮箱里，结果你们国家的飞机上竟然不能使用电脑和网络，才导致我耽搁到现在。”

“这是中国的法律规定，请您尊重。”唐雨正色道。

“可是我现在只有发完邮件并且收到回信了才能知道我是要在中国入境还是不入境、只在机场做临时停留。”哈尔德斯回答道，看了看身边的两位同伴。

唐雨犯了难，其实只是把属于他的电脑交给他并不会有什么影响，只不过过检物品得由所有者到规定的地方去取。入境前的乘客要求先拿回物品，经验不足的唐雨还没碰到过这种状况。

这时，旁边那位脸色苍白、留着络腮胡子的先生说话了，他的汉语很流利，沉稳的腔调仿佛给每个焦躁的人都吃下一颗定心丸。唐雨对这位先生印象深刻，看了他的护照才知道他和那位短头发的女士一样是日本人。

“朋友，”他说，“我们的经理真的很需要发出邮件，这关系到公司业务在大中华区的部署，也关系到哈尔德斯经理是要先到中国还是从这里直接去下一个国家。”

“可是……”

“这样，你们先把他的电脑过检，确定所有检查手续都没有问题了再交给我们，可以吗？”

谦卑的态度，再拒绝就是不近人情了。

“我请示一下我的组长吧。”唐雨松口道。

第 24 章

老朋友

1

在乌鲁木齐的机场，登上前往南京的班机前，笛卡尔一直在尝试破解弗兰克实验室的内部网屏障，其间，百里到候机厅的另一头打了通电话，回来的路上就拆下手机电池和电话卡，把从弗兰姆那儿得来的手机扔进垃圾桶。

“有什么进展吗？”百里坐回到笛卡尔身边问。

笛卡尔紧紧抿着嘴唇，摇了摇头。在他面前，屏幕上显示着各种程序语言框和代码，另一旁的秦澜对烦琐的黑客技术不感兴趣，看了没多久就斜靠在椅背上沉沉睡去。

他们太疲惫了，用三天时间从美国西海岸辗转到意大利，又经过塞浦路斯来到中国，一边小心地隐藏踪迹，一边争分夺秒。这些都还是其次，最令人难以承受的是，“理想国”的阴谋像一层未知的黑影，笼罩在这趟援救之旅上，不走到毁灭之城组成的迷宫尽头就看不清黑影下藏着什么，所以这一路上他们始终紧绷着神经，容不得有一点松弛。

此外，还有那些重演灭世灾难的幻觉，犹如苦难的十字架压在百里肩上。这是百里独自承受的苦楚。

“不行！”身旁的笛卡尔大声叹息道，打断百里的思路。

“怎么了？”秦澜也被他弄醒了。

“我破解不了，不管用什么方法都不行，”笛卡尔向上仰着头，“弗兰克实验室对这些绝密文件用上了先进的加密程序，跟心灵会的‘黑火柴盒’一样，得用硬件设备读取特定的指纹和瞳孔信息才能打开它们。”

“要读取的是谁的指纹和瞳孔呢？”秦澜揉着眼睛问。

“不知道，”笛卡尔纳闷地道，“弗兰克实验室那伙人对他们的秘密保护得太严密了，我就不明白，进入他们的内部网那么容易，要打开里面的文件又这么费劲，他们为什么不直接在内部网络上加密呢？”

“显然，‘理想国’想让我们关注到死亡本能。”百里回答道。

他的回答快得像条件反射，没有半秒钟的迟疑，看得出这个想法在他心里成形已久。

“什么是‘死亡本能’?”秦澜没有完全清醒过来的脑袋也意识到这是条很重要的线索。

“死亡本能是历史上的大灾难在人类潜意识里留下的烙印，特里斯坦博士会在催眠中丧命，就是死亡本能的作用。”百里没有详说，迷雾依旧弥漫在眼前，只有在得知弗兰克实验室的秘密以后，他才敢下最终的结论。

秦澜眨了眨眼睛，没有追问。这时大厅里的广播响了，通知前往南京的境外旅客准备登机。

加州时间 5 月 24 日 2 点（当地时间是同日 17 点），中国南方航空公司的中型客机降落在南京禄口机场。

太阳已偏西，却还没到晚霞满天的时间，或许是受到大屠杀带来的心理暗示，走出机舱的百里仿佛看到这座冥王荒城的天空覆满血色。

这是他第一次来到南京，也是第一次在接近一座城市的时候有如此沉重的心情。

除此之外，禄口机场的入境处也给他们出了一个不大不小的难题。

在入境时，携带的电子设备都要在另一条通道通过 X 光机的扫描，以确定不是禁止带入国境的物品，过检物在长长的履带上滑向 X 光机的同时入境者要接受其他检查，其中的一项就是核验护照。而百里他们需要“土卫六”的黑客干扰器来扰乱检查官的电脑，让他们的假护照得以过检。

“怎么办?”在飞机上睡了一觉的笛卡尔看上去精神多了，现在他有些急躁地说，“没有‘土卫六’，我们怎么用黑客干扰器啊?”

“过检物都放在机场出口附近的行李转盘上，我们得想办法，让‘土卫六’过检后再回到我们手上。”百里望着前面长长的队伍说。

“可以让她帮我们拿回来。”一直不作声的秦澜往不远处的问询台指去。百里的目光也跟着移过去，停留在那个正在给一对年迈夫妻讲解着什么的女孩身上，从她别在衣襟旁的胸牌可以知道她的名字叫“唐雨”。

“你有什么主意?”笛卡尔从秦澜脸上找出一丝成竹在胸的得意。

“我们俩暂时得做外国人了，”秦澜耸着肩膀，冷峻地笑着，“在南京，让我们用日本人的名字，做这两本假护照的人脑袋里长的是两团肥肉吗?”

2

马林县是旧金山市郊的一处偏僻地方，这里的凌晨时分只能听见香槐树林和葡萄园里此起彼伏的虫鸣，天空中偶尔会有一两架前往旧金山的飞机掠过，传来沉闷的轰响，而飞机上闪烁的雷达灯似乎都要比马林县里稀稀落落的灯光明亮一些。

道格·阿利多斯教士独自站在会长办公室的窗前，自从发现图坦卡蒙谷地的重要文物失踪后，他就回到这个房间里，一个人对着窗外的海湾默默地待了很久。加州时间现在是凌晨3点，颓丧的他没有半点睡意。

派往加勒比海和麦哲伦海峡的两支搜寻队都没有传回消息，图坦卡蒙谷地的重要文物失踪了，心灵会最重要的催眠师也死了……

“我是心灵会的罪人。”

如果道格内心的想法能发出声响，旁边的空气就会不停地回响着这样一声低语：“塞勒涅心灵会毁在我手里。”

三天以前的凌晨，百里途拿着机密电话赶到安全部大楼，宣称一位失踪的高级教士给他打来电话，要求循着这条线索追查下去，如果当时放下自己的固执，给他哪怕一点点协助，或者说对他早就提到的“理想国”归来保持一点点警觉……道格摇了摇那颗汗津津的脑袋，把苦涩的懊悔感强压下去。

他身后的宽大樱桃木桌上摊开着一份档案，窗外吹来潮湿的海风，把档案本吹乱了。在翻起又落下的纸页间有一张照片，是一个中国女孩的半身照，她有一头利落的短发，锐利的五官线条和明亮的双眸，紧挨着照片的职务一栏写着：理论部，实习研究员。

听说百里途从斯坦福的校园里带走了一个中国女孩后，道格专门回理论部去翻出这份档案。听到那个女孩的名字，道格就觉得耳熟，原来那位名叫“秦澜”的历史学博士就在理论部工作，斯坦福校方把她推荐到心灵会时道格还是理论部的部长，所以他有印象。

不过，在道格眼里，秦澜的档案现在是一堆无关紧要的废纸。道格不在乎她为什么要跟百里途一起前往欧洲，反正百里途都已经死在维苏威火山里了，深究与他同行的同伙还有什么意义呢？

绝望的道格甚至对追回失踪的“理想国”的文物都不抱希望，他知道，对方是远比塞勒涅心灵会强大得多的存在，使用五大高级教士的签名神不知鬼不觉地取走“理想国”的文物，足以说明对方的力量早就渗入了看似无懈可击的心灵会。

是的，“理想国”回来了。尽管道格一再否认那个古代神秘学院真的存在，但此时也必须承认，“文明根基”回来了，他们要再一次让全世界天翻地覆。

道格迟钝的脑袋终于迎来些许亮光，几个让他百思不解的问题都有了答案：监视百里途的人除了心灵会的以外，还有“理想国”的；之所以安全部的技术部门一直无法锁定百里途的位置，是因为有“理想国”的人始终跟在他身边，用隐秘的技术手段屏蔽了放置在他身上的卫星定位器。

那个人，名叫亚瑟·伊恩斯。

Return，是他代表藏在他背后的“理想国”留给心灵会的唯一告诫。

回归，拿回属于自己的东西。

赫宁庄园的另一头，安全部大楼里，刚刚开完会的部长陷在他的软椅里，双手揉搓着紧闭的眼睛，想借此消除眼球的肿胀感。连续几天的工作，再充沛的精力也招架不住。

一个小时前，他召集安全部各个司的负责人开了一个临时会议，除了保卫司的斋藤浩雄外，所有人都对这几天以来的剧变感到震惊。自从塞勒涅心灵会成立到今天，还从未遇到这般事关存亡的危机。

事实上，让·巴蒂斯昂不比道格好到哪里去，他在安全部的紧急部署能起到多大的作用连他自己都不知道。在那个无所不能的神秘学院面前，无论是谁都微渺如尘埃。

开门的声音让巴蒂斯昂的双手停下来。

来者还没说话，巴蒂斯昂就从喘气声里听出是自己的助手。

“会议结束的时候我告诉过你，没听清吗？”部长眼睛都没有抬起，“我很累，想休息一下。”

等了一会儿，丹皮尔似乎才缓过劲儿来，他急匆匆的口气倒像是巴蒂斯昂向道格汇报紧急情况的样子。

“考特尼，那个技术员说，中枢计算机收到‘土卫六’的定位信息了！”丹皮尔语速很快地说道。

他的话让巴蒂斯昂精神百倍地从座椅上弹起来：“‘土卫六’在什么地方？”

“中国，”丹皮尔的表情说明他也感到难以置信，“中国南京。”

百里途死在意大利，他的两个同伴抱着“土卫六”在四十八小时内从地中海跨过半个地球，跑到中国东海岸。巴蒂斯昂过了好半天才闭上微微半张的嘴：“他们去中国又是搞什么鬼？”

丹皮尔还想叙述详情，安全部部长已经离开办公室，走出安全部大楼，快步向基石殿走去。葡萄园里传来的虫鸣声小了，东边的天空透出粉色的晨曦，金州的太阳就快要升起。

3

南京的太阳就快要落下，阴沉的暮霭浮现在西边的天际线处。

在那位名叫“唐雨”的入境处工作人员的帮助下，“土卫六”超级计算机回到笛卡尔手上。接下来的程序就简单多了，他打开黑客干扰器，五分钟内建立起强制共享局域网，那个身材发福的护照检查官只是回头喝了口水的工夫，他身前的电脑就已经连入笛卡尔建好的局域网，往其中载入三份假护照的信息也只不过是眨一次眼睛的时间。

与此同时，他们的卫星定位信息被“土卫六”处理成一串二进制数码，穿过错综复杂的网络世界，出现在地球的另一端，从塞勒涅心灵会的中枢计算机的宽大荧屏上显现出来。

“道格已经知道我们在哪里了。”笛卡尔关闭“土卫六”，抬起头愁眉苦脸地说。

百里没有回答，只是扭头看向安检口，在他们前面，排队过检的旅客不多了。

加州时间现在是 5 月 24 日凌晨 3 点半，七天的时限还剩九十二个小时。在南京，心灵会必然会联合国际刑警组织中国分部给他们布下天罗地网，因此南京的救援行动要比庞贝古城之行急迫得多，也危险得多。

“我们要尽快办完这里的事儿。”百里压着嗓子对站在他身旁的笛卡尔和秦澜道。

“可是我们还不知道下一位学者藏在哪儿，”笛卡尔把计算机收进皮包，说，“南京城这么大，我们没时间一处一处地去找吧。”

在飞往欧洲的协和式飞机上，他们也曾想到过同样的难题——必须在第一时间就找到失踪者的藏匿地点。

“出了机场再说。”百里对笛卡尔的疑虑回以点头和漠无表情的脸。

护照检验窗口前的人都走完了，轮到排在最后的三个人。百里当先走上前去，把拿在手上已久的护照本递进去。

伴随着扫描器上亮起的绿光和一声表示确认的“嘀”，检查官回过头，脸上挂着保持了一下午的微笑：“欢迎来到中国。”

百里微一低头，用汉语回道：“谢谢。”

秦澜和笛卡尔的护照也顺利过检，从境外班机到达大厅至机场出口的那一段路上，三人的脚步迈得飞快，几乎是在小跑了。

绕出禄口机场的出口通道，笛卡尔暗自庆幸没看到全线封锁的车道和闪烁的警用频闪灯。

一切如常，西沉的太阳红得像巨人滴在天空中的一滴血。

“我去叫车。”笛卡尔说。走出机场的人流大都是走向出租车通道，笛卡尔和秦澜的脚步也在朝开往南京城区的空出租车移动。

“走这边，跟我来。”百里转过头，向另一个方向走去。在他前面有一个蓝色的指路牌，箭头上的三个字是“停车场”。

“你疯了吗？谁会在这里的停车场给我们备好车？”笛卡尔虽然这么说，但还是乖乖跟在百里身后。

三人离开了人群，小跑进地下停车场，仿佛是被他们惊醒了似的，停车场入口附近的一辆黑色克莱斯勒轿车立刻闪了两下车灯。

百里松了口气，径直朝克莱斯勒走去。笛卡尔和秦澜在他身后放慢脚步，犹豫着是不是要一起走上前。

这时，驾驶座的车门开了，从车里探出一个头发银白的脑袋，一位精神矍铄的老人走到车前，对着百里张开双臂。

百里走到老人身前，和他拥抱。

“谢谢你及时赶过来，叶。”

“这是我应该做的。”罗尔·叶慈祥地笑着说。在他身上，百里几乎还能觉察到来自重庆的暑气。

4

赫宁庄园的十二幢大楼都彰显着纯粹的法国式古典建筑风格，而位于北端的安全部大楼又从这种古典风格里衍生出不少现代派的韵味。齐整的镜面墙与房顶上三座并立的巨大金字塔，让看惯了基石殿那种古朴建筑的眼睛很容易在安全部大楼上多停留几分钟。

金字塔形状的房顶设计不只是简单的装饰，近距离观看，会发现塔的外壁上紧密贴合着太阳能电池板，阳光照在塔上，源源不断地给位于塔内的超级计算机提供必需的电能。

“银河系”超级计算机安置在安全部大楼的顶层，整个楼层有三分之二都被这个庞然大物所占据，另外三分之一便是安全部最重要的部门——技术司。

人类进入信息时代以来，信息网络犯罪逐渐发展成主要的犯罪形式，那些企图挑战“涅槃”秩序的精英催眠师又怎么会忽略信息技术这个便利的工具呢？当他们发现人类的潜意识能够对电脑发出的暗示指令做出回应以后，利用网络进行远程催眠或集体催眠的事件便层出不穷。技术司的职责，就是在这个由电脉冲和代码组成的世界里，利用“银河系”计算机盯紧那些对“涅槃”空间蠢蠢欲动的催眠师。

乏味的技术工作者不喜欢“银河系”这个有点浪漫色彩的名字，他们更情愿管它叫作“中枢计算机”。

中枢计算机的身上披挂着数不清的线路和低温液氮管，在它的脑子里进行着每秒钟上千万亿次的运算，它如同稳坐在蛛网正中的蜘蛛，等待着莽撞的飞虫撞上它黏腻的网丝。

这天深夜，负责值班的考特尼一边听着他最喜欢的黑人饶舌音乐，一边对中枢计算机做例行检查。

除了一段冷却管有点老化的迹象以外，一切正常。考特尼盘算着什么时候向司长报告冷却管的问题，随着饶舌乐的节拍一摇一晃地走回到一块开启的屏幕前。

中枢计算机一共有十五块外部显示屏，最大的一块挂在考特尼脑袋上方，占了整整一面墙，其余的十四块小屏分散在技术司的工作区，以此保证多人能够同时进行操作。

考特尼回头看了看，确定整个楼层都没人，这才打开他偷偷安装在中枢计算机上的音频制作软件，决定天亮以后再告诉司长冷却管的事儿。今晚他得借用强大的“银河系”把他那首电子乐的后期做完，他相信周末前自己肯定能凭这首曲子在 Facebook 上得到大批乐迷的关注。

警报软件刺耳的“嘟嘟”声响起时，考特尼还以为自己点错了哪个电吉他的声音文件，直到他注意到屏幕右下角弹出的对话框。

“‘土卫六’定位信息接收中……”

“土卫六”“天狼星”和“蛇夫座”三台便携超算机是“银河系”的三个小小的分身，为了避免这三台功能强大的信息工具脱离控制，当它们启用黑客干扰器一类的特殊功能时，“银河系”立马就能知道使用者位于地球的哪个角落。

考特尼慌乱的脑袋里顿时出现一个念头：“土卫六”不是送到斯坦福大学的电子实验室去维护了吗？怎么会给中枢计算机回传位置信息？

他带着疑惑在对话框上点了一下，紧接着出现的卫星地图狠狠地吓了考特尼一跳。

那是中国的海岸线，标识“土卫六”的绿色箭头立在南京禄口机场的地图符号上方。

原来“土卫六”是被那三个出逃的全球通缉犯带走了，而他们现在就在大洋彼岸的南京！考特尼连他的音频软件都忘了关，转过身手忙脚乱地拨通了部长办公室的电话。

四十分钟后，道格·阿利多斯坐在考特尼先前坐的那张活动椅上，望着墙壁上的大屏幕显示的卫星地图，阴沉的脸上像是浮了一层乌云，在他身边脸色稍微好看一些的是巴蒂斯昂部长和斋藤浩雄。把浩雄叫来是道格的意思："理想国"文物的失踪很大程度上是保卫司司长的责任，然而五大高级教士的签名使他免于被起诉，既然不能在维尔戈法庭上指控他的失职，那就要让这个自以为是的日本人全程参与对失踪文物的追查。

"所以，我认为就是这样，"考特尼双手轮流打着响指说，"他们被通缉了，不可能使用自己的身份证件，只能先用'土卫六'干扰中国入境处的电脑，以此来通过检查。而'土卫六'的特殊功能是受到中枢计算机的严格监控的，我这里马上就知道这几个不守规矩的家伙是在中国。"

考特尼说完后，其他人没有回答，浩雄司长第一个问道："这么说，他们是舒舒服服地乘坐国际航班跑到中国去的？"

"对啊！"考特尼点点头，不知道这个问题有什么深意。

道格脸上的乌云又厚了一层。

"他们去中国干什么？"巴蒂斯昂不解地问。

"他们去意大利干什么，这两天你查清楚了吗？"道格转过头，大声问道。

巴蒂斯昂缩了缩脖子："还有些细节没有搞清楚，但是……"

"别管他们去中国的目的了，"道格打断他道，"通知国际刑警的人，一定要在南京把那两个人抓住！"

"是。"巴蒂斯昂站起身。

"记住，如果抓不到活的，那就……"

道格话没说完，旁边响起一个坚决的声音打断了他。"我反对，我们必须要让他们活着回到赫宁庄园。"浩雄站起身，目不斜视地看着自己的上司说。

被忽视的道格缓缓地转过脑袋，交织了困惑和怒气的脸直冲着浩雄。一旁的巴蒂斯昂难堪地握紧拳头，这两天一定是疯了，他的两个下属都没把作为代理会长的道格教士放在眼里吗？

"司长先生，这里没有你反对的份儿。"道格轻声道，他舔了舔肥厚的嘴唇，这是他极度不快的讯号。

“你不想找回‘理想国’的文物吗？”浩雄回头，向道格投去冷静的目光，“现在就打草惊蛇不是个好主意。”

道格脸上的怒气逐渐收敛，静默了一会儿，他改变了指令：“告诉国际刑警，我们要活的。”

巴蒂斯昂没来得及回应，道格的瞳孔里又闪出了强硬而凶悍的眼色：“只要他们是活的，不用考虑他们有没有受伤。”

说这话的时候，道格斜着眼角，挑衅似的瞥着一旁的斋藤浩雄，这一次浩雄没有异议。

巴蒂斯昂的视线在两人之间游移了一下，回道：“好，我这就去打电话。”

道格站起身，当先走出技术司的工作区，巴蒂斯昂和浩雄跟在他身后。茫然失措的考特尼愣在原地，那首快要完工的电子乐今晚想必是做不完了。

第 25 章

蝴蝶效应

1

南京市公安总局大院，一间不算宽敞的会议室内，十八个全副武装的精英特警分成两排，端坐在几乎占满整个会议室的方桌两侧。静默的空气里蓄积着刀锋一般的气场。

在中国警界颇有威名的猎鹰组不只是一支特警队伍，他们更像是直属于中国公安部的特种部队，所执行的都是极险极难的任务，所面对的都是异常凶恶的罪犯。从它成立至今，交给猎鹰组的任务还没有一次失过手。

小会议室的门开了，一个身着警装的高大男人走了进来。一见来者肩上的警衔章，坐在桌尾的稍年轻的组员嘴角不禁动了动。

高大男人站定在会议桌前，平静而威严的目光在室内一扫，与猎鹰组所有组员的眼神一一对接，在十八双眼睛里他看到了锐利的光。

“很好。”林卫东在心底道。担任 ICPO 中国国家中心局行动队队长以来，他没少跟猎鹰组打交道，虽然每次分派给他的组员都不是同一批人，但他总能在这些精英的眼睛里找到熟悉的眼神，这种眼神闪着刀锋般的寒光。

“我是这次紧急行动的总指挥，我姓林，”林卫东做了简短的自我介绍，随后立即切入正题，“一个小时前，接到国际刑警组织的邮件，希望我们协助抓捕两名 ICPO 全球通缉的罪犯，他们从禄口国际机场进入了南京市市内。”

他身后的投影幕布上适时地显示出两名罪犯的容貌画像，还有机场监控摄像机拍摄的画面，训练有素的猎鹰组组员心里立时有了行动目标的具体特征，只是他们每个人都清楚，画像上的容貌并不是目标真实的模样。

“可是根据机场工作人员的陈述，与罪犯同行的还有一名亚洲男子。”林卫东半回过身，指着身后的投影画面，在那个蓝眼睛的欧美男性和黑头发的亚洲女性之间，是一个留着络腮胡子的男人，双眼深邃漆黑。

“该男子和两名目标都做过一定程度的容貌伪装，他们利用高科技手段，持伪造护照过关，”投影画面切换，出现一个停车场和一个头发银白的老人画面，“另外，根据禄口机场地下停车场的监控录像，两名目标与该男子在停车场跟另一个年长男子会面，四人同时上了一辆黑色克莱斯勒轿车，车牌号为苏 A530B6。在交通部门的协助下，我们查到这个车牌是伪造的，目标乘坐的黑色轿车也查不到任何信息。”

狡猾的兔子才能让猎鹰感到有趣，空气里的弦绷紧了，林卫东能够嗅到每个组员跃跃欲试的振奋感。

“这次我们的任务就是在明天早晨 6 点之前抓捕这四人，同时，最大限度地压低带给南京市民的恐慌，最好的效果是全部南京人都不知道我们做了什么。市局的警员会配合你们的行动，”林卫东停了停，再次与所有组员的目光对接，“有没有问题？”

十八个人都没有回应，也没有下一步的行动，藏在空气里的刀锋兀自闪着寒光，这说明还有问题。

林卫东瞳孔深处快速闪过一道冷光，他嘴角微微一动，不易察觉的笑意在他脸上转瞬即逝。

“选择杀伤力小的枪，我们只需要抓捕活着的通缉罪犯，记住，要活的。”

话音落下的第三秒钟，猎鹰组的十八个组员齐齐站起，锋利的眼神在空气中交织。

“很好。”这一次，林卫东轻轻道出了声。

2

加州时间 5 月 24 日凌晨 4 点（南京时间是同日的 19 点），阴暗的云幕出其不意地飘来，遮住不久前还晴朗的天空；太阳还没有完全落下，暗淡无力的光线笼罩着城市，不多久，细密的雨滴从天而落。

百里和笛卡尔都没有来过南京，所以提到要去哪里找第三位失踪者的时候，他们俩的目光都望向坐在副驾驶座上的秦澜。

“对不起，我没有思路。”秦澜抱着双臂，涣散的双眼看着车前窗上滑下的条条雨迹。百里看得出来，越接近南京，她就在血腥历史带来的悲伤情绪中陷得越深。

“我们先进市区再说吧。”百里对正在驾车的笛卡尔道。

笛卡尔没有说话，拨动右手边的雨刷杆，扫去前风挡玻璃上的雨水。他加大踩在油门踏板上的力道，黑色轿车在机场高速路上狂奔。

百里坐在后排，凝视着滚过车窗的雨滴，此时他的内心处于难得的静谧和平稳状态中。在靠近冥王荒城的路上，先前在金与火的荒城中不时袭来的毁灭幻觉似乎消止了，百里却不敢掉以轻心。那些可怕的场景定然就藏在潜意识的某个角落里，等待着触发的外界因素，他要随时准备好应付突然降临在精神世界的末日。

幸而在此时，在全力思索什么地方有可能藏着第三位学者的时刻，他可以暂时获得些安宁。

据百里所知，南京的历史比庞贝还要悠久，从春秋时期的越王勾践在秦淮河北岸建城开始，到中华民国在南京选举临时大总统为止，中国历史上总共有十个不同的政权将首都定在这里。东吴的孙权、南唐的李昪、明朝的朱元璋、太平天国的洪秀全、中华民国的孙中山……南京城里历经过的每一个统治者都是改变历史进程的人物，然而，漫长辉煌的城市历史却给百里带来了难题。

莫先琳的尸体是在毁灭之源，圣安地列斯断层线的起点找到的，而毁灭庞贝古城的源头毫无疑问是维苏威火山，所以他们在维苏威火山山体内找到了特里斯坦博士。按照先知设置密码的基础模式，第三个失踪学者的藏匿地点也应该是在毁灭的源头，那么导致南京沦为冥王荒城的源头在什么地方呢？难不成要追溯到日本去？

不可能！百里摇摇头，既然破译先知的密码得到的结果是南京，下一个失踪者必定是被藏在这座城市里，绝不可能在别处。

于是南京的难题出现了——浩渺的南京历史就像一本没有检索的百科全书，短时间内要在这本巨著里锁定“毁灭之源”几无可能。

百里把自己的困惑简略地告诉两个同伴，笛卡尔闷着头开车，不发一语，而秦澜依然是魂不守舍地沉默着，紧锁的眉头不见有半分舒展。

时间一分一秒地流走，天色更显沉重，雨点像大颗大颗的豆子，敲在轿车的金属顶棚上，嗒嗒作响。

百里猛地往前一倾，他稳住身形，注意到是笛卡尔忽然减慢了车速。

“怎么了？”坐在后排的百里还不知道前方道路上碰到了什么障碍。

“我们有麻烦了，伙计们。”笛卡尔操作方向盘，他们的黑色轿车缓缓靠近拥堵在前路上的车流尾部。

透过不停歇的雨刷往前看去，只见在车流的最前端是几辆打着红蓝频闪灯的警车，一干身着雨衣的警员在车道上设了一道临时关卡，不论是进入还是驶出南京市区的车辆都得经过他们的检查才能放行。

黑色轿车里的三个人心底同时晃过一个念头：心灵会的中枢计算机知道了我们的具体定位，国际刑警组织中国分支已经做出反应了。

“怎么办？”焦灼的笛卡尔一只手紧握着方向盘，另一只手放在身旁的挡位杆上，看他的势头，是做好了随时倒车逃离车流的准备。

百里伸出手，稳住笛卡尔试图换挡的手臂。

笛卡尔紧张地回过头，目光迎上百里的眼睛，后者往身后快速地偏了偏脑袋。笛卡尔理解百里的暗示，他转头往后视镜看去。行驶在他们这辆车后的其他车辆正络绎不绝地驶来，加入了等候检查的车流，强行倒车只会撞上那辆紧跟在后面的面包车车头，除非是撞开隔离栏杆到对向车道上去掉头，否则他们没有空间离开。

排在他们之前的轿车又向临时关卡前进了几米，笛卡尔没有及时跟上。面包车一见有了空隙而自己前面这车却停着不走，当即大声鸣笛催促，正在检查证件的警员往这边投来了狐疑的目光。笛卡尔只好硬着头皮跟上去，他驾驶的车越来越靠近横在道路中间的警车。

前端又有一辆车通过检查，此时百里他们距离关卡只不过隔了三辆车。

“我们完了。”透过袖管，百里感觉到笛卡尔发抖的手臂。

“不，我们还没完。”百里喃喃道。

检查流程不快，十分钟才能放行一辆没有问题的车。跟随在后的面包车似乎没有一点耐心，只要车流动了而前车停滞稍长一会儿，那位看不清面容的司机就会连按喇叭，尖啸的车笛刺得耳朵生疼。

“那个人就不能多等一会儿？”秦澜回过头，眼里燃着怒火。

比刺耳的车笛更糟的事发生了，埋头核验证件的警员被不停响起的车笛吸引了注意力，全都抬起头往这边看来。随后，其中一个负责人模样的警官挥手把另一边的下属叫到近前，对他说了几句话。那个年轻下属得到上级的命令，挺了挺胸膛向百里他们的轿车走来。

“我们真完了。”笛卡尔把挡位杆推到前进位，下一秒他将把油门轰到最大，用车头撞开车旁的栏杆。

“别动，我们不会完。”百里的呼喝声音不大，却令笛卡尔的动作停住了。

面朝他们走来的警员似乎发现了车内的异样，加紧两步走到车头前。

笛卡尔埋下脑袋，避免让人直接看到他的蓝色眼睛，他的手臂肌肉因为用力而鼓起，就快要脱离百里的控制。

警员已走到驾驶座旁，敲打车窗的同时以不容违抗的口吻道：“对不起，请出示你们的合法证件。”

作为回应，车窗往下降了一条细缝。

警员见可疑车辆没多大动静，提高嗓门重复道：“立即出示你们的合法证件！”

拦在路上的所有警员都停住手上的动作，他们的目光穿过雨帘向这里望来，有的人甚至摸到了别在腰上的枪。

笛卡尔决意放手一搏，百里也拉不住他，油门踏板已被他的右脚掌往下踩了一厘米。

车身往前冲出的短暂一刻同时发生了两件事。

先是站在车旁的年轻警员身上骤然响起对讲机的粗糙声响，其后，笛卡尔刚一听到对讲机的动静就敏捷地踩下刹车踏板，黑色轿车的前杠险些就撞上前车车尾。

“在常合高速路发现目标车辆，黑色克莱斯勒轿车，车牌号苏A530B6，自西向东行驶，车速一百六十码，现已接近金航路，我队正在追逐，请求金航路附近设卡警力予以支援；重复，在常合高速路……”

这里就是金航路，笛卡尔和秦澜同时看了看身后的百里。对讲机的呼叫声让年轻警员的动作停下来，他回过头，用目光征询那位警队负责人的意思。

既然找到了追捕行动的目标，也就没必要继续留在这里检查其他车辆了，负责人没有犹豫，果断地挥挥手，其他下属警员当即奔向他们用来设卡的警车。

望着差点儿就能抓到大鱼的年轻警员匆匆回赶的背影，百里紧绷的胸口一松，轻轻地出了口气。不过几分钟，所有拦在路上的警车都驶上对向车道，朝着另一个方向疾驰而去。这时，笛卡尔才重新发动他们的黑色雪佛兰轿车，向着南京市区的方向开去。

一个小时前，这辆黑色雪佛兰就停在禄口机场出口附近，那是一处位于道路监控死角的荒郊野地，要在地广人稀的机场周围找到能够躲开监控摄像的角落并不难。

“你是故意让你那位朋友暴露在地下停车场的监控区吧？”秦澜的脑袋从副驾驶座探出来，望着后排的百里问道。

在笛卡尔的驾驶下，雪佛兰的车速超过了进城高速的最高限速，百里忍不住提醒他一句，别因为超速让他们被交警部门注意到了，笛卡尔这才把速度降到限速以下。

“叶会处理好的，”百里别过脸与秦澜对视道，“可是他能拖住警方的时间不会太多，我们必须尽快找到藏在南京的失踪者。”

秦澜垂下眼帘，瘦削的双腮动了动，道：“我想，我知道该去哪儿找这个失踪者了。”

笛卡尔开着动力十足的轿车，连续变道一连超过了三辆车。

“你解开冥王荒城的毁灭之源了？”百里不无惊喜地道。

秦澜摇了摇头：“不，你从一开始就想错了，南京跟庞贝不一样，导致南京大屠杀的源头根本就不存在，所以在南京没有什么毁灭之源。”

“什么？”笛卡尔同百里一样惊异。

“听说过历史的因果链吗？”秦澜话锋一转，“或者说，蝴蝶效应。”

“我不懂你的意思。”笛卡尔转头向秦澜投去飞快的一瞥。

“失了一枚铁钉，丢了一块马蹄；丢了一块马蹄，折了一匹战马；折了一匹战马，损了一位将军；损了一位将军，输了一场战争；输了一场战争，亡了一个国家。这就是蝴蝶效应，你叫它因果链也行，”秦澜循着自己的思路往下说，“想一想，按照我们先前的结论，冥王的毁灭之城是一座发生过大规模屠杀的城市，通过《荷马史诗》，我们又推理出第三座荒城是南京。

再说到毁灭的源头，导致大屠杀灾难的原因看似只是日本的侵略行为，然而往历史深处追溯，会发现大屠杀的背后有数不清的蝴蝶效应。”

笛卡尔不知不觉又提高了车速，视野中宽阔的进城高速路上少有几辆同向行驶的车，远处已经能够望见南京市区中心的高楼。

“我说一个最简单的因果链吧，”秦澜道，“如果下西洋的郑和到达红海以后没有回头，继续绕过非洲大陆往西行，他就是发现新大陆的第一人，明朝时期的中国将会开启一个大航海时代，新大陆上的宝贝会吸引狂热的中国人冲向海洋，就像16世纪的西欧一样。在大航海中完成资本累积的明朝将从封建王朝向资本主义国家进化，到了20世纪中国已是地球上唯一的超级大国，小小的日本怎么还敢来中国撒野？南京大屠杀也就不可能存在了，但是，这么说起来，我们难道就要把大屠杀的源头归到郑和头上去吗？”

通过秦澜的例证，百里恍然大悟：毁灭庞贝的是天灾，南京遭遇的却是人祸，与天灾不同，人祸的背后藏着环环相扣的历史锁链。与南京有关联的历史因果链数不胜数，导致南京大屠杀的根源必定不止一个。不，如果循着因果链不停往前追寻，会发现完全不存在什么毁灭之源，“理想国”不会选择这么虚无缥缈的密码来给他们的对手设置迷局。

灾难源头的模式在南京完全是错误的，那么正确的模式又是什么呢？

“你们还记得我们是怎么找到南京的吗？”秦澜又道。

“冥王星，还有荷马的史诗！”笛卡尔急切地说，看得出他不喜欢秦澜总是吊着他的悬念走，他迫切想知道最终的谜底。

“百里，你是怎么想到把冥王星和屠杀联系在一起的？”秦澜的语气仍然是不慌不忙。此时他们的轿车拐下匝道，马上就要接近市区边缘了。

“因为，特里斯坦博士藏在火山里的祭坛上，”百里紧拧的眉头解开了，“对了，祭坛！”

秦澜沉重地一笑：“知道是在哪儿了吧？”

华灯初上，街边鲜艳的霓虹灯将地面上流淌的雨水照得像血。终于，轿车在夜幕雨帘中驶入了这座凝重的古都。

3

“‘蜈蚣’已就位。”

“‘狼蛛’已就位。”

“‘黄雀’等待出发。”

“‘黑蝎’就位。”

“‘蝮蛇’已就位。”

“灰兔行动”的临时指挥室就设置在猎鹰组集合的会议室隔壁，这时，手持通信对讲机的林卫东站在占满一面墙壁的显示屏前。再过一会儿，这几台大小不一的显示屏将接收到从几架直升机上回传的实时摄像画面。

林卫东听着各个行动单位在最短的时间内落位，嘴角微微一扬。

这会是一场漂亮的狩猎。

由于猎鹰组所负责的任务的特殊性，每个组员的身份都是绝对隐秘的，就连执行同一任务的组员相互之间也不完全知道对方的底细。行动期间，他们一切身份信息就只是一个代号。

代号“狼蛛”的精英警员来到猎鹰组还不到半年，为了进入这支中国警界的传奇队伍，他历经了严酷的筛选，在一千人选一人的残酷竞争中胜出，“灰兔行动”是他加入猎鹰组后执行的第一个任务。当他看到林队肩上的警衔章时，他就对这次高级别的紧急行动雀跃不已。

“灰兔行动”看上去简单，不过是抓捕几个文弱的国际通缉犯，比起那些穷凶恶极的武装毒贩和恐怖分子，这次的任务似乎容易到令人怀疑为什么要大动干戈地出动猎鹰组。不过仔细一想，十个小时之内，要在一座有八百万常住人口的城市里抓捕四个经过易容的人，而每个行动组员仅仅知道目标的伪装容貌、身形和车辆信息，这么看来，“灰兔行动”的难度可一点都不低。

“狼蛛”得知，接到国际刑警的指令后，南京市局的警员已经封锁了所有交通要道，南京现在是一个没有漏缝的水瓮，他们接下来要做的，是用最快的行动捉住瓮中的鳖。

行动开始没多久，发现目标车辆的报告就传到了“狼蛛”的通信耳机里，那辆黑色克莱斯勒正行驶在常熟直通合肥的高速公路上，背朝南京市区往东开去。

生性谨慎的“狼蛛”心里闪过一丝疑虑：来到南京了却不进城，这会不会是调虎离山计呢？

疑虑没有阻滞“狼蛛”的行动力，他果决地执行命令，右脚娴熟地踩下油门，发动停在匝道旁的轿车驶上常合高速公路，同他一起开上公路的是一辆白色的SUV汽车。“狼蛛”知道，驾驶SUV的也是参与“灰兔行动”的队友，代号“黑蝎”。

按照指挥室的命令，“狼蛛”和“黑蝎”驾车在金陵大桥下等待，他们卡住的是禄口机场往东的咽喉要道。此时，他们两人从东端驶上大桥，目标车自西而来，从行车方向和路线上看，“狼蛛”和“黑蝎”将在金陵大桥上截住它。

“目标已驶过三干河大桥，时速接近一百八十码，金航路的警队晚到一步，没有成功拦截。‘黄雀’已做好狙击准备。”

耳机里又传来自直升机追逐组的实时通报，“黄雀”是直升机上狙击手的代号。“狼蛛”紧贴着方向盘的手心皮肤渐渐浸上了一层细汗。

“‘黄雀’等待开枪指令！”是林队的嗓音。对着时速达到一百八十码的汽车开枪，就算没有击中驾驶者，也有车毁人亡的危险。

夜雨不停地下着，在常合高速路发现目标后市局警员立即在高速路各个入口设卡，禁止其他车辆进入，平时拥挤的金陵大桥现在空荡荡的，只有被烈风吹斜的雨点。

“狼蛛”和“黑蝎”驾驶的两辆车停在公路中间，两辆没有任何警用标识的汽车看起来只是普通的私人用车，只有猎鹰组的人才知道，这种穿“便衣”的警车拥有强劲的马力、厚实的防御和不可思议的机动性。这时，两辆车各守着两条对向车道，犹如一黑一白两座堡垒。

机桨的声音从远处传来，“狼蛛”锐利的视线穿过大桥上的灯光，发现一道明亮的锥形光柱朝这边快速移来。

来了！

“‘黑蝎’，准备行动。”“狼蛛”冲着对讲机道，旁边不远处的 SUV 以轰鸣的引擎声回应了他。

两条闪电在金陵大桥上激射出去。

横跨秦淮河的金陵大桥全长五公里，“狼蛛”和“黑蝎”只用了一分钟就从东端行驶到了大桥中段。此刻，他们能看到不远的前方，一辆黑色轿车在直升机投下的光柱中飞驰而来，轿车后跟随的是红蓝频闪灯组成的灯海。

目标车驶上金陵大桥，看到对向来车后它的速度虽然稍减，但仍然保持在一百四十码以上。

他逃不掉！“狼蛛”在心头喊道。

“狼蛛”行驶的车道与目标车所在的是同一条，如果保持高速度冲上去，不是与目标擦肩而过就是与其直接撞上，高速撞击下两辆车上的人都不可能活命。

必须想办法将目标逼停！

迎面而来的克莱斯勒距离“狼蛛”的车只有三公里的距离，留给猎鹰组的时间不多了。

林卫东在直升机俯拍的摄像画面前屏住呼吸，对讲机紧紧握在他的大手里，他可以下令开枪，让狙击手射击目标车的轮胎，避免目标车抱着同归于尽的目的直接撞上拦截警车，这样做至少能保证猎鹰组成员的安全。

眼下没有办法同时保全目标和猎鹰组的精英，不能眼睁睁地看着自己的精英送死！

林卫东把对讲机举到嘴边……

“‘黑蝎’，你减速，然后撞开路中间的隔离栏，开到我这条道上来！”“狼蛛”的大吼声突然在耳塞里响起。

林卫东放下对讲机，惊异的眼睛凑近显示屏。在他身周，所有指挥组成员都紧张地盯着摄像画面。

“黑蝎”听到“狼蛛”的呼吼，他也吃不准那个年轻的组员想干什么。眼下距离撞上目标只有不到两公里了，“黑蝎”咬咬牙，右脚从油门移到刹车踏板上，往侧旁轻打方向盘，勉力控制住 SUV 撞开脆弱的隔离栏。

三辆车在同一条车道上了，如同三头愤怒的公牛，即将用犄角决出生死。

“‘黑蝎’，坐稳，拉手刹！”“狼蛛”再次大喝道。

“黑蝎”的车刚一过来，“狼蛛”就加大油门冲上前，车身擦在“黑蝎”的车头上，经过刚才的减速撞击隔离栏，“黑蝎”的车速已经降到九十码以下，借“狼蛛”的力，他的SUV车头急转，整辆车都横了过来。

“黑蝎”面色煞白，汗如雨下，他一只手紧紧地拉住手刹，一只手把控住方向盘，爆发出全身的劲儿才让自己的车保持横向平移而不侧翻，固定住的车轮即使在雨水横流的路面上也磨出两条长长的黑色胶痕，刹车的尖叫声几乎穿破耳膜。

“狼蛛”的车也横向倾斜着，同“黑蝎”的车紧挨在一起，他的车尾刮擦着金陵大桥的石沿，火星四溅。

就这样，整条车道都被两辆横向前行的车给拦住了，这道移动的铁壁与克莱斯勒的距离迅速缩减到半公里，猎鹰组的目标已然没有空间撞到旁边的车道上去了，以克莱斯勒的行驶速度，只要驾驶者急打方向盘，车身立马就会变成一块翻滚的方铁。

那位驾驶者显然做出了理智的选择，克莱斯勒的车速迅速减缓，雨水浸湿的路面令刹车的效果不理想。最后，克莱斯勒的车头与“狼蛛”的车门还是重重地撞在一起。

“狼蛛”推开贴在脸前的安全气囊，一步跳下车，安然无恙的“黑蝎”也从SUV上跳下来，他们俩平举手枪，警惕地踱到克莱斯勒的车门前。

他们半蹲着，紧贴车身落位，形成相互掩护之势。

克莱斯勒的车门开了，“狼蛛”凝起目光往驾驶座看去。

“很抱歉，给你们添麻烦了。”驾驶座上坐着一位年长的男人，鼓起的气囊弄乱了他的银发，他一边推开气囊，一边费劲地摸索安全带的锁扣。

“你们谁能帮我把安全带解开吗？非常感谢。”罗尔·叶彬彬有礼地请求道。

4

雪佛兰驶下灯火通明的江东快速路，沿着行人寥寥的街道往前直行，那座庄严的建筑立在前方。还隔着两个路口，百里就看到屹立在广场上的大十字架的黑影。

天空中雨云低垂，仲夏夜的雨不大不小地下着，灰白色的雾气弥漫在人间的每一个角落，刺骨的森寒犹如吸血虫般紧附在皮肤上。早就等候在此的冥王抬起他苍白的脸庞，用嘲弄的微笑迎接这三个终于解开了冥王密码的拯救者。

南京大屠杀没有毁灭之源，百里他们只有找寻新的线索。莫先琳的凶杀现场指向了火星，他们由此在庞贝找到了特里斯坦博士，隐藏特里斯坦的庞贝又指向冥王星，在盲眼诗人的帮助下，他们来到了南京。

先知设局的规律已然明了，就是上一个失踪者的藏身地暗示着下一个失踪者的所在，要在一座巨大的荒城里找到藏匿失踪者的具体地点，也得用上这个规律。

莫先琳死在引发大地震的断层的起始处，也就是毁灭的原点，特里斯坦便藏在毁灭庞贝的火山里。而百里是在一座祭坛上发现特里斯坦的，那么南京的祭坛，必定就是第三个失踪者的藏身地。

在南京，与大屠杀联系最为密切的祭坛，就是眼前那座以棺椁为外形的建筑物了。

笛卡尔把车停在空旷的停车场，他们三人走下车，当地时间接近 21 点，路上看不见几个行人，连过路的车都没有几辆，近处的高楼灯火稀疏，身周只有雨点落地的滴答声，他们仿佛来到一个劫后无生的死寂城市。

1937 年 12 月 13 日开始的四十天内，染指南京的日本军人将三十四万平民和战俘赶尽杀绝，他们的疯狂屠杀让南京的大地上遍是尸体，残忍的军人不会为死人的后事费神，他们只是把尸体潦草地集中到一处，浇上燃油点上一把火，或者索性就任由堆积成山的尸体腐烂成一堆堆白骨，人们把尸骨的堆积地称为“万人坑”。

触目惊心的万人坑，是那场灭绝人性的灾难留给后世的血痕。

冥王之城萦绕着三十四万无处可归的亡魂。半个世纪后，中国人决定为在大屠杀中遇难的同胞建造一座纪念馆，出色的建筑设计师将纪念馆的遗骨陈列室设计成棺椁的形状，用这样的方式安葬那三十四万人的骸骨，让流离的亡魂有个归处。

在中国，无论是皇族还是百姓，祭祀仪式普遍是在埋葬先人的陵墓附近进行，要祭祀惨遭屠杀的亡者，祭坛最有可能设在安葬亡者的棺椁周围。

百里站在南京大屠杀纪念馆的悼念广场上，肃穆的风卷过他的衣角，没有温度的雨水从他的发根淌下，滑过脸庞，沿着他的下颌滴进飘在身周的雾气里。

“失踪者藏在这里？”笛卡尔半仰着头，注视着纪念馆的黑色外墙，大理石墙壁上，“遇难者300000”这行醒目的方字反射着惨白的灯光。

秦澜从静立的两人身边走过，三步并作两步地走向万人坑遗址，面无表情的百里跟在她身后。

他们沿途经过一座高大的深色石雕，那是一位衣衫褴褛的母亲，垂在腹前的双手轻托着婴孩的尸体，仰天长哭。石雕旁的探灯照亮了底座的铭文——“被杀害的儿子永不再生，被活埋的丈夫永不再生，悲苦都留给了被恶魔强暴了的妻子，苍天啊！”

第26章

悔罪灵殿

1

穿过悼念广场，从大屠杀纪念馆的正门走进万人坑遗址，经过悬于白骨丛林旁边的参观长廊，就能直通亡魂的安葬地——以棺椁为形的遗骨陈列室。

紧挨在纪念馆正门旁的是一间安保室，负责保卫两个展区的安全。这会儿快要到闭馆的时间了，值勤的管理员满脸倦容，他已不是正值壮年的年轻人，虽然进入纪念馆都是免费的，不用花费力气对付逃票者，但连续两天不间断的工作还是很让他吃不消。眼下见游人都散得差不多了，他右手支着腮，在监控屏前打起瞌睡。

一阵急促的脚步声由远及近，管理员抬起沉重的脑袋往窗外打量，悼念广场上昏暗的路灯让他看不清游客的脸，只能隐约看到三个快速晃过的人影。

“马上闭馆了！”管理员扯起嗓子大声喊了一句。

没有人回他的话，三重脚步声叠在一起，消失在安保室旁边的场馆正大门。

到了闭馆时间再进去，把他们清出来。这么想着，管理员的意识又回去抗争不断侵扰大脑的困意了。

秦澜走在最前，在光线暗淡的前厅里只能看见她一个模糊的背影。百里跟随秦澜的脚步，他没有去留意挂在前厅墙壁上的历史照片，视线只放在通入万人坑遗址的玻璃门上。走在最后的笛卡尔不经意间瞟到身侧的一张照片，在泛黄的图像里，他看到一排整齐列在颓垣断壁上的人头，放在最边上的人头属于一个不大的孩子，他脸上眼睛半闭，惨白的嘴唇微微张着，似乎隔着凝固的历史也能听到他在临死前发出的惨叫。

笛卡尔收回目光，不愿再往下看。前厅的棚顶隐没在不见底的黑暗里，仿佛有亡魂悬于其上，俯瞰着三个夜访游客。

前厅的面积不大，从正门走到万人坑遗址展馆也不过是几十步的距离，百里很小心地走完这短短的几十步，不让自己的视线接触到任何记录了大屠杀的史料。

“走过这里，前面就是遗骨陈列室了。”秦澜停下脚步说，来到大屠杀纪念馆以后这是她第一次开口说话。

笛卡尔举目望了望参观长廊的尽头，遗骨陈列室的灯光要比前厅强一些。“第三个失踪者真的在那里吗？”笛卡尔不确定地道，“我是说，先知要真把一个大活人放在陈列室里，这座纪念馆的管理者不应该早就发现了吗？”

他的疑惑不无道理，百里回道：“我们去陈列室看看再说。”

这时，他的眼角瞥见一条飞速闪过的阴影。

就要闭馆了，从悼念广场一路走来他们没见到一个游人，万人坑遗址展馆里除了他们三个以外更是空无一人，那个阴影是……

“怎么了？”在长廊上走出几步的秦澜回头问，笛卡尔定在她身边，目露关切的眼神。

“没，没事。”百里用力晃了晃脑袋，抬起腿要往前走。

他竟然迈不开步子了，双腿被无形的力量束缚在地板上。

百里低头看去，一双枯败的手紧紧抱着他的脚，令他不得动弹，而在他身后，是一个衣衫不整的女人趴在地上，她满是泪水的脸从乱糟糟的头发间透出来，张着嘴嘶喊：“求求你，放过我的孩子。”

忽然出现的女人真实得令人分不清她是幻象还是现实，错愕的百里紧咬着牙，才没发出惊惧的叫声。

“你还好吗？”秦澜和笛卡尔小跑回来。他们看不见地上的女人，而百里脸上明明白白的惊恐让他们怔住了。

百里抬头看向同伴，在秦澜身后，他看到一个军官模样的男人，穿着整齐的军衣，光洁的脸上挂着狰狞的笑容，他抬起手，闪现寒光的长刀猛地挥下，划出“呼”的一声风响。

“小心！”百里伸出手去拉秦澜。

军官没有伤害到秦澜，在他的利刃下却多出一具身首异处的尸体，横倒在秦澜的脚边，脖颈的断口不停地涌出鲜血，染红秦澜的鞋子，空气中的血腥气味刺激着百里的嗅觉。

远处传来一阵哀号，那是一群被铁丝绑住手脚的平民，其中能看到佝偻的老人和幼小的孩童，他们有的痛哭着、有的沉默着，几挺锃亮的机枪转过枪口正对着他们，火舌喷出，人群在横飞的血肉中齐齐倒下。

地上女人的手松开了，她闭上眼睛，生命的神采从她的眼睛里逝去。百里在她身前弯下腰，试着去触碰她脸上的皮肤。

百里希望自己的手穿过女人的侧脸，这样就能证明他看到的一切只是虚幻的假象。

可是他真的摸到了那个女人，那张落满泪痕的脸还存有微弱的温度，温热的触觉穿透百里的指尖，在神经元的密集丛林里狂奔，最后传进他战栗的大脑。

百里直起身，瞪圆的双眼盯住自己的手指，上面还留着在女人脸上蹭到的泪滴，他甚至能感觉到泪水的冰凉。

幻觉！

没有什么时候比此刻更让百里恐惧了，他抬起眼睛，看向站在身前的两个同伴。

秦澜和笛卡尔不知所措，在他们眼前只是一间空荡荡的展馆，可是面前的百里却定身立在走廊上，不知是什么东西缠住了他的双腿，他大口喘着粗气，双手撑在膝盖上，全身不住地颤抖，眼眶裂到了极限，微微凸出来的瞳孔里全是惧怕的神色。

“他被催眠了吗？”秦澜着急地对笛卡尔道，“你快想想办法让他脱离催眠啊！”

“这……”笛卡尔犯难，他的迟疑看起来是因为他拿不准百里为什么会变成这副骇人的模样。

百里没有陷入催眠的旋涡，确切地说，他还能控制自己的意识。

“我们快走！”他虚弱地抬起手，指向长廊尽头的遗骨陈列室。

秦澜急忙上前扶住百里，多亏了她，百里才得以直起身而没有跌倒。

笛卡尔和秦澜都知道，不论百里遭遇了什么，只有尽快离开这里才能让他脱离可怕的未知状态。

距离遗骨陈列室已经不远了，在百里眼中，周围早已不是一个处于室内的空间，而是在硝烟弥漫的天空下前行，暗淡的天光照着路旁一批接一批死于屠戮的人，脚下的血路直通向一座没有墓碑的坟茔，苍天下，那座从地面隆起的土包遥不可及。

秦澜搀着百里终于走到了血路的终点，这座外部呈棺椁形状的建筑内安葬的是从万人坑里挖出的遗骸，高大的透明玻璃展柜内摆列着武士刀斩断的头骨、子弹打穿的胸骨、烈火烧焦的腿骨。笛卡尔快步穿行在展柜间的走道里，把整座陈列室转了个遍。

“这里没有人！”还没走回来，就听到他大声说。

遗骨陈列室的内部面积不大，不用笛卡尔提醒，透过透明的玻璃展柜能看出这里没有失踪者的影子，况且，正如笛卡尔提到的，把一个大活人明目张胆地放在这里，不用等百里他们来找，纪念馆的管理者早就把他找出来了。

先知一定是将第三位学者藏在了更隐秘的地方。

秦澜急眨着眼睛，没有把握地四处张望，她想不出在这间陈列室的什么地方能藏得住人。

离开万人坑遗址后，在百里的精神面上肆虐的幻觉稍有减弱，可是那座立在苍天下的低矮坟茔却始终停留在他的眼前。他们走进埋葬遗骨的陈列室，在百里的意识里却是走到坟头近前，掘开土层，打开深埋在坟包下的石棺。

百里拉住秦澜的袖口，示意她不要在陈列室里找了。

祭坛不会设在棺椁之中，而是在安葬亡者的陵墓附近，要把人藏在遗骨陈列室附近而且不让无关的人发现，那就只有一个可能的地方。

百里的手指向他们脚下指了指。

祭祀亡魂的圣地，在棺椁之下。

2

片刻的浅睡没有驱散管理员的疲倦，反而让他的脑袋更加沉重了。不过，他没有忘记职责，安保室外传来的声响稍有异常，他都会警觉地清醒过来，条件反射地看几眼监控终端回传的画面，确定纪念馆内的游客在干什么。

还有一刻钟就要闭馆，场馆里只有最后进去的那三个游客，他们缓慢地走在万人坑的参观走廊上，监控摄像头只能拍到他们的背影。看起来除了其中的一个始终弓着身子外也没有别的异样，管理员决定再闭一会儿眼睛。

警铃声大作的时候，管理员已经有五分钟没睁眼了，监控系统传出的嗡嗡刺耳的铃声把他吓得浑身一震。

只有当游客走进禁止通行的区域时，系统才会自动发出警报，以提醒管理者该去把那些不守规矩的家伙赶出禁区。

此刻监控系统急躁地鸣叫着，所有监视屏幕上都看不到三个游客的影子。

管理员的困意一扫而空，他从座位上腾地起来，开始熟练地操作监控系统，画面在正中间的显示屏上跳换，他连续调出几个禁入区的实时拍摄场景。

“人呢？跑哪儿去了？”管理员困扰地自语，手上的动作却更快了。

先进的监控系统发出错误警报的概率低得足以忽略，一定是有人进入了禁区。

抓到你们一定叫你们好看！管理员恨恨地想。显示屏上一个场景从眼前闪过，他停下手，调回不对劲的图像。

引起怀疑的图像对应的摄像头设置在遗骨陈列室的地下室门前。

南京大屠杀纪念馆只有少数几个展区建有地下工事，早些年，从万人坑掘出的骸骨有一部分储存在遗骨陈列室的地下室里，由于地下室与南京市的地底防空洞相连，防空洞废弃后那里就被封锁起来了，除了每年一次的例行检查外，平时不会有人去开启那间地下储藏间。

管理员仔细地盯住监控画面，那道厚重的电子金属门紧紧地封闭着地下的空间，看上去与平常没什么差别。

有一个细节险些就逃过了管理员的眼睛：金属门一侧的电子锁上，本应该是示意关闭状态的红灯，此时闪烁的却是绿光，说明门锁处于开启状态。

“这几个二皮脸！”管理员骂道，操起挂在墙上的对讲机走出门去，监控系统的警铃声在他身后响个不停。

通往地下室的楼梯在遗骨陈列室西侧，接近和平公园区，笛卡尔用“土卫六”下载了大屠杀纪念馆的平面图，很快就找到这个隐蔽的通道。纪念馆给禁入区域装配的智能安全门能够拦住大部分游客或是善于开锁的盗贼，然而在拥有干扰器的超级计算机面前，这种高科技的钢质门还不如一把普通铁锁结实。笛卡尔只用了五分钟就成功破解电子锁的程序，埋藏秘密的地下空间开启了。

防盗门只打开一条细缝，尸骨的气味夹着灰尘，混在一股拂过脸颊的阴风里，深受幻觉折磨的百里感觉像是站在幽深的墓穴入口。

走进地下室，笛卡尔还想花点时间将电子锁恢复原状，秦澜拉了拉他，催促道：“别浪费时间了，门外那个摄像头早就把我们拍进去了，我们赶快找失踪者。”

地下室虽没有灯，但不是一片漆黑，有一层昏黄的淡光飘浮在空气里，仿佛有人在黑暗深处点着了烛火。

有人在这儿！秦澜见到微光，心里一阵欢腾。笛卡尔走在前面，朝着光源走去，她支撑着虚弱的百里跟在后面，她的手臂能觉察到身旁颤抖不已的身躯冒出的冷汗。

地下室并不宽敞，里面只有几排陈旧的置物柜，一些不知装了什么内容的铁箱子放在柜架上。只绕过几条走道，他们就看到了微光的源头。

笛卡尔突然停住脚步，跟在身后的秦澜差点儿撞上他。

“怎么了？”秦澜皱起眉头，笛卡尔高大的身躯挡住了前路的光线。

笛卡尔不作声，动作缓慢地转过来，秦澜和百里这才看清，前方靠近墙根的地板上有一个通入地底的井道，圆形井口窄小，勉强能容下一个成年人通行，原本盖住井口的石井盖被掀开了，扔在一旁，烛火般的淡光就是从地底的空间内照出来的。

秦澜不安的眼神与笛卡尔相碰，最后，他们看向站也站不稳的百里。

进入地下室以后，朦胧不清的黑暗让百里脑中的幻觉弱了不少，他做了几个深呼吸，慢慢地找回些力气。

“我们下去。”百里说着离开了秦澜搀扶他的手臂。

“这底下会不会有什么危险？”秦澜胆怯地道，“你们没忘记火山里的炸药吧？”

百里没有回答，他实在没有多余的力气来让秦澜安下心，只能迈着坚决的步子走到井口旁，伸手抓住井壁上锈蚀的直爬梯，井口的烛光隐没他单薄的身形，真让人担心他会从井口直接掉下去。

秦澜追到井道旁，默然的百里已往下爬了两米深，她没有多想，握住铁梯也跟了下去。他们在井道里下到一半时，笛卡尔才跟上来。

井道深度不到十米，越接近底部，烛光越盛。诡秘的光明距离冥府的客人越来越近。

只剩下最后两个梯格，百里松开手，跳落在坚硬的水泥地面上。

借着烛光，百里看清这里是一条一人多高的地道，比逼仄的竖井宽得多，至少能容下四五人并排前行。

跟随在后的秦澜也下到地道里，站在百里身边的她第一眼就看到墙壁上用黑漆写就的数字：0071。

“这里是第七十一号防空洞，”她轻声道，“日本侵华时期，国民政府在南京地下建造的防空洞。”

她旁边的百里还是没有回话，只是定定地望着防空洞深处。这一次，是震愕让他的声带发不出声。秦澜顺着他的视线望去，立时惊得目瞪口呆。

“这是什么鬼地方？”笛卡尔最后一个跳下竖井，见两个同伴呆站着，不解地问道：“你们怎么……”

没来得及说完后半句话，他就看到了烛光的来源处。

烛光来自一面死气沉沉的石墙，因为年代久远，石墙表面的水泥层布满裂纹，九支鲜亮的红色蜡烛立在灰暗的墙面上，像是从石墙中突伸出来的尖牙利齿。红烛在墙面上的排列毫无规律，一眼看不出预示了什么，似乎安置红烛的人只是在墙上潦草地选择几个点，再精心地固定住烛身。

九支红烛中有七支都熄灭了，只有两支还燃着，带领百里他们一路找到这里的淡光就来自那两簇橙红色的火焰。

比起墙面上意味不明的红烛阵，石墙前的静物更令人毛骨悚然。

那是一套完整的武士铠甲，面朝墙壁，在烛光中闪着古旧而华丽的光。铠甲腰部的草摺直接触及地面，两条缠于小腿的足铠折在草摺底下，使得整套铠甲摆出双膝跪地的姿势。

百里屏住呼吸，挪到跪地的铠甲旁。从这个位置，他能看到护右胸的旃檀板与护左胸的鸠尾板之间是低俯的头盔；在头盔前部，考究的装饰前立呈三叉戟的形状。这套铠甲是起源于日本室町幕府时期的大铠。

有一只手在费力地拨开百里脑海中的迷雾：如果跪在眼前的不只是一套铠甲，而是一个日本武士，他保持这样的姿势是在……

百里转过目光，看着铺展在铠甲与石墙间的日本军旗，泛黄的白色旗面上是一轮照射出万丈光芒的血红太阳，在那场血流成河的浩劫期间，日本军队就是在这面象征旭日的旗帜下将南京变成人间地狱的。

百里放开压在喉咙间的呼吸，盘桓在他脑海的迷雾终于散开了——跪于军旗与石墙前的日本武士是在忏悔自己的罪行。在先知的迷局里，第三位失踪者是一个悔罪的武士，他隐藏的地点是为悔罪而布置的地下灵殿。

秦澜走到百里身旁，也看着微俯的头盔和地上的军旗，心头的思绪和百里相同。

“你们的学者还活着吗？”秦澜问。

“学者？在哪儿？”跟过来的笛卡尔一脸茫然地问道。

百里伸出手指去试探头盔下的鼻息，秦澜蹲下身试着解开沉重的甲胄。

第三位失踪者，藏在悔罪武士的大铠里。

“他还活着。”百里收回手，赶紧低下身躯帮助秦澜拆卸盔甲。他解开头盔下的系绳，先把头盔小心地取下来。

一张苍老的脸出现在全副武装的身躯上，波士顿精神分析研究院副院长乔治·索多教授奄奄一息地抬了抬头，浑浊失神的眼球转了转，马上又垂了下去。

笛卡尔及时赶过来扶住摇摇欲坠的乔治。在烛光里，乔治教授的脸色惨白，百里的心里不禁怀疑他身上的血都流干了。

秦澜忽然停住手，她僵着脸，双手从铠甲的手套下收回来，墙壁上的烛光掠过她的肩头，照在她的手心。

两道暗红色的血痕，横在秦澜的手心皮肤上。

“你们看那些蜡烛！”笛卡尔大声道。

百里和秦澜转身看去，垂直于墙壁的九支红烛仍然静静地定在原处，排成诡异的烛阵。百里靠近墙壁才发现，那七支没有烛火的红烛烛芯不见有燃烧过的焦痕，说明这些红烛不是熄灭了，而是从未点燃过。另外两支烛火跳跃的红烛在悔罪武士面前仿佛两朵带着剧毒的花。

“蜡烛怎么了?”秦澜没有接近墙面，隔了几步的距离她看不清蜡烛里的东西。

但百里看清了，在弄明白裹在九支红烛里的东西是什么时，他的心脏立刻狂跳起来。

“别去拆铠甲的手套，秦澜，”他回头制止道，“乔治教授的手受伤了。”

秦澜低头看了看沾血的手心，又走到石墙近前，抬头看向悬在墙上的烛身，她的眼睛骤然大睁，要不是百里用尽力气冲上去捂住她的嘴，极度的震惊和恐惧就要让她大声尖叫出来了。

近乎透明的鲜红烛蜡里裹着的是人的手指头，每一支蜡烛里都藏有一根断指，还没干透的血液凝固在烛层中间，把红烛浸染得更加刺眼。

墙面定着九支血烛，像是某个古老而邪恶的巫阵。

等秦澜急促的喘息稍微平静一点，百里才松开手，别过脸对不知所措的笛卡尔道：“我们不知道教授身上是不是还有别的伤口，不要解开铠甲，我们赶快带他出去。”

笛卡尔点点头，伸手到乔治教授的腋下，撑着跪在地上的教授帮助他站起来。教授无力的双腿撑不住身体的重量，全身都倚靠在笛卡尔身上。

秦澜不敢再看恐怖的血烛，她转过身去帮笛卡尔，两人撑着乔治来到井道口下。

百里在军旗旁停留了一会儿，他细细端详着墙上的烛阵，把血烛排列出的点阵刻在脑子里。大屠杀的幻觉没有完全消散，要一一记住每支蜡烛的落点又费了他不少力气。

“百里?”秦澜停在井道下方唤道，他们现在得想办法带着半昏迷的教授原路返回。

百里收回目光，返身走回同伴身边。七十一号地下防空洞里，只剩两支燃烧的血烛在平铺的军旗上发出暗淡的光。

乔治·索多教授是个瘦弱的老人，他身上的重量多是来自那套武士铠甲。百里被幻觉折腾得虚弱不堪，身为女子的秦澜也帮不上多大的忙，全靠笛卡尔背驮着教授爬上井道，百里和秦澜跟在后面。

离开悔罪灵殿，带着第三位失踪者回到遗骨陈列室的地下室，笛卡尔瘫坐在地上刚要松一口气，突然传来“砰”的一声，有人从外面推开没锁上的金属门，地下室的照明灯也在同一时间亮起。

三双被黑暗麻痹的眼睛受不了忽然变强的外界光线，全都不由自主地闭住。机警的管理员没有急于走过来，他站在门口打量着这一伙来历不明的人，尽管其中一个男人看上去病得不轻，还有一个娇弱的年轻女子，但那个身材高大的外国人一看就知道不好对付。管理员心里一权衡，当机立断地拿起手上的对讲机，按下机身右下角的报警按钮。

“嘿，伙计，放松，我们不是小偷。”笛卡尔眯起眼睛，举着双手做出投降的动作，话说了半天才反应过来这是中国，眼前那位上了年纪的管理员可能听不懂英语。

“别动！”果然，管理员举起警棍，用带着南京方言的汉语说，“老实点，待在原地别动！”

他转眼看见瘫坐在地上的乔治·索多，还有穿在乔治身上的武士铠甲，管理员当然认识这套收藏在文物馆的铠甲，怒火瞬时从他眼里冒出来。

果然是来偷馆藏文物的贼！

愤怒没有冲昏管理员的头脑，他清楚自己的身板不是眼前这三个贼的对手，他先拿起对讲机呼叫支援：“这里是遗骨陈列室保卫部门，在地下室发现三个偷盗文物的贼，我已报警，请安保总部派人过来。”

“总部收到。”对讲机立时传出回应。

要是纪念馆的安保人员来了，他们今天就别想脱身，秦澜急忙用汉语对拦在门口的管理员道：“我们没有偷什么东西，我们是警方的人，现在正在调查一起文物失窃案。”

她也不顾顺口编的谎话能不能骗过对方，转身换了英语催促笛卡尔道：“快把你的特工证件拿出来给他看看……”

几秒钟前还站着笛卡尔的地方现在却不见人影。

一道高大的黑影，迅捷地直冲向站在地下室门边的管理员，一声闷响，秦澜还未完全适应强光的眼睛没有捕捉到刚刚那一秒钟发生了什么，就见管理员一动不动地蜷缩在地上，警棍和对讲机掉在一旁。

显然，是她身旁的笛卡尔放倒了他。

“快走，他刚才好像用对讲机叫人了。”笛卡尔跑回来抱起乔治教授，一丝嗜血动物般的振奋从他的淡蓝色瞳孔里掠过。

“你做了什么？他根本拦不住我们，你为什么要伤害他？”秦澜怔怔地看着地上昏迷不醒的管理员，笛卡尔带给她的惊异不亚于悔罪武士。

“我们没时间在这里废话了，你想我们都被抓住吗？”笛卡尔把乔治教授扛在肩头，脸上铺了一层阴影。

秦澜被这个陌生的伙伴吓住了，她还想再争辩什么，一只手已搭在她的肩头。

“笛卡尔说得对，我们没时间了，先离开这里再说。”百里镇静地道，他深邃的目光刻意放在笛卡尔的脸侧。

笛卡尔没有去迎接百里的对视，他扛着教授和那一身铠甲转身走上楼梯。

“走吧。”百里拍拍秦澜的背，后者紧抿着嘴唇，一言不发地跟在百里身后。

3

南京时间22点06分。

“灰兔行动”指挥室收到市局传过来的消息，得知在位于建邺区的南京大屠杀纪念馆内发现三个可疑的人，他们袭击了纪念馆的管理员，还从纪念馆的一间地下室带走了某样东西。

看起来只是一个治安事件，指挥室的其他人都认为几个被全城围捕的国际通缉犯逃跑还来不及，不会有心思跑去南京大屠杀纪念馆的地下室。只有林卫东警觉地意识到这条线索有继续挖掘的价值，他要求市局弄到包含三个人面部镜头的监控摄像画面。很快，数据从纪念馆的安保总部直接传了过来，林卫东命令技术部门处理监控画面，做出三个人的虚拟头部模型。

所有人都盯着投影幕布上的三维头像，与国际刑警组织总部传来的通缉犯头像高度吻合。

人们欢呼起来，进入南京的逃犯找到了。

林卫东打开门，独自一人走到指挥室外的长廊上，掏出手机，拨通一个电话。线路通了，他用纯熟的英语说道："这里是 ICPO 中国行动组，灰兔已经找到。"

"干得好，林队长。"带着法国腔的声音在电话那头说，"请尽快抓住那两个逃犯。"

"两个？"林卫东顿了顿，"不，他们总共有四个人，其中一个自称罗尔·叶的无国籍人士已被我们控制。"

"罗尔·叶？这家伙怎么也卷进来了？"隔着电话，林卫东也能听出对方的惊异，"你说抓住了一个，那么还有三个逃犯？"

"是的，稍后我把这三个人的头像图和'灰兔行动'的其他资料传给心灵会，并等待下一步的行动计划。"

"好，中国的行动很棒！"巴蒂斯昂赞叹道，挂断电话。

在大洋彼岸的旧金山马林县，塞勒涅心灵会的安全部大楼顶层，考特尼的心思早就从他来不及完成的电子乐上移走了，他专心地操作中枢计算机，接收从中国传来的文件包。

等在技术员身后的只有三个人：代理会长道格·阿利多斯，安全部部长让·巴蒂斯昂和保卫司司长斋藤浩雄。

道格手拿烟斗，一脸阴沉，烟斗在他肥壮的手里冒着烟，许久都不见他抽上一口。

巴蒂斯昂坐在道格身旁，神色紧张地注视着宽大屏幕上的数据接收进度条。

技术司工作区里最轻松的是浩雄司长，他坐在墙角的沙发上，双眼紧闭，补充缺失了一整夜的睡眠。

晨霭在阳光下消散，窗外响起白腰雨燕的啼鸣。进度条爬完最后一格，考特尼过滤掉文字报告和抓捕罗尔·叶的视频，只把中国警方技术部门制作的虚拟三维头像显现在大屏幕正中。

当道格看到百里途的虚拟人像时，他肥硕的身躯如同橡胶球一样从座椅上弹了起来。

"百里途，他没有死在火山里？"道格指着屏幕，扭头问巴蒂斯昂道。

"看起来是这样，"巴蒂斯昂看着那张神色复杂的胖脸回道，"中国刑警在南京发现了他。”

“该死的，你为什么不早点告诉我？”道格挥舞着拳头，他一直绷紧的内心放松了许多，至少心灵会最重要的催眠师还活着，身为代理会长的他不用承担这一部分责任。如果运气再好点，百里途追回失踪的“理想国”文物，道格就能保住高级教士的位置了。

“我也是刚刚接到中国负责人的消息。”巴蒂斯昂擦着额头上的热汗说。

“告诉中国行动组，务必把百里途安全地带回来，”心里的重压陡然排解掉一大半，道格得费一番劲儿才能保持严肃的神色，“不，心灵会要直接参与这次行动的指挥，不能再出乱子了。”

安全部部长还没答话，屏幕里的内容换了，百里途的头像淡褪，现出另两个全球通缉犯的三维人头。

道格眯起眼睛望着笛卡尔的脸，那双淡蓝色的眼睛勾起代理会长内心里耻辱的怒火。

“在保证百里途安全的前提下，这个家伙只要拒捕，可以将他击毙，”道格用毫无感情的语调说，“老实说，我等不到把他送上维尔戈法庭那天了。”

“会长，你不想……”一直坐在旁边一言不发的斋藤急忙站起身。

“我知道你想说什么，司长先生，”道格粗暴地打断浩雄，直指着笛卡尔的虚拟人像说，“但是这个家伙是‘理想国’的人，是他用五大教士的签名从你手里带走了文物，即使活捉他又能怎么样？你以为他会乖乖地告诉你他把文物藏在他家碗橱里了？”

“可是杀了他会惊动我们的对手。”浩雄在近乎癫狂的道格面前没有退让。

“百里途早就提醒心灵会警惕归来的‘理想国’，难道渗入心灵会的叛徒还不知道吗？要说惊动，百里途早就惊动他们了，”道格凑近浩雄，他的鼻尖就要触到浩雄的额头了，“听着，我的司长，现在最重要的是百里途没有死，他好好地活着，既然是他最早发现‘理想国’归来的迹象，那就交给他去处理一切，他会办好的。”

道格嘴里的热气喷在浩雄脸上：“至于那个叫亚瑟·伊恩斯的浑球，我也想看着他受到维尔戈法庭的制裁，但如果没法把他送到法庭上，那就让他尝尝枪子儿的滋味，没有比这更好的办法了。”

浩雄阴鸷的眼睛紧紧与道格对视，粗短的眉毛扬了扬，没再反对道格的决定。

道格教士带着胜利者的表情转过身，对目瞪口呆地看着刚刚发生一切的考特尼和巴蒂斯昂道：“接通心灵会和中国行动组的线路吧，我们该上场了。”

“好的。”考特尼回到中枢计算机操作台，巴蒂斯昂走到一旁给林卫东打电话。

没人注意到站在沙发前的斋藤浩雄手上的细微动作，他从上衣口袋里拿出一张薄纸，擦了擦手心的细汗，轻叹一口气，随后把纸揉成一团放进裤兜。

那张方形的薄纸在他手上发出沙沙的细响。

第 27 章

最后叹息

1

是时候了，他心里想。

雪佛兰的引擎发出震耳的轰鸣声，冲出停车场，开上行车稀少的街道。夜雨停了，积在路面上的雨水在高速转动的轮胎下飞溅而起。

“我们现在要去哪儿？”笛卡尔猛打方向盘，汽车在街角拐了个急弯。

“得先给教授找一家医院。”后排的百里回答道，坐在他身旁的乔治·索多教授已经失去意识，全身摇摇晃晃地倚着车门，百里费力地帮他系好安全带。

笛卡尔解开戴在手腕上的导航手表，丢给秦澜：“看看最近的医院在哪儿。”

秦澜对着手表摆弄了半天，还没等她选好坐标，天空中就传来直升机螺旋桨的声响，两架打着高强光探照灯的直升机从城市的高楼间飞出来。伴随着飞机的出现，四辆车身没有任何警用标志的汽车从后方的四个街口冲出来，其中一辆的外观虽然装饰成出租车的样式，但从嘹亮的引擎声能听出来，它们并不是一般的私人用车。

他们来了！

“见鬼！”笛卡尔发出咆哮，右脚往油门上加力。

罗尔·叶弄来的雪佛兰轿车马力不小，加速性能和最高速度都远超普通轿车，笛卡尔在几秒钟内就把车速提到一百码以上。饶是如此，突然出现的四辆车还是轻而易举地追了上来，一辆白色SUV行驶到雪佛兰左边，两辆并驾齐驱的汽车犹如两颗同时离弦的箭矢。

“‘黑蝎’已锁定‘灰兔’。”

“‘蜈蚣’锁定‘灰兔’。”

“‘蝮蛇’在目标后方。”

“‘狼蛛’锁定‘灰兔’。”

情况汇报接连从对讲机的扬声器里传出来，林卫东抱住双臂站在监控屏幕前，双眉紧皱地看着直升机回传的摄像镜头。

“林队，‘灰兔’如果继续直行就将进入南京市市中心。”一个指挥组成员从电脑显示器前抬起头，看向林卫东的背影。

行动队队长担心的就是这个，如果通缉犯是不拼到鱼死网破誓不罢休的家伙，让这样一伙人驾驶高速汽车冲入人多车多的闹市，后果不堪设想。

“给我查查哪条路车少。”林卫东头也不回地说。

负责交通监控的成员敲打着键盘，几秒钟后她抬起眼睛道：“往莫愁湖方向，如果能把‘灰兔’逼上沪蓉高速，再往南行，可以在市郊外围堵目标，目前车流最少的就是这条路。”

“好，”林卫东把对讲机放到嘴边，“猎鹰组各组员注意，想办法将目标引向莫愁湖方向的沪蓉高速路。”

两秒钟后，四个低沉的回应响起：“收到！”

“黑蝎”放下对讲机，专注的目光回到车前。前方空旷平直的道路上，笼罩在探照灯光里的黑色雪佛兰是猎鹰眼里垂死挣扎的猎物。

三辆车跟在车后，一辆 SUV 在左面卡住左转的方向，心急的笛卡尔恨不得他驾驶的汽车能飞起来。

车速已达到一百五十码，窗外飞掠而过的光影如同一条夺目的光带，好在时近午夜，大屠杀纪念馆外的水西门大街上空荡荡的，从直升机上俯瞰，只有五辆车在街道上竞相追逐。

“五公里外的路口直走就要到南京市市中心了。”秦澜看着表盘道，上面显示着南京的城市地图。

笛卡尔一拍方向盘，激奋地道：“太好了，到了闹市区他们就不好抓我们了！”

他刚要加大油门，身后有人拉住他的手臂。

“往郊外开，避开闹市！”百里镇定地说。

“什么？”笛卡尔不满地嚷道，“你是想方便他们抓住我们吗？”

“你是想用几辆速度上百码的汽车给南京带来一场新的灾难吗？”百里大声咆哮道，用力的说话顿时使得他剧烈地咳嗽起来。

笛卡尔沉默地咬着牙，雪佛兰快速驶近十字路口，他才闷声问道：“往人少的郊区怎么走？”

“右转，朝莫愁湖开。”秦澜用机械的语调回答道。

笛卡尔降下车速，汽车来到了十字路口，他技术娴熟地做出一个急转弯。说来奇怪，在笛卡尔降速的几秒钟内后方的几辆车没有抓住时机全都追上来，其中两辆在雪佛兰车后保持一道拦截带，只有一辆红色轿车加快行驶到左面，SUV 则开始加速，半个车身超出雪佛兰的车头。雪佛兰在路口右转，SUV 减不下速度来跟着转弯，只好径直往前冲去，这样一来笛卡尔歪打正着地甩掉了一辆追逐车。

笛卡尔把速度又提起来，往前方不多远的莫愁湖开，另三辆车紧随其后。

看着直升机俯拍视频的林卫东吃了一惊，从刚才的镜头看，目标车不是受到猎鹰组的逼迫才往郊外方向转弯的。看目标的行驶动向，他发现驾驶者在接近路口前就降速做好了转弯准备。

只有两种可能，一是驾驶者想借急转弯甩掉追逐者，二是车里的人也知道直行会驶入闹市，他们也不想给南京带去无妄之灾。

不知怎么，林卫东更倾向于后者。他用眼角打量着监控墙最边缘的小屏幕，屏上全是一片灰色，但表示接通状态的绿灯亮着，隐约还能听到电流的哧哧响声，旧金山那边的人却始终没有说过一句话。

2

直升机投下的高亮光柱犹如一座移动的光塔，锁定的目标跑到哪儿，光塔就追到哪儿。地上的“灰兔”跑得再快，也跑不出猎鹰的视线。

笛卡尔使劲地眨了眨眼，还是止不住涌出的泪水。从车里看出去，罩住车身的强光把视线所及之处都染上一层刺眼的光晕，笛卡尔必须睁大双眼才能分辨出车前的路况，他的瞳孔让强光刺得生疼。

从水西门大街开过了莫愁湖，笛卡尔在秦淮河畔的内环西线上急转向南，朝郊外的石臼湖驶去。除了天空中的两架直升机外，还有三辆“便衣”警车在后面穷追不舍，在完全开出市区之前，它们仅是与笛卡尔驾驶的雪佛兰保持不远不近的距离，不见有什么主动出击的举动。

是时候了，他心里想。

乔治·索多教授的气息越来越微弱，大幅的晃动使得他身上的伤口裂开了，血浸透了后排的车座。沉重的大铠甲紧紧地锁在教授身上，百里不敢鲁莽地拆解铠甲部件，担心撕扯到看不见的伤口。可是铠甲遮住了伤口的位置，百里也无法帮教授止血，只能任由血液不停地从他的血管里涌出来。

再这样下去，好不容易救出来的失踪者就要死在逃离荒城的路上了。

“我们得想办法救人，”百里焦灼地道，“教授失血过多，他就要撑不住了。”

“现在能有什么办法？”急躁的笛卡尔大声回道，“要救人，得先甩开后面的三只跟屁虫，不然等我们一停车，他们马上就上来给我们戴手铐。”

笛卡尔说得对，如果被国际刑警抓住，同先知的对决就提前结束了，还有两个失踪者困在两座荒城里等待他们的救援。

“如果我们让固执的道格看到我们真的救出了失踪者，他是不是就不会让那些刑警为难我们了？”笛卡尔忽然说。他抬起一只手揉了揉眼角，上身前倾，竭力透过铺在车前窗上的亮光看清前方的路。

中国刑警在南京布下了天罗地网，他们即使足够走运逃出包围圈，但可能会搭上乔治教授的一条命。况且，出了南京城又能逃到哪儿去呢？这一次没有弗兰姆的人在城外接应，南京之行本来就是一趟没有退路的冒险。百里赞同笛卡尔的提议，让心灵会和负责追捕的刑警组织主动收手，是眼下唯一行得通的办法。

“不行！”副驾驶座上的秦澜反对道，“你怎么知道他们会放过你？如果心灵会认定你是伤害所有失踪者的凶手呢？”

“那先知就赢了，”百里淡淡地一笑，“不过我相信塞勒涅心灵会，我相信心灵会里有稍微聪明点儿的人。”

“可是……”

秦澜还想再反驳，从车身传来的震动打断她的话，她惊叫一声，额头撞在车门上。

“他们行动了！”笛卡尔紧攥着方向盘，勉强把控住摇晃的车身。

下了内环西线，来到南京市南边尚未开发的郊区，省道公路一旁是旷达的玉米地，另一旁是宽阔的秦淮河，几点稀疏的灯光远远地散在河对岸，这里无疑是展开围捕行动的理想地点，三只如鬼魅般紧跟在后面的猎鹰终于露出了它们的利爪。

“这里是指挥室，听我命令，‘狼蛛’开到目标左侧，‘蝮蛇’开到右边去，‘蜈蚣’你从前面卡住他。”对讲机里响起林队做出的追击部署，三个驾车的精英特警当即明白了指挥室的意图。

他们迅速做出反应，先是一辆车身宽大的皮卡加足马力冲到最前方，车尾正对着雪佛兰的前部。接着，“狼蛛”驾驶的红色轿车轻偏车头，快速驶到雪佛兰的左面。另一边，装饰成出租车的警车也来到雪佛兰的右侧。

一见追击的警车不再跟在后面，而是做出奇怪的变阵，笛卡尔惊声道：“他们要干什么？”

话音刚落，一左一右两辆车一齐向中间偏来，紧紧贴住雪佛兰的车体，像一把巨钳夹住了笛卡尔的车；同时，前方的皮卡也降下速度，用车尾来抵住雪佛兰的车头。

挡在前方的重型皮卡是一面铜墙铁壁，左右两车又阻绝了转向的路线，笛卡尔把油门踩到底也无法顶出一条逃生的空隙，见自己驾驶的车陷在三辆车组成的钳阵里，冲不出去也退不回来，他的眉头拧成麻绳。

一股冲鼻的焦煳味传入车厢，再这样下去雪佛兰的引擎就要爆缸了。

忽然，秦澜伸手往车后指去：“看后面！”

笛卡尔闻声向后视镜看去，一道晃眼的亮光从车后的道路上直射过来，随之而来的还有尖锐的鸣笛声。

是一辆拖着集装箱的大卡车。

笛卡尔眼睛一亮，钳制住目标车辆的“狼蛛”心里大呼一声“不好”，在指挥室盯着追捕行动的林卫东脸上一僵。

开卡车的司机隔了老远就听到直升机的动静，看到直升机投下的光柱照亮了道路上的几辆汽车，等驶近了再看，他不由得吃了一惊。

三辆普通的车子紧紧困住一辆黑色雪佛兰轿车，这是在做什么？拍电影吗？

卡车司机想快点远离这些怪家伙，可是这条通往港口的省道都被前面那几辆车占满了，卡车没有超车的空间，它只好减速跟在后面。

秦澜回过身，视线穿过后车窗紧盯着卡车，见到卡车只是减速却没有停下，她大呼道：“快，笛卡尔，我们躲到卡车背后去。”

“我知道。”笛卡尔早就想到了这个主意。

麻烦的是，有两辆高马力的车夹在两旁，他们的雪佛兰完全脱不开身。

“往右撞，然后刹车！”安静了好一会儿的百里骤然说道，他偏着脸看向右边的“出租车”。

不需多说，驾驶技术高超的笛卡尔明白百里的意思：伪装成出租车的警车是三辆“便衣”警车里车身最轻的，只要从它那边撞出一点空隙，就有逃脱钳阵的可能。

“秦澜，等会儿你来拉手刹。”笛卡尔道，秦澜立即握住座位旁的手刹杆。

“坐好了。”笛卡尔大叫道，猛地把方向盘往右打到底，雪佛兰的车头当即偏向右边。

驾驶“出租车”的特警代号为“蝮蛇”，原本在队友的围困下目标已显露出停车就范的迹象，却没想到目标会突然朝自己这边转向。“蝮蛇”握在方向盘上的双手忽地感到一阵巨大的力量，车头也向右偏去，车轮只差一点就要掉进公路旁的深沟。

震惊的“蝮蛇”没有慌乱，他紧抓方向盘，使劲往左扳，踩在油门踏板上的右脚跟着松了松，“出租车”在降速的一瞬间调正了方向。

右侧的“出租车”落后了半米的距离，空当出现了，就是现在！

“拉上来！”笛卡尔打正方向，踩死刹车踏板，同时，秦澜猛地拉上手刹。

刹车片顶住轮盘，发出刺耳的尖啸，雪佛兰的四个轮胎立即静止，整个车身在巨大的惯性作用下往前滑行，而两旁的“便衣”警车要比急刹车的雪佛兰快得多，三辆车紧贴的车身之间磨出耀眼的火星，“啪”的两声，雪佛兰车门上的一对后视镜断了。

“出租车”已经来不及回来钳住目标，雪佛兰终于脱离了猎鹰组的围困。

负责追捕的三个特警暗骂了几句，监视屏幕前的林卫东眼睛里几乎要喷出火焰。

眼前的一幕让卡车司机目瞪口呆，在他回过神之前，逃出困局的雪佛兰立马动了起来，车身往旁边偏转，来到大卡车的集装箱后。有了大卡车这么一座移动掩体，猎鹰组的三辆车再也无法绕回来施展围捕钳阵了。

秦淮河在前方折了个弯，一座梁式大桥横跨河面，过了桥不远又有一个闹市区，“灰兔”如果跑进草丛，“猎鹰”的狩猎行动就要落空了。

“狼蛛”懊恼地挥了挥拳头，这时，林队的声音从对讲机里传来。

“所有组员，请告诉我目标车的驾驶员面容特征。”林队沉稳而平缓地说道，丝毫没有行动即将失败的焦躁。

什么人开车有关系吗？“狼蛛”纳闷地想。他如实回道：“看不清目标车内的情况。”

他转念一想，又补充道：“不过能确定，开车的是那个来自欧美的通缉人员。”

“好，这就够了，”林队做了一个短暂的停顿，又道，“猎鹰组所有组员注意，可以击毙驾驶者。”

林卫东没有重复他刚刚下达的指令，那道指令只说一遍就够了。三辆“便衣”警车里的精英和直升机上的狙击手抚摸着他们身边冰凉的枪械，血液里的肾上腺素骤升。

三名猎鹰组的精英调整车速，三辆车回到雪佛兰周围，前面有大卡车，三辆车便排成L形，将雪佛兰围住。

笛卡尔还没反应过来是怎么回事，几声细锐的响动在车外很近的地方响起。

短短一刹那的平静之后，驾驶座一侧的车门接连多出几个小洞，车窗玻璃哗啦一声全碎了，秦澜感到鼻梁前有一阵炙热的风，随后她右手边的车窗玻璃也跟着碎了。

事后回想起来，秦澜都会吓得一身冷汗，那一秒她距离死神只有五厘米远。

“他们开枪了，”笛卡尔惊呼，“快低下身！”

雪佛兰车上的人全都压低上半身。百里急忙将身上覆盖着铠甲的乔治教授压在自己身下，他感觉不到铠甲内传来的体温，气若游丝的教授徘徊在死亡的边缘。

车外的射击没有停止，在枪口消音器的作用下，轻微的枪声隐没在直升机的螺旋桨声里。高速旋转的子弹卷着热风，如同幽灵的手指，抓向驾驶座的方位，雪佛兰的车门满是细小的窟窿。

“灰兔行动”指挥室里，行动队队长举起对讲机，冷冷地道：“‘黄雀’，开枪!”

架着狙击步枪的狙击手眯起一只眼睛，调匀呼吸，瞄准镜的十字中心分毫不差地对准了目标车辆的驾驶者，只需要扣下扳机，立刻就能让那个国际通缉犯脑袋开花。

笛卡尔忙着躲避地上的射击者，却也没有忽略空中的直升机，他一见罩住车身的光柱闪了一闪，就知道直升机的方位变了，机上的狙击手要行动了。

他敏捷的神经当机立断地做出反应，脚下用力，方向盘往侧旁猛打，雪佛兰从卡车尾部绕出来，冲到与集装箱平行的位置。

“黄雀”从瞄准镜口抬起眼睛，低声哼了一句，现下从他的角度看，卡车拖着的集装箱完全挡住了目标，想执行狙杀令，直升机只有再次调换方位。

第一次狙击失败，林卫东右拳击在自己的左掌心里，红着眼睛发出低沉的怒吼。

躲过了狙击，笛卡尔没来得及庆幸，急追上来的“出租车”闪到他的车旁，那位蒙着脸只露出一双眼睛的特警端着手枪，火光一闪而过，两颗子弹在细响声中飞出枪管，一颗击中笛卡尔的左肩，一颗穿透他左小臂的骨头。

“啊!”笛卡尔发出惨叫，剧痛使他松开方向盘，雪佛兰摇晃起来，马上就要卷入大卡车巨大的车轮下了。

千钧一发之际，秦澜掌住了方向盘，把车身拉回来。

“你撑得住吗?”秦澜急得手足无措，眼睁睁地看着从笛卡尔的伤口淌出的血流。

笛卡尔疼得说不出话，不用他回答什么，状况再糟糕不过。

卡车司机也听到后方传来的异响，还有男人的惨叫，他通过后视镜往后看去，看到车外那些人都拼上了枪，顿时吓得脸都白了。

“让这些扫把星先走，别害了我啊。”顾不得违不违规的司机哆哆嗦嗦地踩下刹车，大卡车在梁式桥前缓缓地停下来。

没有卡车的掩护，雪佛兰独自冲上跨过秦淮河的大桥，直升机和三辆警车追在后面。

笛卡尔脸上汗如雨下，血染红了他的半身衣服，他忍着足以叫人昏过去的痛楚控制住车速，秦澜在一旁帮他保持方向。

“停车。”后排响起一个坚决的声音。

“停车？”秦澜诧异道，“你想干什么？”

“我来让他们收手吧，”百里以没有波澜的语调回道，“该结束了。”

几乎是瘫坐在驾驶座上的笛卡尔轻轻地点了点头，右脚松开油门，换到刹车踏板上，雪佛兰在大桥上慢了下来。

“你可能会死在这里。”激动的秦澜眼里有泪花闪烁。

雪佛兰的车速降到零，停在空无一人的桥面上。

“暂时停止射击，密切关注现场动态。”

在林卫东的指挥下，随后而来的三辆警车停在距离雪佛兰不到五十米的地方，猎鹰组的精英跳下车，三把枪同时瞄准了目标。两架直升机悬停在与桥面平行的半空，灯柱准确地锁定了桥上静止不动的黑色轿车。

当时的百里不是没想过，一旦走出车门，他很可能死在中国特警的枪口下，可是没有别的选择了，必须由他来让心灵会停手。

他冲秦澜摆摆手，解开乔治教授的安全带，抱起昏迷的教授。

在行动指挥室里的每个人都屏住呼吸看着屏幕墙，在高亮的光柱里，他们看到目标车的后排车门开了，走出来一个虚弱的男人，肩上架着一个身穿怪异衣服的老人，面向镜头走来。

“狼蛛”平举着手枪，凝起目光，枪口紧紧跟随着向桥边直升机缓缓移动的男人，只要此人稍有异常举动，“狼蛛”就会毫不犹豫地开枪。

“狼蛛”看得出那个男人的体力到了崩溃的界限，他撑着身旁的老人，走一步停一步，不算长的一截路他走了漫长的几分钟。

终于，他走到了桥边，抬起头直面夺目的亮光。

百里没有说话，直升机机桨的轰响里也没有人能听得清他在说什么，他只是指着身旁的教授，不停地对直升机做停止的手势。

监视屏前，林卫东的视线都放在角落的灰色屏幕上，他知道灰屏的线路另一端，那里的人也看得到桥上的一幕。

“灰兔”束手就擒，“猎鹰”是不是该收手了？林卫东在等待指令。

接通的绿灯固执地亮着，灰屏却没有回应。

按照原计划，目标没有拒捕，那么就直接抓捕他们，“灰兔行动”是猎鹰组的又一场成功狩猎。

林卫东拿起对讲机，准备让他的精英上前逮捕几个全球通缉犯。

是时候了，笛卡尔心里想。

“拿着这个，下车。”

刚才还疼得不能言语的笛卡尔忽然开口，语气冷得像冰，注视着车外的秦澜还没转过眼睛，怀里已多出一只皮包。

那是笛卡尔从不离身的，装了“土卫六”的包。

“你要……”秦澜话还没说完，笛卡尔用闪电般的速度打开她身旁的车门，按开安全带锁扣，两只手一起将她推出车去。

“在涅槃，我会再见到你。”笛卡尔昂着头，最后看了一眼倒在地上的秦澜。

被笛卡尔狠力地一推，秦澜摔倒在车门外，一连串的变故让她脑袋发昏。直到与笛卡尔的最后一次对视，秦澜才陡然清醒。

她永远忘不了挂在笛卡尔脸上的狰狞笑意。

雪佛兰轿车的引擎再度发出轰响，车轮高速转动，车身如同冲出枪管的子弹，往桥边的百里和乔治·索多撞去。

秦淮河上，南京市局的行动指挥室里，赫宁庄园的安全部大楼顶层，所有人都大吃一惊。

代号“狼蛛”的特警是最先回过神的。

他的枪口在电光火石间对准雪佛兰的驾驶室窗口，朝窗口里的脑袋射出一颗子弹。

是时候了，他心里想。

笑意依然挂在他的嘴角，早在他从隐形耳塞里听到道格教士要求将他击毙时，他就知道，这一刻即将到来。在消音器的细响透过直升机的螺旋桨轰鸣传入他的耳膜时，他就知道，这一刻来了。

仅在半秒钟之前，他已将方向盘往左侧拉了半圈，子弹射入太阳穴的一刹那，车头刚好偏到左旁。

一切发生得太快，时间都追不上了，只有通过缓慢的镜头才能追逐到这场突如其来的异变。

引擎的嘶吼让百里回过头，黑色轿车的车头直直地向自己冲来，仅在半秒钟后，那个脸带狰狞笑容的驾驶者手上动了动，随后又是半秒钟的间隔，车头向侧旁偏去，同时，脑浆和鲜血从驾驶者的脑袋侧面喷射出来。在那一瞬间，狰狞的笑容转为狂热的喜悦。

黑色轿车载着死去的同伴，与百里擦肩而过，撞开桥沿的金属栅，坠入夜色深处的秦淮河。

灰茫的天空亮起一层微弱的光，冥王的荒城迎来破晓。

3

逾越即是苦楚。

一只苍老的手按下显示器的电源键，图像关闭前显示的是一行古埃及文字，在那行文字下方有一个标记。

似乎是约定好的，他心里知道，当这个标记出现时，那个年轻的孩子就已经去往“涅槃”了。

他没有念诵悼词，只是站起身，从圆形房间中心走到窗前。

夜幕被厚实的窗帘隔绝在外，他也没有心思去打扰这座毁灭之城的深夜，只是抬起手腕，风灯的暗光下，手表告诉他起源之地现在的时间是5月24日13点。

剩下的八十三个小时，才是这场对决最精彩的好戏。

他深吸了一口浑浊的空气，闭上眼睛，安静地听着自己低沉的呼吸。

静谧的空间里，先知的呼吸像是悠长的叹息。